明清小品丛刊

[明] 江盈科 著

黄仁生 校注

雪濤小說

（外四种）

谈 谈 闻 谐
丛 言 纪 史

上海古籍出版社

图书在版编目(CIP)数据

雪涛小说:外四种／(明)江盈科著;黄仁生校注.
上海:上海古籍出版社,2000.5(2018.1重印)
(明清小品丛刊)
ISBN 978-7-5325-2645-1

Ⅰ.雪… Ⅱ.①江… ②黄… Ⅲ.小品文—作品集—
中国—明代 Ⅳ.I264.8

中国版本图书馆 CIP 数据核字(2000)第 18376 号

明清小品丛刊

雪涛小说(外四种)

〔明〕江盈科 著

黄仁生 校注

上海世纪出版股份有限公司
上海古籍出版社 出版
(上海瑞金二路 272 号 邮政编码 200020)
(1)网址:www.guji.com.cn
(2)E-mail:guji1@guji.com.cn
(3)易文网网址:www.ewen.co
上海世纪出版股份有限公司发行中心发行经销
苏州市越洋印刷有限公司印刷

开本 850×1168 1/32 印张 9.25 插页 2 字数 198,000
2000 年 5 月第 1 版 2018 年 1 月第 8 次印刷
印数:14,951—17,050
ISBN 978-7-5325-2645-1

Ⅰ·1342 定价:22.00 元

出 版 说 明

　　中国古典散文,自先秦发源,中经汉魏六朝、唐宋,发展到明清,已经进入了其终结期。这一时期,尤其是晚明阶段,伴随着时代社会的发展,文坛也出现了新的变化。这一时期的散文园地,虽然没有再出现过像先秦诸子、唐宋八家那样的天才巨子,但也是作者众多、名家辈出;虽然没有再出现过《庄子》、《韩非子》一类以思理见胜的议论文,《左传》、《史记》一类以叙述见长的史传文,以及韩柳欧苏散文一类文质兼胜的作品,但也有新的开拓和发展,散文的题材更加丰富,形式更加自由,从对政治、历史和社会现实的关注,更多地转向对人生处世、生活情趣的关注,从而形成了又一个以文体为特征命名的发展时期,这就是文学史上习称的明清小品文。

　　小品的名称并不自明清始。“小品”一词,来自佛学,本指佛经的节本。《世说新语·文学》:“殷中军(浩)读小品,下二百签,皆是精微。”刘孝标注云:“释氏《辨空》,经有详者焉,有略者焉;详者为大品,略者为小品。”可见,“小品”本来是就“大品”相对而言,是篇幅上的区分,而不是题材或体裁的区分。小品一词,后来运用到文学领域,同样也没有严格的明确的定义,凡是短篇杂记一类文章,均可称之为小品。题材的包容和体裁的自由,可以说是小品文的主要特点。准确地说,"小品"是一种"文类",可以包括许多具体的文体。事实上,在明人的小品文集中,许多文体,如尺牍、游记、日记、序跋,乃至骈文、辞赋、小说等几乎所有的文体,都可以成为"小品"。明人王思任的《谑庵文饭小品》,就包括了几乎所有的散文、韵文的文体。尽管如此,从阅读和研究的习惯来说,小品文还是有比较宽泛的界定,通常所称的小品文,主要还是就文体而言,指篇幅短小、文辞简约、情趣盎然、韵味隽永的散文作品。

小品文作为一种文体的兴盛,在明清时期,主要在晚明阶段。而小品文的渊源,则仍可追溯到先秦时期。《论语》、《孟子》、《庄子》等书中一些精采的短章片断,可以看作是后世小品文的滥觞。六朝文人的一些书信、笔记之类,如《世说新语》中所记的人物言行,"简约玄淡,真致不穷"(胡应麟《少室山房类稿·读〈世说新语〉》),更是绝佳的小品之作。唐代小品文又有长足发展。柳宗元的"永州八记",堪称山水小品中的精品。晚唐时期,陆龟蒙、皮日休、罗隐等人的小品文,刺时讽世,尖锐深刻,在衰世的文坛上独树一帜,"正是一塌糊涂的泥塘里的光彩和锋芒"(鲁迅《小品文的危机》)。宋代文化得到空前的发展,出现了不少百科全书式的文化巨人,而其中代表宋代文化最高成就的苏轼,就是一位小品文的巨匠。苏轼自由不羁的性格,多方面的文化素养,使小品文这种文体在他手中运用自如,创作出大量清新俊逸之作,书画题跋这一体裁更是达到了极致。以致明人把他推为小品文的正宗,编有《苏长公小品》。宋代兴起的大量笔记,不少具有很高的文学价值,也为小品文的兴盛起了推波助澜的作用。

　　把小品文作为一种文体加以定名,并有大量作家以主要精力创作小品文,从而使小品文创作趋于繁荣,还得到晚明阶段。这一阶段,不仅有不少作家把自己的著作径以“小品”命名,如朱国祯的《涌幢小品》、陈继儒的《晚香堂小品》、王思任的《谑庵文饭小品》等;还出现了不少以“小品”为名的选本,如王纳谏编《苏长公小品》、华淑编《闲情小品》、陈天定编《古今小品》、陆云龙编《皇明十六家小品》等。而作为小品文达到鼎盛阶段标志的,还得推当时出现的许多具有很高文学成就的小品文作家,如以袁宗道、袁宏道、袁中道“三袁”和江盈科为代表的“公安派”作家,钟惺、谭元春为代表的“竟陵派”作家,以及同时或稍后的屠隆、汤显祖、张大复、陈继儒、李日华、吴从先、刘侗、张岱等,均有小品文著述传世。晚明小品文的主要特点在于独抒性灵,不拘格套,在艺术上极富创造性。晚明小品虽然在思想内涵和历史深度方面,无法与先秦两汉散文、唐宋散文等相比;但在反映时代思潮、探寻人生真谛方面,同样达到了时代的高度。

　　晚明小品文的兴盛,是与当时的社会现实、社会风尚和思潮的影响分不开的。晚明个性解放的思潮、市民意识的增强,是晚明小品文兴盛的重要原因。明亡之后,天翻地覆的巨变使社会思潮产生了新的变化,晚明的社会思潮和文学风尚得到了新的审视;同时,随着清王朝专制统治的加强和正统文学思潮的冲击,小品文的创作也趋于衰微。但仍有一部分作家仍然继承了晚明文学的传统,创作出既有晚明文学精神又具时代特色的小品文,如李渔的《闲情偶寄》、张潮的《幽梦影》、余怀的《板桥杂记》、冒襄的《影梅庵忆语》、沈复的《浮生六记》等,或以其潇洒的情趣,或以其真挚的情怀,为后人所激赏。

　　明清小品文不仅是中国古典散文终结期时的遗响,而且也是古典散文向现代散文转换中的重要一环,对后世产生了重要影响。"五四"新文学运动的不少散文作家都喜爱晚明小品,周作人在《中国新文学的源流》一书中甚至认为晚明文学运动与"五四"新文学运动有些相似之处。20世纪三十年代的中国文坛上,更曾掀起过一阵晚明小品的热潮。以林语堂为代表的作家大力提倡小品与幽默,强调自我,主张闲适,甚至认为"中国现代文学唯一之成功,小品文之成功也"(林语堂《人间世》发刊词)。在当时内忧外患的形势下,林语堂等人的观点无疑是不合时宜的,因而理所当然地受到了鲁迅先生的批评。但鲁迅先生对小品文本身以及晚明文学的代表袁宏道等并不持否定态度,而是认为"小品文大约在将来也可以存在于文坛,只是以'闲适'为主,却稍不够"(《一思而得》)。鲁迅先生是把战斗的小品比作"匕首"与"投枪",他晚年以主要精力创作杂文,正是重视小品文作用的表现。进入九十年代以后,随着思想的解放和物质生活的改善,文坛上又出现了一阵小品随笔热,明清小品的价值在尘封半个世纪之后重又为人们所发现,并开始得到实事求是的评估。为了使广大读者对明清小品有比较全面的认识,给广大读者提供较好的阅读文本,我们特出版了这套《明清小品丛刊》。

　　本丛刊精选明清具有较大影响和具有较高欣赏价值的小品文集。入选本丛刊者,系历史上曾单独成集者,不收今人选本。入选的小品文集一般根据通行本加以校勘,所据版本均在前言中予以注明。一般不出校记,重要异文则在注中注明。由于明清小品文作者多率性而作,又多引用前人诗文及典故,所论又多切合当时社会风尚,为给读者阅读提供参考和帮助,特对入选的小品文予以简注,对文中出现的人名、地名、典故、术语加以简明的注释,语词一般不注。明清小品文集的校注工作是一项尝试,疏误之处当在所不免,殷切地期待着读者的批评与指正。

上海古籍出版社

前　言

　　自"五·四"新文学运动以来,明代公安派在中国文学史上的地位已为越来越多的人所认识,尤其是公安派的文学主张和小品文创作颇受重视,并曾对现代文学和当代文学产生过积极影响。但人们往往都以三袁兄弟作为公安派的领袖和代表作家来审视,而对曾为公安派的创立和发展立下过汗马功劳的江盈科却知之甚少,直到笔者辑校的《江盈科集》于1997年4月由岳麓书社出版以来,这种状况才开始转变。

　　江盈科(1553~1605),字进之,号渌萝。嘉靖三十二年二月出生于桃源县沅江边上距桃花源不远的一个农民家庭①,与公安三袁同属湖广人,都是在楚风的熏陶下长大的。但他一生数奇,早年数困场屋,直到万历二十年四十岁时,才与比他小十五岁的袁宏道(1568~1610)同榜进士及第;而比他小七岁的袁宗道(1560~1600)却早在六年前就以会试第一、殿试二甲第一,选庶吉士,入翰林院授编修,位居清华之职;唯有比他小十七岁的袁中道(1570~1632)后来坎坷过之,迟至万历四十四年才中进士。

　　江盈科入仕前,曾与同里友人结社于桃花源,"名已隆隆起"。万历二十年八月奉命赴苏州任长洲县令,他又开始与当地或过往的一些著名文人如王百谷、张凤翼、张献翼、屠隆、谢肇淛等交游唱和,初步形成了一种吴楚文风交融互补的氛围。由于吴中地区赋税极重,仅长洲一县,国税近五十万,当"滇南一藩省",江盈科上任不久,就以征税不能完额而受到"夺俸"的处分,于是用世之心日冷,归隐之志渐生,但因家无田产,难以维持生计,只好"强自排遣,托于吏隐"。而袁宏道似乎早有先见之明,及第后尚未授官,就与兄长宗道上书告假回公安,在家砥砺"美剑",待时而出。

当时文坛虽然仍为拟古云雾所笼罩,但后七子领袖李攀龙早在隆庆四年就已陨落,王世贞也于万历十八年逝世;于是复古派阵营内部开始发生分化,或出而修正末流弊端,或试图改弦易辙,而徐渭、李贽、汤显祖等人则已开始明确批判复古派的模拟之风。袁宏道兄弟此前曾结社于公安城南,自万历十八年至二十一年间三度访晤李贽并得读其《焚书》以后,也开始对复古派的模拟文风深致嫉恶,但尚无宗派意识。直到万历二十三年春袁宏道赴苏州任吴县县令,才与同年进士长洲县令江盈科在诗酒唱和的同时,开始讨论"商证"文学革新的主张。是年秋,袁中道(时为诸生)和陶望龄先后来吴。江盈科始与二人结交,公安派于是在吴中文化的沃土上开始形成。二十四年初,中道南游,至三月始归公安。随后宏道为中道刻诗集,并作《叙小修诗》序文,正式发表他曾同江盈科"商证"过的"性灵说",公安一派鼎故革新之旗帜,实由此文而树立。大约与此同时或稍后,江盈科也作《白苏斋册子引》一文,提出"元神活泼泼"②,与宏道所主"性灵说"相呼应。是年三月至明年正月,宏道因不能忍受吴令的剧务和官场的约束,而连上七牍求去。年底清理文稿，先刻旧作《敝箧集》，又将仕吴以来诗文编为《锦帆集》付梓，江盈科为之作《敝箧集叙》和《锦帆集序》。前者阐发中郎性灵说的内涵，又有所补充，与《叙小修诗》、《白苏斋册子引》一起，可称为公安派"性灵说"的三篇代表作。

二十五年至二十六年，江盈科仍然镇守苏州，实际上是作为公安派创始人的代表，继续在吴中地区领导文学革新潮流。袁宏道辞官后并未回公安，而是在东南一带游览名山胜水，达一年有余，几乎每至一地，无不赋诗作文，广交朋友，并以诗书相寄的方式和江盈科保持着密切的联系。其间所作《解脱集》由江盈科刊刻，并为之作《解脱集序》和《解脱集序二》。至此，中郎早期的三种著作，都是盈科作序，共有四篇。二十六年二月，中郎由扬州出发，进京候补，与宗道相聚；四月，任顺天府教授。七月，中道也从仪征护送宏道家眷抵京，即入国学肄业。是冬又有黄辉自蜀入京，与三袁兄弟聚首甚密。中郎重申在吴文学主张，袁宗道、黄辉诗受到中郎的影响。是年大计后，江盈科在吴中、真州一带待选。九月传来消息，由于刑部尚书萧大亨和户部尚书杨俊民的推荐，吏部拟迁江盈科为吏部主事，但几天后因言官李应策劾奏他"征赋不及格"，而被改任为大理寺正。他当时作《闻报改官》二首寄给袁宏道，其中有"六年苦海长洲令，五日浮沤吏部郎"等语，颇为感伤。宏道立即写信给他，为北京"诗坛酒社添一素心友"而大快，劝其"闻报便当北发"，因为在朝宰官中有不少人"中时诗之毒"已久，"当与兄并力唤醒"。于是，又在仕与隐的矛盾中徘徊了很久的江盈科，终于在中郎的劝慰和激励下调整好心态，于万历二十七年正月从仪征出发，先向西行送家眷回桃源，然后北上。

二十七年至二十八年,公安派成员或趣味相近者云集北京,结葡萄社于崇国寺,论学赋诗,文事颇盛。一时社友,除进之与三袁兄弟外,著名者尚有黄辉、丘坦、谢肇淛、潘士藻、刘日升、吴用先、李腾芳、苏惟霖、王铬、钟起风等。二十七年三月,中郎升国子监助教。进之也于此后不久抵京,在大理寺正(正六品)任上仍以吏隐心态处之。此间,除参加葡萄社的活动和作诗以外,江盈科还写了一组政论文和数十篇寓言小品或议论小品,对现实政治和社会问题进行了思考;另外还上《法祖》、《宦寺》、《中兴》三疏,批评朝政,谏罢矿使税使。二十八年三月,宏道升礼部仪制司主事(正六品)。四月,宗道升右庶子(正五品)。江盈科《雪涛阁集》十四卷也于是时编成付梓,袁宏道为之作《雪涛阁集序》,再次申明反模拟剿袭主张,并对江盈科给予高度评价:"余与进之游吴以来,每会必以诗文相励,务矫当代蹈袭之风。进之才高识远,信腕信口,皆成律度,其言今人之所不能言与其所不敢言者。"以致推为"一代才人"和"大家"。江集袁序的问世,实际已带有袁、江二公对北京"中时诗之毒"者"并力唤醒"的意义,如果再加上公安派其他成员的活动成果,那么,我们可以说,公安派在吴中地区创立以后,经东南向北方的拓展,至此已经获得了初步的成功。随后不久,在京的公安派成员骤减。七月,袁宏道差往河南;八月宏道和中道离京南下回公安;九月,袁宗道卒于京。十月,潘士藻卒。而江盈科也于是年冬奉命赴滇、黔恤刑。

概括地说,自万历二十三年至二十八年,是公安派登坛树帜、鼎故革新、最富于生机的时期。袁宏道作为公安派主将的地位是无庸置疑的;而作为配角的江盈科,在辅助袁宏道开宗立派过程中所起的积极作用,是公安派成员中其他任何人都不可替代、不可比拟的。如果我们把公安派副将的称号授予江盈科,他是可以当之无愧的。

此后十年,公安派进入调整发展时期,其活动中心曾一度向南方(包括西南)转移。二十九年春夏,袁宏道建柳浪馆于公安城南,并以兄殁哀痛得病为由而上《告病疏》,随后隐居达五年多。他的思想也已有所收敛,不再讲"性灵"同"闻见知识"的对立,论诗转而推崇杜甫、陶潜,求雅求淡,甚至对于自己以往诗文中"信腕直寄"之病,深致悔意,开始用心为诗文。而江盈科赴云南、贵州审谳冤狱期间,仍在继续阐发公安派的文学主张和从事著述活动。三十年秋还朝后,升户部员外郎(从五品)。三十二年七月,擢四川提学副使(正四品)。他的《皇明十六种小传》写成于云南,另有《雪涛谈丛》、《谈言》、《闻纪》、《雪涛诗评》、《闺秀诗评》、《谐史》等,也当作于云贵旅舍和回京以后。万历三十三年秋,江盈科卒于四川官所,袁宏道作《哭江进之》诗十首并序,袁中道作《江进之传》,对江盈科的为人和文学创作给予了高度评价。

在江盈科逝世后的第二年七月,袁宏道出山入京,补礼部主事。随后四年公安派的活动中心都在北京,但袁宏道已自悔其早期诗作浅易,诗风转趋深厚蕴藉。三十五年十二月,改吏部主事;三十七年春,升吏部员外郎(从五品);三十八年,升吏部郎中(正五品),是年九月卒。在他一生的最后几年,官运居然通达起来,这表明袁宏道隐居数年之后,也对不羁性格作了修正。

显而易见,公安派在这十年间的战斗色彩和拓展精神已不如上述开宗立派的八年,这固然与政治斗争的冲击和作家心态的调整有关,但也同如下因素相联系:1.拟古剽窃之风已经有所扭转;2.公安派的理论及其创作已经传播较广;3.公安派的理论与创作也存在弊端,有矫枉之过,因而自身先做一些调整,不失为一种明智的举动;4.社会上已开始对公安派的弊端颇有微词,如钟惺在《与王稚恭兄弟》一信中就对以"袁、江二公"为首的公安派"矫枉之流弊"进行了措辞激烈的批评。当公安派的活动中心向南方转移之后,江盈科实际独当一面,先至西南(云南、贵州)开拓领地,再回北京坚守阵营,最后赴四川至死不辍。他的《雪涛诗评》,是公安派著述中少见的诗论专著,其主调仍然是反对拟古剽窃,提倡抒写性情,强调个人独创,可见其晚年思想并无大的转变。

综上所述,在公安派开宗立派和调整发展时期,江盈科实际上是作为这个革新派的副将而与主将袁宏道齐名。他的功绩与影响,仅次于袁宏道,而在公安派其他成员之上③。袁宗道虽曾发表过批评复古派的言论,但没有像宏道、盈科那样阐发标举过"性灵说"——那是公安派的理论核心,并且在公安派创立前期一直远离活动中心;直到宏道由东南北上,公安派活动中心也随之向北京转移以后,宗道才真正开始发挥作用,不幸仅过两年半就夭逝了;因此,若从文学流派的角度来看"三袁"并称,宗道实是叨了弟弟宏道的光。至于袁中道则因科考不利,在江盈科生前甚至于死后一段时间内,其政治地位和文学影响都不能与之相比;他之成为名家和公安派领袖,主要是在袁宏道去世以后(即公安派后期),其突出贡献是力主以矫弊来救衰,使公安宗风得以延续至天启年间。

江盈科与袁宏道一样,在以"独抒性灵,不拘格套","务矫当代蹈袭之风"的文学革新运动中,既有大功,也有弊端,因而其生前死后也是一个颇有争议的人物。不过,所有的争议或批评,几乎都集中于他的诗歌,而对他的散文则颇多赞美之词。如袁宏道在《雪涛阁集序》中说:"论者或曰:'进之文超逸爽朗,言切而旨远,其为一代才人无疑。诗穷新极变,物无遁情,然中或有一二近平、近俚、近俳,何也?'余曰:'此进之矫枉之作,以为不如是,不足以矫浮泛之弊,而阔时人之目故也。'"江盈科逝世后,宏道作《哭江进之》诗十首,其九曰:"作者心良苦,悠悠世岂知?近俳缘矫激,取态任斜欹。江阔无澄浪,林深有赘枝。向人言似梦,无计解愚痴。"袁中道也在《江进之传》中称其"诗多信心为之,或伤率意,至其佳处,清新绝伦。文尤圆妙"。凡是通读过《江盈科集》的同好,都会感到这些评价颇中肯綮。

江盈科现存的散文作品大致可分为传统散文和小品文两类,前者以《雪涛阁集》卷六所收"古论"和卷八所收"序文"为代表④,后者以《雪涛阁集》卷十二、十三所收"尺牍"和本书所收《雪涛小说》、《谈丛》、《谈言》、《闻纪》、《谐史》为代表。过去人们谈论公安派的散文,往往以袁宏道描摹山水的小品文为代表,它们之中的确有不少可称为"独抒性灵,不拘格套"的精品,但也有人由此认定公安派不关心国计民生,"作品缺乏深厚的社会意义","思想贫弱"。而江盈科则正好与袁宏道互补,他不仅写了一系列忧国忧民、批评时政的作品,而且写得"超逸爽朗,言切而旨远",同样抒发了作者的"性灵"。例如,《蜂丈人》和《催科》都是就征税这一有关国计民生的大事,分别从皇帝和县令的角度进行探讨,而《鼠技虎名》则对所有"挟鼠技"而"冒虎名"的文臣武将进行了批判,《天怒》甚至从江中小舟喻天下大舟,明确表示:"余盖忧焉,恐向者处丰城之小舟而完,今处天下之大舟而覆。"似乎已预感到危机四伏的大明王朝距覆灭的日子不远了,以致不能不发出沉重的感叹:"今日之势,何可不亟图也?"

此外,江盈科的小品文还善于运用寓言和笑话,表现出传奇性、讽谕性、幽默性色彩,所谓"穷新极变"、"不拘格套",在这里也得到了充分的表现。

江盈科"生平最喜听奇谈",性好谑,也善谑,并且认为"谑亦有一段自然出于天性者","要之矢口而出,令人解颐,亦是一段别才,非可袭取"(《善谑》)。这种天性不仅直接影响到他的创作,而且时刻协调着他的吏隐心态。他和袁宏道一样都不堪忍受官场的俗套冗务,但他没有像袁宏道那样时而辞官,时而补官,而是坚持亦官亦隐,以吏为隐。原因在于其诙谐幽默的性格,使他既能挪揄世态人情,也可自我解嘲,从而协调其仕与隐的矛盾以求得心理的平衡。本书所收五种著作基本上都是他在北京任职时写成,潘之恒在《雪涛小说序》中认为"君之生平尽瘁尽力敦厚道者,备具于此","苟欲慕江君之为人,师其用心之微,请从事于斯说可矣"。又在《四小书序》中称"斯亦人人喜为诵述者",并进而指出:"进之之谈说,猥拾鄙俗咳唾余沥,安于卑论浅见,村竖皆为解颐,而士君子或微哂焉。然进之所尚,未易窥也。彼其扶摇九万,托始于蘋末;震动六种,隐伏于毫端。进之具出世资,而姑为玩世之言,如方朔诙谐乎金马门,坡仙放浪于西湖泉石之间,众人固且易而骇之矣。子舆氏有言:'言近而旨远者,善言也。'"

关于江盈科的著作及其版本问题,笔者在辑校《江盈科集》时,曾撰《江盈科生平著述考》一文做了详细介绍,但因当时限于条件,没有找到江盈科原本《雪涛阁四小书》和潘之恒

《亘史钞》本《雪涛小书》,只好以章衣萍于1935年整理的《雪涛小书》(收入中央书店出版的《国学珍本文库》第一集中)为依据,并提出了一些问题存疑。后来方知台湾中央图书馆和浙江省图书馆藏有万历四十年刻本《亘史钞》,原来存疑的一些问题基本上可以据此解决,恰好上海古籍出版社拟出一套《明清小品丛刊》,并已将江盈科小品列入,使我能将新发现的材料及时奉献给读者,唯一遗憾的是江盈科原本《雪涛阁四小书》至今仍未寻觅到它的踪影。

按照《明清小品丛刊》的编辑体例,本书只选历史上曾经单独成集者合为一帙。现就入选作品的内容、版本及校注情况略述如下:

一、关于《雪涛小说》,作于万历二十七年至二十八年春,最早见于万历二十八年(1600)刻本《雪涛阁集》卷十四,题名《小说》,计有五十二篇。大多写他任长洲知县或求仕时期的所见所闻所感,短的仅百余字,长的也不过千余字,可分为寓言小品和议论小品两类,其思想艺术都取得了突出的成就。万历三十八年(1610),潘之恒曾将《雪涛阁集》卷十四的这五十二篇作品抽出来,分为二卷,以《雪涛小说》为书名单独刊行,其单行本今未见。万历四十年(1612),他又将单行本《雪涛小说》二卷收入《亘史钞》中一并刊行,卷首有潘之恒于万历三十八年所作《雪涛小说序》,部分篇章附有他的评语等,并在下卷补入了他受江盈科影响而作的《尽慧》和《假手》两篇小品,同时他还对有些作品的标题和正文作了修改或删节。此外,还有一个仅收十四篇作品的《雪涛小说》版本系统,最早见于明末刻本《雪涛谐史》第一种,这些作品全是从《雪涛阁集》卷十四中选出,但对部分篇章做了修改或删节;清初《说郛续》

卷四十五也收《雪涛小说》一卷,实据此本翻刻,从篇名、次序到文字内容乃至版式,都无更改;1936年上海生活书店出版的《世界文库》第九册中有《雪涛小说》一卷,则是依据《说郛续》本排印。为保持作品原貌,本书所收《雪涛小说》仍以万历二十八年刻本《雪涛阁集》卷十四为底本,以万历四十年刊刻的《亘史钞》本参校,并将潘之恒的评语和附作等依次补入,供读者参考。至于明末《雪涛谐史》本也用来参校,但只酌情出校记。

二、关于《雪涛阁四小书》,作于万历二十八年至三十二年之间,最早刊刻于万历三十二年,今未见。黄虞稷(1629~1691)《千顷堂书目》著录的《雪涛阁四小书》当即此本,或是据此本翻刻,其所收四书卷数分别为:"《谈丛》二卷,《闻纪》□卷,《谐史》二卷,《诗评》□卷。"潘之恒曾从坊间购得《雪涛阁四小书》一部,当是原刻本,或是据原刻本翻刻,他"稍芟芜澄涤",并改名为《雪涛小书》,收入《亘史钞》中,于万历四十年刊行。卷首有潘之恒所作《四小书序》、俞恩烨所作《雪涛四小书叙》和江盈科自序,正文附有潘之恒的评语或补充的内容。其编排次序为:1.《谈丛》,不分卷,共57篇。2.《闻纪》,不分卷,分14类,共150则。3.《诗评》,实收《诗评》和《闺秀诗评》二种,共102则。4.《谐史》,不分卷,共153则(包括潘之恒补入的5则);篇末还附有谜语31则(包括潘之恒补入的9则)。江盈科自序称:"大都所谈所闻与所戏谑,皆本朝近事,唯诗评则不能不参诸前代。"限于《明清小品丛刊》的体例,本书只收四小书中的《谈丛》、《闻纪》、《谐史》三种,并且皆以《亘史钞》本为底本。其中《谈丛》和《谐史》风格各异,其艺术水平却皆可与《雪涛小说》媲美。《闻纪》虽不乏优秀篇章,但相对而言,其总体水平已有所逊色,尤其《纪灾异》等类过于简略,似乎不能称为小品;此外,《谐史》所附"谜类",有的也过于简略;鉴于二者(指《闻纪》和"谜类")都不见于《江盈科集》,且濒临绝版,为保存资料的完整性,姑且一并照原本收录,潘之恒的评语和补充的内容,也循《雪涛小说》之例予以保留。至于弃而未收的《诗评》和《闺秀诗评》,皆可在《江盈科集》中找到,而且《江盈科集》所收《雪涛诗评》和《闺秀诗评》,内容比此本略多,更为完整。最后,还有必要说明的是,《江盈科集》所收《雪涛谈丛》十一篇作品,原以清初《说郛续》卷十六为底本,以近人所编《五朝小说大观·皇明百家小说》参校,其中有九篇已见于《亘史钞》本《谈丛》,故仅将未见的《解嘲》、《白香山》二篇补录在《谈丛》末尾。

三、关于《谈言》,最早见于明末刻本《雪涛谐史》第二种,共十一篇。清初《说郛续》卷四十五也收《谈言》一卷,实据此本翻刻。今据明末刻本《雪涛谐史》为底本予以收录,因其性质与《谈丛》接近,且其中有《李西涯》一篇已见于《亘史钞》本《谈丛》中,故排列在《谈丛》之后。

四、关于注解和校记,按《明清小品丛刊》体例,本书只对正文中出现的人名、地名、典故、术语加以简明的注释,词语一般不注。前已有注而重见于后文的,一般不重复注释,但遇称人不以名而以字号、谥号、官职或籍贯者,则加注其姓名字号等,并加"已见前注"等语略去生平仕履等。凡潘之恒增补的内容(包括评语、引证等)和附录的内容(包括江盈科的谜语和潘之恒的即兴之作),概不加注。有他本可校需要出校记的,则以注解的方式依次出之。

五、与本书所选著作相关的明人序文五篇(包括江盈科自序),皆附于书末,供研究者参考。

六、本书所收内容大部分已见于《江盈科集》,真正属于新增加的内容计有:《雪涛小说》附潘之恒创作 2 篇,《谈丛》47 篇,《闻纪》150 则(全部),《谐史》附江盈科和潘之恒所作谜语 31 则,以上四书所附潘之恒评语等若干条,另附江盈科、潘之恒、俞恩烨所作序文 3 篇。凡已拥有《江盈科集》者,需以本书相辅方能得其全;仅得本书而欲进一步了解乃至研究江盈科者,可向岳麓书社求购《江盈科集》。

在本书搜集资料和校注的过程中,曾得到江巨荣先生、吴格先生、夏剑钦先生和高克勤先生的支持,特此致谢。

黄仁生

戊寅岁末于复旦

① 按江盈科生年,一般依据袁中道《江进之传》所说"得年仅五十",定为嘉靖三十四年(1555),实有误,详见拙作《江盈科生平著述考》,《中国文学研究》1997 年第 2 期。

② 参见拙作《江盈科论》,《文学评论》1998 年第 2 期。

③ 详见拙作《论江盈科参与创立公安派的过程及其地位》,《复旦学报》1998 年第 5 期。

④ 按对传统散文与小品文的划分,学术界并无公认的标准,故也有人把江盈科部分序文称为小品文。

目　录

◇雪◇涛◇小◇说◇

◇ 芥 ◇ 川 ◇ 龍 ◇ 之 ◇

蜂 丈 人

太祖微行至田舍①,见一村翁,问其生庚。翁告之某年月日时,皆同上。太祖曰:"尔有子乎?"答曰:"否。""有田产乎?"曰:"否。""然则何以自给?"曰:"吾恃养蜂耳。"曰:"尔蜂几何?"曰:"十五桶。"太祖默念曰②:"我有两京十三省③,渠有蜂十五桶。此年月日相合之符。"太祖又问曰:"尔于蜂,岁割蜜,凡几次?"翁曰:"春夏花多,蜂易采,蜜不难结,我逐月割之。秋以后花渐少,故菊花蜜不尽割,割十之三,留其七,听蜂自唼为卒岁计。我乃即春夏所割蜜易钱帛米粟,量入为出,以糊其口;而蜂亦有馀蜜,得不馁。明岁,又复酿蜜。我行年五十,而恃蜂以饱,盖若此。他养蜂者不然,春夏割之,即秋亦尽割之,无馀蜜,故蜂多死。今年有蜜,明年无蜜,皆莫我若也。"太祖叹曰:"民犹蜂也,君人者不务休养,竭泽取之,民安得不贫以死?民死,而国无其民,税安从出?是亦不留馀蜜之类也。蜂丈人之言,可以传矣,可为养民者法矣。"

余闻此于父老,欲作《蜂丈人传》,然其姓名皆逸,故书其略。

---

① 按《亘史钞》本在该文开篇前补加了"西楚江盈科曰"六字。太祖:即明朝开国皇帝朱元璋(1328～1398)。

② "太祖默念曰"至"太祖又问曰"三十一字;《亘史钞》本改作"太祖默念我有京省渠以蜂桶敌之此年月日相合之符又问"二十四字。

③ 两京十三省:两京指南京、北京。十三省指山东、山西、河南、陕西、四川、湖广、浙江、江西、福建、广东、广西、云南、贵州等处行中书省,后乃尽革行中书省,置十三布政使司。参见《明史·地理志》。

鼠 技 虎 名

楚人谓虎为"老虫"①,姑苏人谓鼠为"老虫"②。余官长洲③,以事至娄东④,宿邮馆,灭烛就寝。忽碗碟砉然有声,余问故,阍童答曰:"老虫。"余楚人也,不胜惊错,曰:"城中安得有此兽?"童曰:"非他兽,鼠也。"余曰:"鼠何名老虫?"童谓吴俗相传尔耳⑤。

嗟嗟,鼠冒老虫之名,至使余惊错欲走,徐而思之⑥,良足发笑。然今天下冒虚名、骇俗耳者不少矣:堂皇之上,端冕垂绅,印累累而绶若若者,果能遏邪萌、折权贵、摧豪强欤?牙帐之内,高冠大剑,左秉钺,右仗纛者,果能御群盗、北遏虏、南遏诸夷,如古孙、吴、起、翦之俦欤⑦?骤而聆其名,赫然喧然,无异于老虫也;徐而叩所挟,止鼠技耳。夫至于挟鼠技,冒虎名,立民上者皆鼠辈,天下事不可大忧耶⑧?

余按唐小史有云:"大虫,老鼠,同列十二时神。"则吴人呼鼠为老虫原误⑨。

① 楚:古代国名,这里指今湖北、湖南一带。
② 姑苏:苏州的别称。
③ 长洲:县名,治所与吴县同在苏州城。

④ 娄东：太仓州（县）的别称，因境内有娄江而得名，今属江苏。

⑤ 吴：古代国名，这里指苏州一带地方。

⑥ "徐而思之"：《亘史钞》本删此四字。

⑦ 孙、吴、起、翦：指孙武、吴起、白起、王翦，皆为春秋战国时著名军事家。

⑧ "不可大忧耶"：明崇祯《雪涛谐史》本、清顺治《说郛续》本皆作"不可不大忧耶"。

⑨ "余按"至文末：《亘史钞》本删此二十七字。

特　操

士君子处世，贵有特操。舍其操以徇人，幸而得，则世争鄙之；不幸而不得，则不惟世鄙之已，亦自悔之矣。夫变操以徇人者，此不知命者之所为也。尝观世庙时议礼入相①，凡四人。张文忠之议②，称皇称考也，持一人之舌，关举朝之口，博识雄辩，人莫能抗，此固迎合上心，然未可尽谓其媚，后来相业，亦自轩举可观，君臣相得，世罕其俪。桂萼窃璁绪余③，并取相位，而才调气魄，非文忠等也。要于得君，则相亚矣。夏贵溪议郊社礼④，遂得幸，以给谏不次入相⑤，信任次于文忠。迹其功业，盖鲁卫之政乎⑥？严分宜议献皇称宗入庙礼⑦，亦遂得幸，举朝之人皆曰嵩贪，曰嵩险，曰嵩之凶与郭勋等为四⑧，上皆不听，竟拔入相，其见敬重，不必如文忠，而信任匹之，后来擅权肆恶，为嘉靖奸臣之最。此四君者，人品不同，事业亦异，要之皆以议礼见庸者也。然亦四君之命，当拜相耳。

当时见四君皆以议礼相,从而效之而卒不得者三人。州同丰坊议以献皇配帝⑨,上喜而举行之矣,然丰坊卒以同知老也。桂萼之子桂舆议重建太庙之制,意主于尊献皇,上下其疏与图,大臣以为谬妄,桂反以寺丞黜也。江汝璧亦上图议庙制⑩,谓睿宗当与成祖对⑪,上亦欣然嘉之,然事不果行,而汝璧以他事罢学士也。此皆命不当相,纵效前四君之为,干前四君所干之主,而卒不能如四君之必得志也。

尝试譬之:贾竖贱业,乃其收值丰缩,非计算所能主,有命存焉。夫市炭者,炭至,偶与寒会,则其价十倍矣。鬻冰者,冰至,偶与暑会,则其价亦十倍矣。乃有感时之寒而贩炭,炭至而寒退不见售者,感时之暑而贩冰,冰至而暑退不见售者,无他,时可遇,不可逐也。张、桂四君之以议礼入相,遇时者也。丰、桂、江效四君议礼,而或黜,或罢,逐时者也。夫惟知时之可遇不可逐,而士君子当自信其特操矣。呜呼,汉儒惟扬雄最恬淡⑫,竟以《剧秦》一篇,见嗤于后世,一生清苦,都付无用,可不戒哉?

① 世庙:即明世宗朱厚熜(1507~1566),正德十六年(1521)武宗死,因其无嗣,以“兄终弟及”例奉遗诏继位,年号嘉靖,在位四十五年。议礼:世宗即位初年,以欲尊本生父兴献王朱佑杬为“皇考”引起大礼议,反对尊兴献王之臣僚受廷杖、下狱者甚众,大学士杨廷和等亦被迫去职,投其所好者张璁等得以入阁。

② 张文忠:名璁(1475~1539),字秉用,后赐名孚敬,字茂恭,号罗峰。浙江永嘉人。正德十六年进士,累官华盖殿大学士,位至首辅。卒谥文忠。

③ 桂萼:字子实,号古山。江西安仁人。正德六年进士。嘉靖间仕至武英殿大学士。

④　夏贵溪：即夏言(1482～1548)，字公谨，号桂洲。江西贵溪人。正德进士。嘉靖十五年任武英殿大学士，旋为首辅执政。后被严嵩罗织罪名，遇害。

⑤　给谏：是给事中及谏议大夫的合称。明代吏、户、礼、兵、刑、工六科各设给事中，辅助皇帝处理奏章，稽察驳正六部之违误。每科又设都给事中一人及左右给事中各一人以总之。夏言于正德十二年进士及第，授行人，擢兵科给事中。

⑥　鲁卫之政：语出《论语·子路》："鲁卫之政，兄弟也。"鲁是周朝周公(姓姬名旦)的封国，卫是周公之弟康叔(名封)的封国，两国的政治情况也像兄弟一样差不多，因以比喻情况相同或相似。

⑦　严分宜：即严嵩(1480～1567)，字惟中，一字介溪。江西分宜人。弘治十八年进士，嘉靖二十一年任武英殿大学士，入阁专国政二十年，官至太子太师。　献皇：即世宗生父朱佑杬(？～1519)，宪宗第四子，成化二十三年(1487)封兴王，国安陆(今属湖北)。卒谥献。世宗时尊为皇考，庙号睿宗。

⑧　郭勋(？～1542)：濠州(今安徽凤阳)人，郭英六世孙。袭封武定侯。嘉靖初掌团营，以大礼议附世宗，改督团营，兼领后府，十八年进翊国公，加太师。怙宠骄恣。后以罪下狱死。

⑨　丰坊：字存礼，后更名道生，字人翁，别号南禺外史。浙江鄞县人。嘉靖二年进士。除南京吏部主事，以吏议谪通州同知，免归。后屡以上言邀官，竟不得起用，郁郁病卒。

⑩　江汝璧(1486～1558)：字懋谷，号贞斋。江西贵溪人。正德十六年进士。官至少詹事兼翰林院学士。

⑪　成祖：即朱棣(1360～1424)，太祖第四子。洪武三年封燕王，十四年至藩北平(今北京)。惠帝削藩，他以祖训为名，起兵"靖难"。建文四年(1402)夺取帝位，年号永乐，在位二十二年。

⑫　扬雄：字子云，西汉蜀郡成都人。成帝时以荐及献赋被任为郎，王莽称帝后任大夫，曾作《剧秦美新》颂扬王莽。

任　事

　　天下有百世之计,有一世之计,有不终岁之计。计有久近,而治乱之分数因之。国家自洪武至于今,二百四十年,承平日久,然所以保持承平之计,则日益促。自宗藩、官制、兵戎、财赋以及屯田、盐法,率皆敝坏之极,收拾无策,整顿无绪。当其事者,如坐敝船之中,时时虞溺,莫可如何。计日数月,冀幸迁转,以遗后来,后来者又遗后来,人复一人,岁复一岁,而愈敝愈极。虽有豪杰,安所措手?

　　盖闻里中有病脚疮者,痛不可忍,谓家人曰:"尔为我凿壁为穴。"穴成,伸脚穴中,入邻家尺许。家人曰:"此何意?"答曰:"凭他去邻家痛,无与我事。"又有医者,自称善外科,一裨将阵回,中流矢,深入膜内,延使治,乃持并州剪剪去矢管①,跪而请谢。裨将曰:"簇在膜内者须亟治。"医曰:"此内科事,不应并责我。"噫,脚入邻家,然犹我之脚也;簇在膜内,然亦医者之事也。乃隔一壁,辄思委脚;隔一膜,辄欲分科。然则痛安能已、责安能诿乎?今日当事诸公,见事之不可为,而但因循苟安,以遗来者,亦若委痛于邻家,推责于内科之意。

　　呜呼,忠臣事君,岂忍如此?古人盖有身死而尸谏、临终而荐贤者,岂其及吾之身,一策莫展,而但欲遗诸后人也哉?虽然,为之之道,盖亦甚难。官无论已,置身之死生于度外,又得明主坚信而力持之,然后可以有济。我朝若于忠肃谦②、刘忠宣大夏③,可谓能任事、能成功者。然当谦之身,有章太后力主于中④,故谦内筹军政,外遏虏锋,俾宋辕之北者再南,周鼎之摇者复定。向微太后,即百谦何能为也。当大夏之身,有孝庙信任于上⑤,故宫门之飞帖不眩,膝前之石画日陈,革工役则貂珰敛手⑥,练兵马则戎行生色。向微孝庙,即百大夏何能为也。未几,景皇弥留⑦,而忠肃已染西曹之血矣;孝庙上宾,而忠宣已荷烟瘴之戈矣。夫任事如二公,成功如二公,得君之专如二公,而皆不免以身为殉。信乎,任事之难哉!又何怪乎委痛于邻家、分科于膜外者之接踵于天下哉?

    ① 并州:古州名,在今山西太原一带,以出产锋利的剪刀而著名。

    ② 于忠肃:于谦(1398～1457),字廷益,号节庵。浙江钱塘人。永乐十九年进士。正统十四年(1449),英宗亲征瓦剌被俘。景帝立,升任兵部尚书,守京师。也先逼京师,谦身自督战却之,论功加少保。后英宗复辟,谦以谋逆罪被杀。弘治初赠太傅,谥肃愍,万历中改谥忠肃。

    ③ 刘忠宣:刘大夏(1436～1516),字时雍,号东山。华容(今属湖南)人。天顺八年(1464)进士。官兵部尚书,多有建树。卒谥忠宣。

    ④ 章太后:即宣宗皇后孙氏(?～1462),邹平人。英宗立,尊为皇太后。英宗北狩,太后命郕王监国。景帝立,尊为上圣皇太后。英宗复辟,上徽号曰圣烈慈寿皇太后,天顺六年崩,谥孝恭懿宪慈仁庄烈齐天配圣章皇后。

    ⑤ 孝庙:即明孝宗朱祐樘(1470～1505),宪宗子,成化二十三年(1487)继位,年号弘治,在位十八年。

    ⑥ 貂珰:最初为汉代中常侍冠上的两种饰物,"貂"即貂尾,"珰"以金银为之。光武以后,乃悉用于宦者,后世以之作为宦官的别称。

    ⑦ 景皇:即明景帝朱祁钰(1428～1457),宣宗次子,英宗即位后以皇弟封郕王。土木堡之役,英宗被俘,皇太后命以郕王监国,旋即帝位,年号景泰。英宗复辟,被废为郕王。

催　科

　　为令之难,难于催科。催科与抚字,往往相妨,不能相济。阳城以拙蒙赏①,盖犹古昔为然,今非其时矣。国家之需赋也,如枵腹待食;穷民之输将也,如挖脑出髓。为有司者,前迫于督促,后慑于黜罚,心计曰:"与其得罪于能陟我、能黜我之君王,不如忍怨于无若我何之百姓。"是故号令不完,追呼继之矣;追呼不完,棰楚继之矣;棰楚不完,而囹圄,而桎梏。民于是有称贷耳;称贷不得,有卖新丝、粜新谷耳;丝尽谷竭,有鬻产耳;又其甚,有鬻妻、鬻子女耳。如是而后,赋可完;赋完,而民之死者十七八矣。呜呼!竭泽而渔,明年无鱼,可不痛哉?

　　或有尤之者,则应曰:"吾但使国家无逋赋,吾职尽矣,不能复念尔民也。"余求其比拟,类驼医然。昔有医人,自媒能治背驼,曰:"如弓者,如虾者,如曲环者,延吾治,可朝治而夕如矢。"一人信焉,而使治驼。乃索板二片,以一置地下,卧驼者其上,又以一压焉,而脚踚焉。驼者随直,亦复随死。其子欲鸣诸官,医人曰:"我业治驼,但管人直,那管人死?"

　　呜呼!世之为令,但管钱粮完,不管百姓死,何以异于此医也哉?夫医而至于死人②,不如听其驼焉之为愈也;令而至于死百姓,不如使赋不尽完之为愈也。虽然,非仗明君躬节损之政,下宽恤之诏,即欲有司不为驼医,不杀人,可得哉?噫,居今之世,无论前代,即求如二祖时③,比岁蠲,比岁免,亦杳然有今古之隔矣。

亘史续曰④：人有患腹疾者求医，医曰："我能治。"饮以剂，俄而心痛，怪之。医曰："心虽痛，腹疾瘳矣。请今治心。"又剂，而首疾作。医曰："疾在首，而心疾瘳矣。"俄而命绝，举，尤之。医曰："吾能除疾尔，遑顾尔命哉？"此与驼医何异？可佐鼓掌。

《吕氏春秋》云：鲁人有公孙绰者，告人曰："我能起死人。"人问其故，对曰："我固能治偏枯，今吾倍所以为偏枯之药，则可以起死人矣。"物固有可以为半，不可以为全者也。此亦可佐驼医之谑。

① 阳城(736~805)，字亢宗。唐定州北平(今河北宪县)人。隐居中条山，德宗召拜为谏议大夫。后改国子司业，出为道州刺史。治民如治家，税赋不能如额，观察使数皆责让，自署其考曰："抚字心劳，催科政拙，考下下。"因载妻子弃官去。

② "夫医而至于死人"至"不如使赋不尽完之为愈也"：《亘史钞》本删此四句。

③ ·二祖：指明太祖、成祖。

④ 亘史：即潘之恒，字景升，别号冰华生、亘史等。歙县(今属安徽)人。嘉靖间曾任中书舍人。善诗文，著有《涉江诗草》、《金昌诗草》、《鸾啸集》等，编有《亘史钞》等。按"亘史续曰"至"此亦可佐驼医之谑"二段，皆潘之恒所补。以下凡有类似提示可判断为潘补者，一般不再出校记，所补内容概不加注。

甘　利

呜呼，味之至甘者，莫过于利；人之至苦者，莫甚于贫。以至甘之味,投至厌苦之人,往往如石投水,有受无拒。故四知却馈,杨震标誉于关西①;一钱选受,刘宠著称于东汉②。挥锄隐君③,视同瓦砾;披裘老子④,耻拾道遗。史册所书,晨星落落;而垂涎染指,曲取贪图者,则天下滔滔也。

尝闻一青衿⑤,生性狡,能以谲计诳人。其学博持教甚严⑥,诸生稍或犯规,必遣人执之,朴无赦。一日,此生适有犯,学博追执甚急,坐彝伦堂盛怒待之⑦。已而生至,长跪地下,不言他事,但曰:"弟子偶得千金,方在处置,故来见迟耳。"博士闻生得金多⑧,辄霁怒,问之曰:"尔金从何处来?"曰:"得诸地藏。"又问:"尔欲作何处置?"生答曰:"弟子故贫,无口业,今与妻计:以五百金市田,贰百金市宅,百金置器具,买童妾,止剩百金,以其半市书,将发愤从事焉,而以其半致馈先生,酬平日教育,完矣。"博士曰:"有是哉! 不佞何以当之?"遂呼使者治具,甚丰洁,延生坐,觞之。谈笑款洽,皆异平日。饮半酣,博士问生曰:"尔适匆匆来,亦曾收金箧中扃钥耶?"生起应曰:"弟子布置此金甫定,为荆妻转身触弟子,醒,已失金所在,安用箧?"博士蘧然曰:"尔所言金,梦耶?"生答曰:"固梦耳。"博士不怿,然业与款洽,不能复怒。徐曰:"尔自雅情,梦中得金,犹不忘先生,况实得耶?"更一再觞出之。

嘻,此狡生者,持梦中之金,回博士于盛怒之际,既赦其朴,又从而厚款之。然则金之名且能溺人,彼实馈者,人安得不为所溺? 可惧也已。尝观韩非以出妇喻黜官⑨:"为妇而出,常也,所贵善营私耳;居官而黜,亦常也,所贵善殖货耳。"呜呼,韩子之言,世情也。楚有一人为令,以墨罢官归,而美衣媮食,歌童舞姬,受享拟王者。醉中语人曰:"我若无主意,听孔夫子说话⑩,今且无饭吃,安得有此?"噫,此造业之人,造业之言。然彼直狂诞，敢为此语，世之口不若人、心若人者，可胜数哉！庞氏遗安⑪，杨公清白，能不目为迂阔者，又几何人哉？

　　①　杨震(?～124)：字伯起。东汉弘农华阴(今属陕西)人。其任东莱太守时，道经昌邑，邑令王密夜怀金十斤以赠杨震，说："暮夜无知者。"杨震说："天知、神知、我知、子知。何谓无知？"下文"杨公清白"也当指此事。

　　②　刘宠：字祖荣，东汉东莱牟平(今山东蓬莱东南)人。其任会稽太守，简除烦苛，禁察非法，郡中大化。将内迁为大臣，山阴县有五六老叟，各赠百钱为他送行。宠只选每人一大钱受之，当地人称之为"一钱太守"。

　　③　挥锄隐君：典出《世说新语·德行》："管宁、华歆共园中锄菜，见地有片金，管挥锄与瓦石不异，华捉而掷去之。"

　　④　披裘老子：相传春秋时有披裘公者，吴人也。延陵季子出游，见道中有遗金，顾披裘公曰："取彼金。"公投镰瞋目，拂手而言曰："何子处之高而视人之卑？五月披裘而负薪，岂取金者哉？"参见《韩诗外传》、王充《论衡》、皇甫谧《高士传》等书。

　　⑤　青衿：古时学子所穿的青领服装。这里指府县学学生。

　　⑥　学博：此指学官，如府学教授、县学教谕之类。

　　⑦　彝伦堂：府、县学中堂名。

　　⑧　博士：原为官名，源于战国时代，其所掌为古今史事待问及书籍典守。这里与文中"学博"义同。

　　⑨　韩非：战国韩诸公子。战国末期思想家，法家的主要代表人物。

　　⑩　孔夫子：即孔子(前551～前479)，名丘，字仲尼。鲁国陬邑(今山东曲阜)人。春秋末期的思想家、教育家，儒家学派的创始人。

　　⑪　庞氏遗安：典出《后汉书》卷八十三《庞公传》："(刘)表指而问曰：'先生苦居畎亩而不肯官禄，后世何以遗子孙乎？'庞公曰：'世人皆

遗之以危,今独遗之以安。虽所遗不同,未为无所遗也。'"

妄　心

　　见卵求夜,庄周以为早计[①];及观恒人之情,更有早计于庄周者。一市人贫甚,朝不谋夕。偶一日拾得一鸡卵,喜而告其妻曰:"我有家当矣。"妻问安在,持卵示之,曰:"此是。然须十年,家当乃就。"因与妻计曰:"我持此卵,借邻人伏鸡乳之,待彼雏成,就中取一雌者,归而生卵,一月可得十五鸡,两年之内,鸡又生鸡,可得鸡三百,堪易十金。我以十金易五牸,牸复生牸,三年可得二十五牛,牸所生者,又复生牸,三年可得百五十牛,堪易三百金矣。吾持此金举责,三年间,半千金可得也。就中以三之二市田宅,以三之一市僮仆,买小妻,我乃与尔优游以终馀年,不亦快乎?"妻闻欲买小妻,怫然大怒,以手击鸡卵碎之,曰:"毋留祸种。"夫怒挞其妻,仍质于官,曰:"立败我家者,此恶妇也,请诛之。"官司问家何在? 败何状? 其人历数自鸡卵起,至小妻止。官司曰:"尔家当尚未说完[②]。"其人曰:"完矣。"官曰:"尔小妻生子,读书登科,出仕取富贵,独不入算耶? 如许大家当,碎于恶妇一拳,真可诛。"命烹之。妻号曰:"夫所言皆未然事,奈何见烹?"官司曰:"你夫言买妾,亦未然事,奈何见妒?"妇曰:"固然,第除祸欲蚤耳。"官笑而释之。

　　噫,兹人之计利,贪心也;其妻之毁卵,妒心也;总之,皆妄心也。知其为妄,泊然无嗜,颓然无起,即见在者,且属诸幻,况未来乎! 嘻,世之妄意早计,希图非望者,独一算鸡卵之人乎？

① 庄周：战国时哲学家。宋国蒙（今河南商丘东北）人。曾做过蒙地方的漆园吏，后从事讲学著述。今有《庄子》一书传世。

② “尔家当尚未说完”至“独不入算耶”：《亘史钞》本删此三十三字。

丧　我

人生自有真我，徇其非真我者，而真我乃丧。试观赤子在襁抱中，被之布不愠，被之锦不喜，枕之以块睡亦如是，枕之以玉睡亦如是，中无所起，外无所艳，此之谓真我。久之知诱物化，见饮食则垂涎矣，见金宝则动念矣；久之而悦少艾矣，又久之而嗜富贵矣，图持保矣。始犹循理以求之；不得，则捐廉耻求之；又不得，则殚精力决性命求之。至于决性命以求在外，而真我之丧无余蕴矣。

尝闻一隶卒，奉官司旨，执一奸僧，械而绳焉，牵与俱走。其僧黠甚，图自脱，至夜，就逆旅中，治具甚丰洁，取酒跪奉卒，曰：“以我之故劳君，此所以酬也。”卒故嗜酒，僧百计劝之，至大醉，不辨人事，颓然而卧。僧乃自脱其械，取刀髡卒，以械械其手，挛之绳焉，而卒鼾睡犹故也。僧乘其醉，逸去。翌日，卒酒醒，视械在其手，又绳也，摩其顶，髡矣，而僧不见，乃叹曰：“和尚在这里，只不见我①。”趋归其家，妻方理栉对镜，见卒至，辄詈曰：“何物奸僧，那得带械入人闺中？”卒趋出，顿足曰：“我道不是我了②。”

噫,卒之所徇者,酒耳,至于丧我,而不自觉。世人之决性命以徇者,若财,若爵,若功名,其途甚多,其营为至繁,虽欲不丧真我,安可得哉? 噫,禅家有言:"生来一物带不来,死去一物带不去。"此语甚直捷,甚警省,知此身之中,本无一物,真我恍然毕呈矣。

①　"和尚在这里,只不见我":《亘史钞》本作"和尚在此奈何不见我"。

②　"我道不是我了":《亘史钞》本作"我非我僧为谁"。

深　文

法家最忌深文①。深文之人心忍,而其才足以济之,往往能令人必行其说,遗毒甚惨。如见弃灰者,曰:"是不务粪田,惰而废业者也。"刑之。见民挟弓矢,曰:"是将为盗,敢于射人者也。"而诛之。颜异以腹诽蒙戮②,岳飞以莫须见杀③,如此,则何人不可加辟? 而民奈何能措手足耶?

偶忆一关吏治夜禁甚严,犯者必重挞无赦。苟无犯者,辄谓逻卒贿脱,挞逻卒无赦。居民畏其挞,莫敢犯。一日未晡时④,逻卒巡市中,见一跛者,执之。跛者曰:"何故执我?"逻卒曰:"尔犯夜禁。"跛者指日曰:"此才晡时,何云夜? 又何云犯夜?"卒曰:"似尔这般且行且憩息,计算过城门时,非一更不可。岂非犯夜?"跛者语塞,与俱赴关吏。关吏果逆其必犯夜也,而重挞之。世之巧吏,以巧计造为不必然之事,而指其人以必然,论戍论死,使人无所逃避,盖亦执跛者而逆其犯夜之类也。

呜呼,快意取功名可矣,独不为方寸计乎? 若夫倡率之机,又系于上,非必人主,即令为直指⑤,为监司者⑥,意向操切,则属吏之以束湿见长⑦、察渊见异者⑧,必且响应,而民含冤饮恨者,不知凡几。余平生无他能,独耻此不为。或曰:"失上意,不利于官。"噫,人之性命,为我博美官者耶?

> 或云:一乡民去城三十里,薄暮出城,逻卒以犯夜执之。民曰:"未暮,何执?"卒曰:"计尔抵家时,夜且深矣。其恃远犯禁,尤甚于夜行。"官重赏,以卒为能,而罚治乡民如所禁⑨。

① 法家:这里指执掌法律的官吏。

② 颜异:西汉人,曾为济南亭长,以廉直稍迁至九卿。"颜异以腹诽蒙戮",事见《史记·平准书》:"(张)汤奏(颜)异当九卿见令不便,不入言而腹诽,论死。自是之后,有腹诽之法比。"

③ 岳飞(1103~1142):字鹏举。宋代相州汤阴(今属河南)人。抗金名将,后被秦桧诬谋反,下狱,以"莫须有"罪名处死。孝宗时,追谥"武穆"。宁宗时,追封鄂王。

④ 晡时:申时,即下午三点至五点。

⑤ 直指:汉代朝廷设置的专管巡视的官员,直接派往各地处理政事,也称直指使者。这里当指明永乐以后所设巡抚一职。

⑥ 监司:监察地方属吏之官。明代按察使及按察分司,因掌管监察,亦称监司。

⑦ 束湿:本意为捆缚湿物,此处用以形容官吏对下属的严酷急切。

⑧ 察渊:本意为明察至能见到深渊之鱼,此处用以比喻探知别人的隐私。

⑨ "或云"一段:为潘之恒所增补。

不 善 用 书

古人有言:"发人神智者,惟书而已矣。"故秦始皇焚书①,贾谊断之曰②:"以愚黔首。"乃知读书则智,不读书则愚。譬饮食然,用之则饱,不用则饥。第善人读书以益其智,则善无不至;恶人读书以益其智,则恶无不至。

吾乡乙亥岁郡庠一诸生名王嘉宾③,一儒童名杨应龙④,诱余邑儒童邹文鉴游狭斜,计罟其资三百金,惧鉴与索,遂以晡时引鉴赴旷地,王与杨共用石击杀鉴。鉴临死啮嘉宾二指几断,血溅宾衣,腰以下如雨痕。鉴死,地方闻于官,时郡守叶公曰葵、郡丞王公麟泉⑤,命缉捕,竟弗获。适嘉宾赴麟泉署,求免一操军,麟泉未许,宾辄从公手中夺笔,欲自抹操军名,公恶之,视其二指皆啮几断,偶回风飘衣,衣衫血痕点点然碧。公问之曰:"尔指谁啮耶? 尔衣上血谁染耶?"宾答曰:"顷与妇失欢,妇啮吾指,又出口中血溅吾衣耳。"公命锁嘉宾别馆,亟遣人执其妻,至则吓曰:"尔夫告尔,谓尔啮其指,口血溅其衣,尔罪当死。"妻惧,诉曰:"妾那敢啮夫指,血夫衣? 夫自与杨应龙、邹文鉴饮东门某娼家戏斗,为娼啮且血耳。奈何冤妾?"公乃命系其妻,遣人执某娼。娼至,讯之,具言宾与鉴从其家饮酒去,暮而宾独归,视其指啮,其衣血,扣之不言所以。公乃白日葵曰："杀邹文鉴者，王嘉宾也。"因会讯之，宾输服不复能辩，盖妻与娟已先发其隐情矣；遂与应龙俱论斩。人皆称叹麟泉公，以为神明。

越半岁，麟泉转员外，与日葵公别，曰："不佞行矣，郡中止一事宜防。"日葵请曰："何事？"公曰："王嘉宾，读书人多智，今在图圄，如槛中猿，未尝一日忘出，宜慎之。"

越半岁，嘉宾与应龙果重贿狱卒，多买利刃，藏米桶以人，又掘狱墙几透，以纸掩之。将举事，谋于他盗，盗佯应之，阴语其母，母亟闻于官。日葵公率兵快下狱，视则利刃十余柄，油百斤，皆在焉。视墙，墙尽掘。乃问宾曰："尔欲何为？"曰："欲反耳。"公曰："尔反如何？"曰："以油纸点火烧狱柱，柱燃，公必出救火，我乃率狱中盗执公杀之，借财府库，杀出城，夺船往洞庭作小杨么耳⑥。公福人，故未发而觉，今愿就死无他觊。"公乃缚宾与应龙，挞之数百，立毙，以钉贯其顶，暴其尸。人又益思麟泉公先见。然叶公自循良，天实佑之。不然，盗母不白，几危矣。嘻，若嘉宾者，所谓读书益智、恶无不至者也，岂不有负于书也哉？

① 秦始皇（前259～前210）：姓嬴名政。战国末秦君，平灭六国，统一天下，称始皇帝。为加强统治，曾焚书坑儒，详见《史记·秦始皇本纪》。

② 贾谊（前200～前168）：洛阳（今属河南）人。西汉政论家、文学家。其断秦始皇焚书为"以愚黔首（百姓）"，见《过秦论》。

③ 乙亥岁：指万历三年（1575）。 郡庠：即府学，此指常德府学。诸生：明清时代指经省各级考试录取入府、州、县学的生员，有增生、附生、廪生、例生等名目，统称诸生。

④ 儒童：即童生。明清时凡中学以前，无论年龄老幼，皆称童生，

入学以后方称生员。

⑤ 叶公:叶日葵,名应春,浙江会稽人。嘉靖三十五年进士,曾任常德知府。 王公:王麟泉,名用汲,字明受,号麟泉,福建晋江人。隆庆二年进士。曾任常德同知。官至南京刑部尚书。

⑥ 杨么(? ～1135):名太。南宋鼎州龙阳(今湖南汉寿)人。从钟相起义,在诸首领中年龄最幼,当地谓幼为么,俗呼杨么。绍兴三年(1133)被推为总首领,称大圣天王,并以纪年,有众二十万人。绍兴五年为岳飞军所破,被俘遇害。

天　怒

　　天意之怒,见于候兆,惟心乎畏天者,自能测之;毋犯其怒,而能自必其命。余盖验诸舟人已。辛酉之夏①,舟过丰城②,日亭午,天色光莹,万里一碧,然甚暄热,偶西北有黑云起,初如盖,渐蔓衍铺叙如絮。舟子谓余曰:“宜泊舟。”余曰:“晴霁无风,奈何泊? 彼前舟鱼贯,橹者桨者皆弗泊也,而奚泊?”舟子曰:“恶风至矣,不泊,且覆。”遂维舟于岸,首尾皆植桩焉。余乃携一童子登岸,颇舒挛缩,少憩卖浆家。俄而震风大作,屋瓦群飞如蝶,俯视江心,白涛山立,高十余丈,前舟覆者凡十余艘,人从波中出没,如惊凫乱鸭,死者十六;而余舟独完,浪亦翔入舟口,行李俱湿。乃取酒犒舟人,曰:“非汝早见,将江鱼腹中又葬楚人骨矣。然汝何以知天且风?”舟子曰:“天气怒,应有怒风。我辈江行久,故能测。测其且怒,畏焉而谨避之,庶不及覆。公非江湖人,安测? 彼前舟者非必不测,盖直以为不足畏,恃焉,而及于溺,可怪也已。"

嗟夫,天下犹大舟也,天下之人无贵贱,无老弱,无贤愚,皆同舟之人也,而倚一人为舟师。数年以来,天怒叠见,彗出矣,地震矣,山移矣,水血矣,铁星陨矣,木象生矣,两宫三殿灾矣,太庙古树雷且火矣。乃岩廊之上恬不为畏,岂其聪明越世,仰视甚怒之天而不能测耶? 测则何容泄泄若是耶? 余盖忧焉③,恐向者处丰城之小舟而完,今处天下之大舟而覆。《诗》云:"其何能淑? 载胥及溺。"今日之势,何可不亟图也?

① 辛酉:按江盈科生于嘉靖三十二年,卒于万历三十三年,辛酉即嘉靖四十年,是年作者仅九岁,明显有误。据文意,"舟过丰城"事当在作者出仕之后,疑为"丁酉"之误。

② 丰城:县名,在今江西省中部,有赣江贯穿。

③ "余盖忧焉"至"大舟而覆":《亘史钞》本删此二十四字。

嫁　祸

金陵上清河一带善崩①,太祖患之,皆曰:"猪婆龙窟其下,故尔。"时工部欲闻于上②,然疑猪犯国姓,辄驾称大鼋为害。上恶其同大元字,因命渔者捕之,杀鼋几尽。先是渔人用香饵引鼋,鼋凡数百斤,一受钓,以前两爪据沙,深入尺许,百人引之不能出。一老渔谙鼋性,命于其受钓时,用穿底缸从纶贯下,覆鼋面,鼋用前爪搔缸,不复据沙,引之遂出。金陵人乃作语曰:"猪婆龙为殃,大团鼋顶缸。"言嫁祸也。

尝观潘去华小说③,载马炳然事④,乃知世之不幸而为大团鼋者,多矣。炳然令嘉鱼⑤,偶大盗劫其帑藏以去。马时宦成,惧得罪,捕盗急,谕捕者曰:"盗魁我犹记之,其人长鬣。"捕者至团峰⑥,见一舟载二十人,踪迹稍异,又长鬣在焉。驰报马,马命速执之,以获盗闻,尽毙之狱。既而马离任,真盗获,乃知前所杀二十人皆冤。

噫,此长鬣辈,金陵人所称顶缸之团鼋也。夫人欲生,谁不如我?规图自利,令无罪之人为顶缸之鼋,于心安耶?若此者,纵逃人祸,必有天刑。去华谓炳然官至金都⑦,舟归蜀,泊团峰,举家皆被盗歼,则杀长鬣辈之报也。古语曰:"宁人负我,毋我负人。"药言哉!

① 金陵:即今江苏南京。

② 工部:中央官署六部之一,掌管营造工程等事项。

③ 潘去华:即潘士藻(1537~1600),字去华,号雪松。江西婺源人。万历十一年进士。历官御史。

④ 马炳然:字思敬,四川内江人。成化十七年进士。曾令嘉鱼。总督南京粮储时,为刘六所挟,令作书退军,不从,遇害,谥忠愍。潘去华所作关于马炳然的小说,指《妄杀奇报》一文,见于《闇然堂类纂》卷六。

⑤ "炳然令嘉鱼"至"必有天刑":《亘史钞》本删去此一百四十余字。

⑥ 团峰:即团风镇,在今湖北黄冈县西北五十里大江北岸,为商业繁盛之地,明清皆置巡司于此。

⑦ 金都:明代都察院置左右金都御史,简称"金都"。

戒　急　性

　　凡人性急最害事，非独害事，先足自害。故性急人不能忧，忧必损性，不能怒，怒必损肝，皆有死道。其不然者，幸也。余观古今性急人，有一二小事可发笑；令其人自觉，亦必自笑，当知所以惩其性矣。晋王述性急①，一日下箸夹鸡子，鸡子不受箸，乃投之地，见其旋转不定，用木屐蹑之；鸡子偶匿屐齿空处，不受蹑，述乃就地手取置口中啮之，尽碎，方吐弃。我朝天顺时②，都宪陈智亦性急③，尝取镨剔指，镨坠地，就地取之，持触砖数回，尽灭其锋乃已。暑日坐厅事，一蝇拂其面，即叱左右捕之。左右故东西驰骛作拿状，伺其怒定乃罢。或告之改，智乃书"戒性急"三字于木尺，置案头。然僮仆有小过，辄又持木尺自抶之。噫，此两公事，言之皆可笑。其实鸡子也，镨也，蝇也，皆无知之物，即我怒彼，彼何损焉？徒自苦耳。是故西门豹佩韦以自缓④，庶几能克己者哉。

　　①　王述：字怀祖，袭爵蓝田侯。晋宛陵（今安徽宣城县）人。其食鸡子发怒事，见《世说新语·忿狷》。

　　②　天顺：明英宗朱祁镇复辟以后的年号，公元1457～1464年。陈智卒于正统十一年（1446），此处"天顺"当为"正统"之误。

　　③　陈智（1379～1446）：字孟机。咸宁（今属湖北）人。永乐四年进士。正统初升右都御史。因古称御史台为宪台，明改设都察院，长官为右都御史，故别称"都宪"。

④ 西门豹：战国初人。被魏文侯任为邺（今河北临漳西南）令，曾破除当地"河伯娶妇"的迷信，并兴建引漳水灌邺工程，开凿水渠十二条。其为戒性急"常佩韦以自缓"事，见《韩非子·观行》。

侥　幸

天下事有意外侥幸者，夫人见之，每起幸心，不知其不数数也。余所闻二近事皆陋，然皆最侥幸。

金陵有妓曰马湘兰者①，负时名，第年五十七，老矣。夙近清贵，家故贫。己亥春②，一形家诣兰所③，周回视之，曰："湘兰，尔知所以贫之故乎？"兰请问，形家指曰："此门向某处为退财，当为尔改之，财乃大进，应在一年。"兰听之改门。逾三月，浙有于公子某，年廿八，慕兰名，往而与居，阅三月，费千金，兰以此致富。形家之言，其验如响。

又檇李有张龙山者④，曾寓金陵，挟厚资，皆从粉黛场中销耗殆尽，萧然寄食卖酱家。忽一胡僧相龙山面，曰："尔气色，旬日中当致千金，愿施我五十金治一衲。"张曰："吾落魄人，不士，不商，不工，即一钱无从致，安问千金？"僧曰："尔无疑，愿少须之。"逾数日，其旧所狎妓遣人邀龙山。龙山曰："邀我何为？我囊罄不能更上汝门矣。"邀者曰："第一往。"至则妓告之曰："近一远贾资多，善博陆，自负无对，与数赌，皆为所胜。妾意能胜此贾者，必君也。"盖龙山故善博，妓所稔知。已而引与赌，辄数胜，凡三日赢千五百金。贾乃谢龙山，不敢赌。龙山携金至卖酱家，胡僧来谒，曰："君不信我言，今何如？"山再拜谢,出百金畀僧。僧曰:"非旧约也。"受其半去。

夫湘兰,雨后樱桃也;龙山困于粉黛,但未操瓢耳。乃皆一日而得千金,出于梦想所不及,岂非侥幸之最者乎?然世安得数有此?与其希湘兰之偶获,不若杜门纺绩,铢积寸累,可取必也。与其觊龙山之赢资,不若力耕自食,春种秋获,可刻期也。故曰:"彼君子兮,不素餐兮⑤。"至于马所遇形家,张所遇胡僧,则又奇发奇中,天下往往有异人率如此,然君子道其常可也。

① 马湘兰:明南京秦淮歌妓。名守贞,小字玄儿,又字月娇,以善画兰,故号湘兰。有诗集二卷传世。

② 己亥:指万历二十七年(1599)。

③ 形家:旧时以相度地形吉凶,为人选择宅基、墓地为业的人,也称堪舆家。

④ 檇李:古地名,在今浙江嘉兴县西南。

⑤ "彼君子"二句:出自《诗经·魏风·伐檀》。

谨 饬

尝闻汉马援戒子有曰①:"杜季良为人豪侠②,父丧,致客数郡。吾爱之敬之,不愿汝曹效之。"因举画虎为喻。唐柳玭戒子有曰③:"门第高,可畏不可恃,一或失检,得罪重于他人。"呜呼,两公真格言哉!

余观吴中如王元美家④,世列卿贰,盖鼎族也。延陵秦方伯耀⑤、云间乔宪长懋敬⑥,俱号名阀。当乙未岁⑦,吴人以关白未靖⑧,不时传警,在位者皆谨备之,而元美季子士骕、耀弟秦灯、懋敬子相,俱自负贵介,又骕能文章,灯善谈,乔善书翰,各有时名,彼此相往来,出入狭斜,酒中大叫,傍不目人。适遇海警,尽攘臂起若将,曰:"我且制倭,我且侯,我且立无前功者。"其时奸人赵州平窜身诸公子间,与纳交,引以自重。每佩剑游酒楼博场,皆与诸公子俱,一时无不知有赵平州也者。乃泛泛投刺富人大家,曰:"吾曹欲首事靖岛寇,贷君家千金为饷。"富人惧焉,或贷之百金、数十金乃去;不贷者,辄目摄曰:"尔为我守金,不久我且提兵剿汝家,汝金非我有,谁有耶?"盖意在得金,姑为大言骇若辈。诸富人见其交诸公子,又常佩剑出入,以为必且帅其党鱼肉我,夺我金也,哄言赵州平、王、秦、乔诸公子将为叛。事闻巡抚朱鉴塘⑨,檄有司分擒之,闻于朝,曰:"是将叛。"又曰:"是为妖言。"然鞫之皆无实。其后论赵州平、秦灯死,士骕戍,乔配。已而江南人言其无实,以为冤,竟成疑狱,久系。士骕家有厮养名胡忠者⑩,善说平话,元美酒酣,辄命说解客颐。忠每说明皇⑪、宋太祖⑫、我朝武宗,辄自称"朕",称"寡人",称人曰"卿等",以为常,然直戏耳。士骕每携忠酒楼,胡作此等语,座客皆大笑,而闾阎乍闻者,辄亦曰:"彼且天子自为?"以是并为骕罪,至收之,图圄之。此其情固非真,目之叛、目之妖言固过,然亦由士骕等自恃高门大阀,交游非类,以至于此。若能如马援所云无效季良,如柳批所称毋恃门第,恂恂自守,杜门谢客,图史自娱,宁至受意外之祸如此哉?余固记之,以戒士夫子弟轻交游媒祸如士骕辈者。

① 马援(前14~后49):字文渊。汉代扶风茂陵(今陕西兴平东

北)人。新莽末，为新城大尹(汉中太守)。后归刘秀，历任陇西太守、伏波将军，封新息侯。其戒子事见《后汉书·马援列传》。

②　杜季良：名保。汉代京兆(今陕西西安)人。为人豪侠好义，清浊无所失。官至越骑司马。后为仇人上书讼其"为行浮薄，乱群惑众"而免官。参见《后汉书·马援列传》。

③　柳玭：唐代华原(今陕西耀县)人。由书判拔萃转左补阙。昭宗欲倚以为相，为中官所逸而止。

④　吴中：今江苏吴县一带，亦泛指吴地。这里是泛指。　王元美(1526～1590)：名世贞，号凤洲，又号弇州山人。太仓(今属江苏)人。嘉靖二十六年进士。万历时官至南京刑部尚书。与李攀龙同为"后七子"首领，主盟文坛，倡导复古。攀龙卒后，名望日高，独主文坛二十年。

⑤　延陵：春秋时吴季札封地，即今江苏常州。　秦耀：字道明，号舜峰。无锡(今属江苏，明隶属常州府)人。隆庆五年进士。累官右金都御史，巡抚南赣，平定岑冈李佩文之乱。拜副都御史，巡抚全楚。

⑥　云间：松江县(今属上海)之古称。　乔懋敬：字允德。上海人。嘉靖四十四年进士。官至广西布政使。

⑦　乙未岁：指万历二十三年(1595)。

⑧　关白：日本平安时代的官名。天皇年幼时太政大臣主持政事称"摄政"，天皇成年亲政后改称"关白"。仁和三年(887)宇多天皇即位后下诏：唯诸事先经关白过问，然后奏闻天皇。始有关白之称。这里指从海上侵扰中国东南沿海地区的倭寇，即下文所说"岛寇"。"倭"是古代对日本人的称谓。

⑨　朱鉴塘(？～1598)：名鸿谟，字文甫，号鉴塘。山东青州人。隆庆五年进士。历官南京御史。以疏救邹元标，语侵张居正，被斥为民。居正卒，起故官，出按江西，擢抚应天、苏州十府，官终刑部右侍郎。

⑩　厮养：本指干杂事劳役的奴隶，析薪为厮，炊烹为养。后来泛指受人驱使的奴仆。

⑪　明皇：即唐玄宗李隆基(685～762)。

⑫ 宋太祖(927~976):即赵匡胤。

雷　　神

　　天至威也,亦至神也。而天威之大,天神之著者,莫如雷。故虽圣如孔子,迅雷必变;愚如匹夫匹妇,闻霹雳之声,未有不暗检心事,冀幸自免者。奈何汉王充氏著《雷虚篇》①,委曲辩析,谓雷非有神,乃阴阳之气,偶激而成。宋儒遂祖其说,谓阴阳奋击为雷,其杀人也,或偶值之,不尽然也。噫,果如此说,则昭昭之天②,同于偃盖,一无所司于人间善恶,几何不令君子自恣、小人自肆而无复忌惮耶?

　　夫雷之显应,载在稗家小说者,不具述。即如帝乙无道③,射天殴地,出游江滨,被雷震死。成王惑于流言④,有疑周公之意,天为大风雷电,发金滕之书⑤,明忠荩之心。此雷神劝惩显迹,载在经书,灼然可考者也。独后世雷所击杀⑥,其加于人,不必皆恶;其加于物,非树则牛,每每难解。余乡数年前有冯氏者,姑媳相煦,方乳其孩,雷乃从窗格入,先杀其媳,后杀其姑,复从媳手移取其孩,置之别室,得不死。夫冯氏姑媳未有显恶⑦,而雷杀之,雷若无神;然杀姑杀媳,而曲全其孩,则虽人之安排,无以过此。又余里中往年病旱,有黄冠郭五者,能以其术致雨,雷方奋击坛所,五指一大树,令雷击之。盖雷怒方甚,不有所击,则不去,于是雷往树所,三往三返,五别指一树,乃击而去。比至雨霁,五于前所指树询往返之故,则有群童避雨树下,雷不忍惊,故不击此树。此二事者,皆余家居时所亲见闻。夫击姑媳而全孩，护群童而舍树，雷岂无神？岂偶然者耶？乃世俗之流嫉奸恶肆志，天网偶遗，辄相谑曰："近来霹雳亦避恶人。"余曰："何也？"曰："某某恶甚，不一击之，岂非避恶人乎？"又曰："近来霹雳欺善怕恶。"余曰："何也？"答曰："只见雷杀牛，不闻雷杀虎。"此二谑语，执以问雷神，神亦无以解。岂知天地非小，古今非近，禅家因果去来之说，非欺人者。凡雷所杀寻常之人与无罪之牛，皆往业宿愆，重不可赦，于是杀之，亦安能尽执途之人而告之曰"某为某恶，某犯某条，而我杀之"哉？余观郡国系囚，有老于囹圄二三十年而就戮者，行刑之日，国人但见其杀，亦不能悉其所以见杀之故。况天神所司在千劫之内，千万年之久，奈何责其一一而语人以所杀之由也？余是以知雷之击杀，果有神灵，未可归诸偶然。

呜呼，岂惟雷哉？若火，若水，若瘟，与雷为四部，皆大神灵，天之所使，以彰善殚恶，而运其权于不可知之地者也。嘻，可惧已。

亘史云：天威可畏，莫如雷。人每狎而谑之，盖有激而然也。弘治间李学宪献吉作《讼雷公》，近年方司徒定之亦作《雷雪行》，皆极诙谐，而寓调燮至意。李公诗久逸，而方公诗已登选，其辞近狎，而畏莫甚焉。因并录之，以助江君解颐。

李献吉《讼雷公》云："轰雷破隆栋，暗壁发烟光。猛雨扑不灭，烈焰蒸云黄。陈积三万石，顷刻灰飞扬。千人訇訇救不得，洧上野夫涕泗滂。此粟来自东南方，危樯只橹凌洪洋。民输军漕两疲极，为国不顾身家亡。粒粒民膏血，斛斛军瘠疮。金珠满地不足贵，邦脉与尔同灵长。雷公肆虐亦何意？举头欲问天苍茫。古穴老虺白日食行人，绥房万丈鳞甲苍。巨泽短蜮含沙伺影狰且狂，雷公舍此弗击，吁嗟天下安所望？吁嗟天下安所望？"

方定之《雷雪行》云："去年腊月雷后雪，今年正月雪中雷。雪中之雷昔未见，巫咸不存安问哉？我闻雷公天帝使，爪牙爰整称圻父。天网不疏凛玉斧，深山魑魅孰敢侮？乃今魑魅昼横行，雷公何在侍玉宸，奈何寂若久无声？汉阳阁使生缚人，缚投江中莫敢嗔。绣衣柱使发上指，尚方请剑未报闻。江西太守妻自缢，山东县令弥年系。生还虽荷金鸡恩，翼飞已忝豺狼噬。雷公雷公胡不愤？释此乃与雪霰争。震惊远迩天鼓鸣，紫电闪烁云冥冥，非时出奋奚所惩？雪花如掌未肯平，滚滚六出田畴盈。江南虽称三尺瑞，百卉已折那可禁？王恭鹤氅奚足数？袁安僵卧心独苦。豪家兽炭堵北户，户外鹑衣色如土。儿童未解长者哀，拍手大笑天家俳。电光雪片相萦回，龙战无乃玄黄灾。颇似楚汉时方急，汉家缟素兵四集，重瞳一咤惊辟易。又如吴江八月涛，银台涌出中天高，子胥怒诉空中号。须臾皎日耀泰清，雷收雪霁还清宁。纤氛不点松风轻，檐花索笑径竹青。千崖皓皓玉作屏，恍疑天山白玉京。十二楼前千万树，树树珠蕊凝清芬。老夫齿落心未灰，呼儿试拨流霞醅。小饮更倚庭前槐，仰瞻北极云五开，扶杖欲舞中徘徊。我皇亲握大造柄，玉居一涣天人应。九重穆

穆甚明圣,法祖顾谌天明命。昭哉皇祖垂谟训,政府
毋容阍寺近。扫除是司胡敢紊?请陈嘉靖中兴盛,
中官首罢最圣政。登三迈五俄顷间,倒悬一解兆民
庆。此辈未知要领具,万国日望皇斯怒。皇赫斯怒
民斯安,万国不扰安如山。玉卮无当实则难,慎德此
有黄金丹。黄金昔传好筑台,千金市骏轻浮埃。乐
生受事郭生媒,邹生吹律阳春回。况复大德天所培,
九方早致千里才。骅骝在御焉用驷?青蝇一屏凤鸟
来。五风十雨光三台,雷公遵职令不乖。雨雪时霏
润八垓,廷臣恭上南山杯。陛下亿万岁,岁岁恭已临
蓬莱。"

① 王充(27~约97):字仲任。东汉会稽上虞(今属浙江)人。少
孤,后至京师,受业太学。历任郡功曹、治中等。著有《论衡》,《雷虚篇》
见于该书卷六。

② "则昭昭之天"至"人间善恶":《亘史钞》本删此十八字。

③ 帝乙:商代国王武乙。庚丁之子。他用革囊盛血,悬而仰射,
名为射天。

④ 成王:姓姬名诵。其父周武王克商后二年即死,因年幼,初由
叔父周公旦摄政。

⑤ 金縢:《尚书》篇名,谓武王疾,周公祷于三王,愿以身代。史纳
其祝策于金縢匮中。其后周公因管蔡流言,避居东都,成王开匮得其祝
文,乃知周公之忠勤,执书而泣,遂迎周公归成周。因其匮缄之以金,故
称金縢。

⑥ "独后世雷所击杀"至"每每难解":《亘史钞》本删此二十七字。

⑦ "夫冯氏姑媳"至"无以过此":《亘史钞》本删此三十七字。

命 偶 值

或问:"人之贵贱、劳佚、修短有命乎?"余曰:"有命。"曰:
"贵贱、劳逸、修短之命,造化一一安排之乎?"余曰:"否。命
者,适然之数,于适然之中,偶有所值,遂为一定之命。夫造化
焉能一一安排之乎? 听人之自值而已矣。请以物喻。昔范缜
不信因果①,齐世子难之②。范曰:'人生如树花,当其离树,随
风飘泊,或坠锦茵之上,殿下是也;或坠厕溷之中,臣下是也。'
此善言命者也。"

余盖因铸铜一事,而悟命出适然,偶值为定,诚如树花之
说。夫有铜于此,其色泽同也,质分同也,音响同也,大冶操炉
鼓铸③,或需盘盂,则铸盘盂;或需印玺,则铸印玺。夫盘盂之
用贱,印玺之用贵,大冶岂择于铜而贵之贱之哉? 听其时之所
需而已矣。至于印既成矣,乃其劳逸、寿夭之分,又复迥别。
盖余昔令长洲④,则握长洲之印;今官大理⑤,则握大理之印。
然而长洲之印,当余卧起之际,与就枕之前,用于文移,用于簿
牒,用于信票,日累千万,用而不能已,操印之吏腕臂欲脱。今
大理之印,三日而一启钥,用不十颗而复封缄,其余时刻滕之
匣中,与守龟等。然则为长洲印者,何其劳? 为大理印者,何
其逸? 夫铜一也,岂大冶有择而劳逸之哉? 从其质之已成而
已矣。劳逸之相去既远,则修短之相差亦甚。盖余问长洲之
印,一年二年而新,三四五年而刓,七年至十年而文字磨灭如
开元通宝⑥,故未有逾十年而不更劳铸印局者。若夫大理之

印,自有大理以来未尝易,而文字曲折焕焉若新,自此以往,虽千百年,可无更铸也。然则为长洲印者何其短? 为大理印者何其长? 此岂大冶有心于修短之哉? 因其用之有节有不节而已矣。故余感于印,而知人命之出于偶然,亦犹是也。贾生云⑦:"天地为炉,万物为铜,阴阳为炭,造化为工。"人生其间,无贵无贱,无劳无逸,无修无短,皆听造化之铸。非造化有所拣择,而贵之贱之,劳之逸之,修之短之,出于适然而已矣。夫既出于适然,则非但我不能私干造化,即造化亦不能私厚我、私薄我,惟听其所值,而尽吾心,行吾事,毕吾分,一切贵也贱也,劳也逸也,修也短也,委之适然,而觊觎之念销,畔援之私化,可以自适,可以忘遇,可以平物我之怨,无往而不可矣。

或曰:"子信范氏树花之言,则佛氏因果之说非乎?"余曰:因果之说,宁独佛氏言之? 即孔氏之徒亦习言之矣,曰"善降祥"、"惠迪吉"是也。此自理之必然。然理之变迁,亦有时而不可必。譬如春而树禾,饥而食饭,此因也;树禾者必得谷,食饭者必餍饱,即果也。此理之必然者也。若夫士子苦心力学,然而未必见举仕者;刻意砥功,然而未必升擢:如此者世常有之,岂非理之变迁,而不可必者哉? 故善学佛者,但当信果之必有而致力于因,不可恃因之已种而希果之必得。夫执因希果,是有意也,是障也,佛学所不取。吾圣人之道,亦若是。噫,先难后获,尽之矣。

① 范缜(约 450 ～ 约 510):字子真。南朝齐梁南乡舞阴(今河南泌阳西北)人。初仕齐。著《神灭论》,以驳斥佛教三世轮回因果报应之说,主张"形神相即","形存则神存,形谢则神灭"。入梁,官尚书左丞,坚称无佛。

② 齐世子:即竟陵王萧子良(460～494),字云英。南朝齐南兰陵(今江苏武进西北)人。齐武帝次子,封竟陵郡王。笃信佛教,主神不灭说,曾与范缜论辩。

③ 大冶:指技术精湛的冶炼工人。

④ 长洲:县名,与吴县治所同在苏州城内。江盈科于万历二十年进士及第后授长洲县令,连续任职六年。

⑤ 大理:即大理寺,掌管刑狱的官署。江盈科于万历二十六年大计后迁大理寺正。

⑥ 开元通宝:钱币名。唐高宗武德四年(621)始铸。

⑦ 贾生:即贾谊。

善　变

夫理有常有变,然有变而常者,有变而变者。其在于物,雀变为蛤,鹰变为鸠,此应气而变,变之常也。若王初平之石变为羊①,宋康王之泥马变为真马②,则出于应气之外,是物变之变矣。至于人童变而丁,丁变而叟,此应时而变,变之常也。若公牛哀之病而变虎③,崇伯鲧之殛而变熊④,则出于应时之外,是人变之变矣。

余尝细推人变,又有不止此者,较之物变,有速有迟。夫速者耳目易及,人见而骇焉;迟者岁迁世移,变而不觉,苟非逆睹其萌,预杜其渐,未有不从善入恶,从成入坏者。每见贫穷之家朝胼夕胝,男亩妇桑,积渐不已,变为温饱之家。温饱之家枕诗藉书,且呻夕吟,积渐不已,变为文墨之家。文墨之家乡举里选,宾王贡国,积渐不已,变为簪缨之家。簪缨之家登崇陟峻,累俸剩饩,积渐不已,变为富贵之家。富贵之家纵耳娱目,朝唱夜弹,积渐不已,变为歌舞之家。歌舞之家尘金土珠,浪费不赀,积渐不已,变为鬻贷之家。鬻贷之家基产罄尽,衣食不给,积渐不已,变为贫穷之家。贫穷而奋,则又变为温饱,为文墨,为簪缨,为富贵;富贵而骄,则又变为歌舞,为鬻贷,为贫穷。若此者所谓岁迁时移,溺其中者,往往不觉,求其逆睹预防,百无一二。

嗟夫,簪缨富贵非可妄冀。若温饱文墨,为人子孙者,可勉而持,奈何不察其渐,伥伥然以歌舞易鬻贷与贫穷,而犹不知自奋欤?语不云乎:"宗庙之牺,为畎亩之勤。"人之变也,何日之与有?嘻,思其变也,思其渐也,乃在乎人,非蜃非鹰。谓造化制我,非愚则弃。

① 王初平:当即黄初平(一作皇初平),汉丹溪人。年十五,在山牧羊,遇道士,引至金华山石室中四十余年。能叱石成羊。后仙去。事见《艺文类聚》卷九四引《神仙传》。

② 宋康王:即宋高宗赵构(1107～1187),字德基。徽宗子。初封康王。靖康二年,徽、钦二宗被虏北去,即帝位于南京(今河南商丘),后建行都于临安(今浙江杭州)即位,史称南宋。传说他骑泥马渡江,摆脱金兵追赶。事见宋缺名《南渡录》。

③ 公牛哀之病而变虎:事见《淮南子·俶真训》:"昔公牛哀转病也,七日化为虎,其兄掩户而入觇之,则虎搏而杀之。"

④ 崇伯鲧:即颛顼之子、夏禹之父。鲧曾封于崇,故称崇伯鲧,也称崇伯。相传尧曾命鲧治水,九年而功不成。舜摄行天子之政时,乃殛鲧于羽山,化为黄熊。

慎　　狱

　　尝谓一命之士,苟司民社,皆能生杀其民,不必士师。夫生杀所凭,必准于律;然轻重由律,疑信由情。苟涉可疑,宁生毋杀。语曰:"死不复生,刑不复续。"痛哉,言乎!

　　予读小史,见宋太宗微行都市①,遇一丐者栏贾竖门,索予无厌,自詈自跳,劝慰不止。群丐旁睨,市儿聚观以百数。忽一人提刀手刃丐者,疾驰而去,即太宗也,而人不知。明日府尹上其事②,太宗曰:"必得其人乃已。"府尹推求不得,具奏。太宗切责之,尹遂诬坐贾竖,竖不能白。奏成,上之,太宗曰:"实乎?"尹曰:"实。"太宗勃然怒,曰:"杀丐者,我也。奈何诬贾竖?"遂罢尹官。自是断狱者畏惮,不敢妄传。

　　世宗朝,翁大立为南司寇③,盗杀某指挥而逸④,乃诬坐其家二妾,处以凌迟。后盗觉,乃知杀指挥者,盗也。

　　国初某校尉素通戍卒之妻⑤,一日尉与妻卧,卒偶归,尉避之门内,妻曰:"尔何为归?"答曰:"我怜尔寒,为尔整被。"言讫复去。尉忿然谓卒妻曰:"尔夫怜尔,尔反怜我,不义孰甚?"遂杀之,释刀而去。比明,有卖菜老佣入其室,见尸血淋漓,惊跳而出。邻人执之,佣不能辩,遂诬服罪。后至临决,尉乃出首前故,而自祈死,太祖并释之。

　　嗟夫,指挥妾,卖菜佣,俱有可死之迹。若论其情,则妾也何仇于夫? 佣也何仇于卒妻? 而遽杀之,此皆情之可矜可疑者也。可矜不矜,可疑不疑,轻置大辟,二妾竟死,佣也几死。

呜呼，冤魂必报，鬼神难欺，自作自受，岂无偿还之日耶？于公高门⑥，延年殊死，以果证因，不爽毫发。呜呼，可不惧哉？

①　宋太宗(939～997)：即赵炅，原名匡义，太祖弟。

②　府尹：官名。掌京府政令。此处指开封府尹。

③　翁大立(1517～?)：号见海。浙江馀姚人。嘉靖十七年进士。累官山东左布政使。三十八年以右副都御史巡抚应天、苏州诸府，因故被劾罢，隆庆初命督河道，升工部侍郎，不久又被劾罢。万历初起为南京刑部侍郎，迁南京兵部尚书。　司寇：本为西周所置官名，主管刑狱、纠察等事，为六卿之一。后世俗称刑部尚书为大司寇，侍郎则称少司寇。"南司寇"指明代南京刑部的侍郎或尚书。按翁大立任南京刑部侍郎和尚书，皆在万历初，江说"世宗朝"，当有误。

④　指挥：武职名。此指南京锦衣指挥使周世臣。其被盗杀而诬坐其妾事，参见《明史·翁大立传》。

⑤　校尉：武职名。

⑥　于公：汉东海郯(今山东郯城西南)人。曾为县狱吏、郡决曹，决狱公平无冤。郡中为之立生祠，号曰于公祠。其家闾门坏，父老方其治之，于公曰："少高大闾门，令容驷马高车。我治狱多阴德，未尝有所冤，子孙必有兴者。"后来其子定国官至丞相，孙永嗣官至御史大夫，皆以封侯传世。

厚　报

宋人有献双玉于王者，王视之，径寸同，方广同，色泽肤理皆同，然而一者千金，一者半价。王使玉工相焉，千金者厚倍。

夫厚之贵于天下久矣,墙不厚则亟圮,酒不厚则亟酸,缯不厚则亟裂,惟人亦然,必其能为厚,而后载福有基,昌后有道。

余乡艾中丞熙亭①,其父曾为闽中狱吏②。时海禁方严,有窑户二十余人同舟济,逻卒目为泛海者,执之官,皆论死。艾翁察其非辜,白于郡守。时狱久成,直指已批允矣③。守乃目翁曰:"尔知若曹冤,盍白诸直指乎?"盖戏翁也。翁为人朴实,闻守言,以为实然。已直指按郡,遂为具牍白之。直指审录,视翁所具牍,以为得情,曰:"艾吏之言是也。"遂为出二十人大辟,从末减。会翁以忤守意,罢官归,前二十人者皆诣平江县罗拜公,曰:"非公生我,我辈为鬼久矣。"且曰:"我等无能报公,请为公造砖百块,镌名其上以砌地,明公之能活人也。"砖成,艾翁以甃天井,名姓至今在焉。后翁子熙亭讳穆以孝廉起家④,官主政,抗论江陵宰相⑤,遭重谴。江陵败,起家太常,官大中丞,以忠鲠著闻。人皆谓阿翁活二十人,其阴德固宜食报如此。余年伯徐姚陈一吾讳三省者⑥,官苏州郡丞⑦,清介寡俦,居官好辨雪冤狱,死者生之,重者轻之。余每见公,公辄愀然言曰:"凡人命事,最宜慎。毋轻入,一人便不易出。"言之貌若有深戚者。余为感动,每鞫审人命,未常不思其言,踌躇再四,不敢轻入人于死。公二子:治本⑧,治则⑨,同举壬辰进士。噫,天何尝不报厚德之人,而人顾甘处其薄也哉?

① 艾中丞:艾熙亭,即艾穆,字和父,号纯卿,又号熙亭。平江(今属湖南)人。嘉靖三十七年举人,万历十九年擢右佥都御史,巡抚四川。中丞:在汉代为御史大夫的属官,后御史大夫转为大司空,中丞即为御史台之长。艾穆官至右佥都御史,与以前御史中丞略同,故称。

② 闽中:古郡名,治所在今闽侯县。后泛指福建省地。

③　郡守：一郡的地方长官，此指明代的知府。

④　孝廉：原是汉代选拔官吏的科目之一，至明、清时代，转为对"举人"的称谓。

⑤　江陵宰相：即张居正（1525～1582），字叔大，号太岳。江陵（今属湖北）人。嘉靖二十六年进士。万历元年为内阁首辅，历行改革，整顿吏治，加强边备，推行一条鞭法，成效卓著。死后即遭弹劾，后复追夺官爵，籍没家产。

⑥　陈一吾：名三省，字诚甫，号一吾，浙江馀姚人。嘉靖三十七年举人。仕至苏州府同知。

⑦　郡丞：明代于知府下设同知和通判，以辅佐知府，俗称"郡丞"。

⑧　治本：万历二十年进士，累官至福建布政司右参议。

⑨　治则：与兄治本同年举进士。由行人至吏科给事中，奉旨巡阅京营，以触珰忌而归。

才　吏

凡为吏，非有才不能见奇立功名，然有才而无器以持之，炫长矜世，则其才适足以贾忌。故才非其难者也，持之其难者也。

滇中偰维贤①，色目人，登万历丁丑进士，官楚中节推②，极有吏才，发奸擿伏，颇擅神称，然性严酷，好以行能加人，卒以取败。余闻其听断二事，有足法者。

一妇人乘骡归省其母，比回，日暮，将渡小溪，偶一點汉跨驴至，诒妇曰："尔所乘骡，性未必驯，若中流跳踯，尔且溺没。我驴驯甚，请付尔，我乃乘骡，万一跳踯，我能制之。及岸，而骡者仍骡,驴者仍驴,庶可无患。"妇人信之,遂更乘焉。未及岸,而黠汉策骡逸去。妇所跨驴如跛鳖,追之莫及。归以其事告夫,夫不谓黠汉之狡,而疑妇有他事也,辄鞭之。明日诉于偰君,求出妻。偰一无所问,但曰:"启衅者,驴也。盍牵来我治之?"其人以驴至,辄命左右系于廊柱,禁其水草,凡三日而纵之,命一健卒迹其所至,驴往黠汉家,卒因执之。偰审其人,遂输服,骡果在其所,竟杖杀之。

又一人被兄匿其祖父遗资数千金,诉于偰。偰命开具祖父以来家资,既至,收而藏之,置不问。一日密授其数于狱中盗,阴令投牒曰:"某器某器系我盗得,今寄某人兄所。"偰收其牒,命卒执某兄赴县与盗质,指牒曰:"某器某器,今皆在尔所,皆盗寄也。尔罪与盗等,应死。"其兄遽曰:"器诚有之,然某器吾祖遗也,某器吾父遗也。"偰曰:"器出尔祖尔父,有何凭据?"其兄曰:"两世分书见在,何谓无凭?"偰命取分书验之,乃曰:"我固知尔祖尔父有此遗尔,尔何得不分给尔弟,而独拥之乎?"遂剖为两股,兄弟各得其一,而以重法绳其兄。

噫,此二事者,可谓发奸摘伏,曲尽断讼之妙,即汉赵、张何加焉③?苟能济以恺悌,处以谦冲,虽为名臣,奚难?而不免以酷以抗据败,可惜也哉!

----

① 偰维贤:云南姚州人。隆庆二年进士。江盈科误记为"万历丁丑进士"。

② 节推:唐代节度使属下设推官掌刑狱。明各府设推官,专管一府刑狱,故称"节推"。

③ 汉赵、张:指西汉赵广汉与张敞,二人都曾任京兆尹,治绩卓异。

戒吞产

凡人田产受诸祖父,思传子孙,必不忍轻于鬻卖。设或至于鬻卖,则必其势有所迫,而不得不然。乘其不得不然之势,乃欲巧取而贱猎之,世之富翁往往视为得计,豪有力者更甚焉,此盖不思天理、不为子孙计长久者。

楚中一孝廉善营殖,数用势笼其乡人。一日鬻乡人田,受契良久,不与值。即与之,辄以败缯、恶器、牛马齿长者抵值,而昂其价。乡人不平,出淬语詈之,孝廉乃诉于官,以为辱己。及署门,将入对簿,乡人度官司必且笞己,患恨甚,乃伏地以口含粪,唾孝廉面,耳目鼻口皆粪也。俄而他孝廉闻之,曹起恨乡人,欲并力攻之,一缙绅偶至,微言解之曰:"诸公于此无甚怒乡人,当更自反。"孝廉皆曰:"何也?"缙绅曰:"尔但知士夫的面是面,不念小民的口也是口。夫彼口含粪秽,岂不自念其口?然而至此者,谁迫之也?"诸孝廉服其言,皆解散去,不复相助。乡人闻缙绅语,亦自悔输罪,事遂旋解。

噫,以势驱人服我,不若以理令人服我。古人若苏子瞻买阳羡宅①,闻宅中老妪哭之哀,遂弃价不取宅。今人即不能尔,然平值而速界之,以济人于困,自是交易中阴德事。若夫因界至径尺,与人争竞,或倚势占人径尺地,尤不宜。

闻世庙时江右一显者宦于朝②,其子数寄书曰:"邻人每岁占墙址,不肯休。"显者得书,题其尾曰:"纸纸家书只说墙,让渠径尺有何妨?秦王枉作千年计,只见城墙不见王③。"遂缄封却寄。子诵其诗,谓父驽下,不能助己泄忿,遂弃其书于地。邻人偶拾得之,感服显者盛德,自毁其墙,恣显者之子所取。已而两相让,各得其平,相安如旧。乃知以势驱人,真不若以理感人者之为速效无后患也。况千年田地,八百主人,用尽机谋,谁能长守哉?

①　苏子瞻:即苏轼(1036～1101),字子瞻,号东坡居士。北宋眉州眉山(今属四川)人。嘉祐二年进士。历官直史馆、杭州通判、礼部尚书等。苏轼买阳羡宅事,见于费衮《梁溪漫志》卷四。　阳羡:今江苏宜兴。

②　江右:指长江下游以西地区,后来称江西为江右。

③　"秦王"二句:指秦始皇筑万里长城事。

驳　禄　命①

末世禄命、风鉴二家②,各持其说,行于天下,大端验者什一,不验者什九。要之其人非能精诣其术,皆窃糟粕自糊其口者也。第就二家较论,则禄命者因气测理,其验难;风鉴者因形测气,其验易。考诸载籍,风鉴之说在在有征,而禄命无闻焉。《易》称"颙若"③,《诗》咏"委蛇"④,《论语》著"訚訚"、"侃侃"⑤,虽不言相,然已阴寓之矣。至于传记,蜂目豺声,卜羊舌之必败⑥;豺视狼顾,断商臣之不仁⑦。其言信如蓍龟,不一而足。若夫高祖隆准龙颜⑧,吕公因之归女⑨;班超虎头燕颔⑩,识者度其必侯;许负之相亚夫也⑪,唐举之相蔡泽也⑫,

黥徒之相卫青也⑬,与夫邓通之当饿死也⑭,裴度之当入相
也⑮,在史册中验者居多。至我朝袁珙之决文皇必帝⑯,决姚
少师必相⑰,如执左券,无不立合。而禄命家曾有一之或验者
乎?国初胡日星决太祖必帝⑱,特借禄命为词。星,异人也,
不假禄命而能决太祖必帝者也。嗣后万祺以禄命仕至尚
书⑲,祺生平不闻一验。景皇召算禄命,不验而出。其后言皇
帝在南宫,英庙遂复辟,此论理,非论命也。祺之仕至尚书,祺
自命好,非由禄命验也。吕才驳禄命⑳,引长平坑卒㉑、南阳贵
人为言㉒,犹曰:"气数偶合,命不能制。"不足以见禄命之果无
验。乃余就目前二事观之,而知禄命之果不足信。比如云贵
之官有死者矣,而吏部犹然推升,先死后升,彼之官星安在耶?
生员场毕,或偶然病故,乃其卷佳者犹然中式,先死后中,彼之
荐元魁名星安在耶?禄命之断不足信,此其浅而易见者矣。
若论其至,则相亦何凭?同一貌也,仲尼阳虎㉓,一圣一狂;同
一目也,虞舜楚王㉔,一仁一暴。然则相又何可尽信?但较之
禄命,验处多耳。

　　① 《亘史钞》本从此篇起析入下卷,且在开篇前补加"西楚江盈科
曰"六字。
　　② 禄命:古指人生禄食运数,禄言盛衰兴废,命指富贵贫贱。
风鉴:即相人之术。
　　③ 颙若:见于《易·观》:"盥而不荐,有孚颙若。"疏曰:"颙是严正
之貌,若为语辞。"
　　④ 委蛇:雍容自得貌。见于《诗经·羔羊》:"退食自公,委蛇委
蛇。"
　　⑤ 訚訚:和颜悦色貌。见于《论语·先进》:"闵子侍侧,訚訚如
也。" 侃侃:亦为和乐貌,一说为刚直貌。见于《论语·乡党》:"朝与下

大夫言,侃侃如也。"

⑥ 羊舌:春秋时晋国羊舌职(? ~前 570)生有四子,长伯华、次叔向、叔鱼、叔虎。叔向生杨食我。据《国语·晋语》载,杨食我生,叔向之母闻之,往,及堂,闻其号也,乃还,曰:"其声,豺狼之声,终灭羊舌氏之宗者,必是子也。"上所谓"蜂目",当用于下文商臣为妥。

⑦ 商臣(? ~前 614):楚成王子。初,成王将以商臣为太子,语令尹子上,子上曰:"商臣蜂目而豺声,忍人也,不可立也。"王不听,立之。后又欲立子职而黜太子商臣,商臣于是发兵逼父自杀,代父而立,是为穆王,在位十二年。

⑧ 高祖:即汉高祖刘邦(? ~前 195)。

⑨ 吕公:吕后之父,善相人,初见刘季(即刘邦,时为亭长)"隆准而龙颜",即以女儿吕雉相许。详见《史记·高祖本纪》。

⑩ 班超(32 ~102):字仲升。东汉扶风安陵(今陕西咸阳东北)人。少家贫,以储书养母。有相者指曰:"生燕颔虎颈,飞而食肉,此万里侯相也。"遂投笔从戎,屡立军功,官至西域都护,后封定远侯。

⑪ "许负"句:事见《汉书》卷四十。 亚夫,即周亚夫(? ~前 143),西汉沛县人。周勃子。其为河内守时,许负相之曰:"君后三岁而侯。侯八岁,为将相,持国秉,贵重矣,于人臣无二。后九年而饿死。"后一一应验。

⑫ "唐举"句:事见《史记·范睢蔡泽列传》。 蔡泽,战国时燕国人。游说诸侯不得志,善相者唐举为之相,曰:"先生之寿,从今以往者四十三岁。"后入秦,因范睢推荐而为相,献计攻灭西周。已而遭人诋毁,惧诛,乃谢病归相印。

⑬ "黥徒"句:事见《史记·卫将军骠骑列传》。卫青(? ~前 106),字仲卿。西汉河东平阳(今山西临汾西南)人。本为平阳公主家奴,有一钳徒相青曰:"贵人也,官至封侯。"武帝时为车骑将军,官至大将军,封长平侯。

⑭ 邓通:西汉蜀郡南安(今四川乐山)人。文帝时,为黄头郎,后

得宠幸,官至上大夫。文帝曾使善相者相通,曰:"当贫饿死。"帝曰:"能富通者在我,何说贫?"于是赐给蜀郡严道铜山,许其铸钱,邓氏钱遍于天下。景帝即位后,免官。不久,为人告发,家产尽被没收,寄食人家,穷困而死。

⑮ 裴度(765~839):字中立。唐代河东闻喜(今属山西)人。贞元进士。由监察御史进为御史中丞,转升至宰相。未第前,有胡芦僧谓其将"位极人臣"。事见《唐摭言》卷四、《唐语林》卷六。

⑯ "至我朝"句:事见《明史·袁珙传》。袁珙(1335~1410),字廷玉。号柳庄。浙江鄞县人。少遇异人授相术,论人吉凶辄验。洪武间燕王朱棣召至北平,一见即决为太平天子。靖难后召为太常寺丞。文皇,即成祖朱棣,谥孝文皇帝。

⑰ "决姚少师"句:事见《明史·姚广孝传》。姚少师,即姚广孝(1335~1418),字斯道。长洲(今属江苏)人。十四岁出家为僧,法名道衍。尝游嵩山寺,遇相者袁珙,谓其为"刘秉忠流也"。洪武中从燕王至北平,为心腹谋士。后劝燕王起兵"靖难",并为筹划军事。成祖即位,复姓,赐名广孝,授太子少师。

⑱ "国初"句:事见江盈科《皇明十六种小传》卷三。胡日星在元末以谈命为业,曾为朱元璋布算,谓为"帝王之命也,当为真主"。洪武中因故被太祖处死。

⑲ 万祺(?~1484):字维寿,号朴庵。江西南昌人。精星历。石亨谋复辟,祺以禄命之说力赞之。累迁工部尚书。其数算禄命不验事,可参见江盈科《皇明十六种小传》卷三。

⑳ 吕才(约600~665):博州清平(今山东临清东南)人。精阴阳、方伎、舆地、历史、乐律,唐初曾任太常博士、太常丞。奉命删定《阴阳书》,反对"禄命生成"说、"五德"说和"风水"说,颁布天下。今存其中《叙宅经》、《叙禄命》、《叙葬书》等篇,见《旧唐书·吕才传》。

㉑ 长平坑卒:指战国时秦白起大败赵军于长平(今山西高平西北),坑降卒四十万。

㉒　南阳贵人:《旧唐书·吕才传》引《叙禄命》"南阳贵士,何必俱
当六合",《新唐书·吕才传》作"南阳多亲近,非俱当六合",言南阳贵人
中亦仅刘秀(东汉光武帝)一人登上帝位。

㉓　仲尼:即孔子,名丘,字仲尼。据《史记·孔子世家》载:"孔子
状类阳虎。"　阳虎:又称阳货,春秋后期人,鲁国季孙氏家臣。季平子
死而专鲁,谋除三桓势力,被击败,奔齐。后又经宋奔晋,为赵鞅家臣。

㉔　虞舜:传说中五帝之一。　楚王:楚霸王项羽。《史记》载,舜
与项羽皆重瞳。

伪　古　书

　　姑苏诸技艺皆精致甲天下,又善为伪古器,如画绢之新写
者,而能使之即旧;铜鼎之乍铸者,而能使之即陈。系以秦汉
之款,摽以唐宋之记。观者为其所眩,辄出数百金售之,欣然
自谓获古物,而不知其赝。故吴中有"宋板《大明律》"之谣,盖
以讥夫假古器耳。有一胥史而呆①,闻人称宋板《大明律》,谓
果有之,遍觅诸书肆。书肆知其呆史,遂取今刻诳之曰:"宋板
也。"乃倍偿值焉,而持以去。近世好古之士见欺于姑苏之人,
皆若此,此犹其小者也。尝阅载籍之林,其以赝为真,以今为
古者,亦复不少矣。夫结绳以后,秦火以前,惟六经为最古②,
亦最真;其他若《素问》之托于黄帝也③,《素书》之托于黄石
也④,《阴符》之托于太公也⑤,皆赝也。至于《汲书》也⑥,《坟》
也⑦,《典》也,《丘》也,《索》也,《穆王传》也⑧,大抵有其名无其
书,好事者遂撰伪书,以窃附其名而传之,而不知篇中所载制

度文章,声称论议,皆属后世事,而故文之以艰深之词。此犹系新画以秦汉之款,摽时鼎以唐宋之记。愚者惑焉,识者昭然辨之矣。彼记诵剽窃之徒,尚复以此自多,而曰:"我能读《汲书》,我能读《三坟》《五典》,《八索》《九丘》,我能习《穆王传》。"而不知其伪也。此与呆史宝今刻自谓宋板《大明律》者何以异哉?呜呼⑨,小儿戴假面捋髯拈须,拄杖咳嗽,谓逼真老翁,然而非真老翁也。世之以今书窃古号者,皆小儿而扮老翁者也,不可以欺有识之人也。

①　"有一胥史"至"此犹其小者也":《亘史钞》本删去此七十字。胥史,犹胥吏,指在官府中办理文书的小吏。

②　六经:六部儒家经典,即在《诗》、《书》、《礼》、《易》、《春秋》五经之外,另加《乐经》。

③　《素问》:古医书名。《黄帝素问》之名,始见《隋书·经籍志》。

④　《素书》:古兵书名,旧题黄石公著,宋张商英注。　黄石:秦时隐士,曾传授汉开国功臣张良兵法。

⑤　《阴符》:即道家《阴符经》,旧题黄帝撰,中有太公注。　太公:即太公望,周初人。姜姓,吕氏,名尚。得遇于周文王,后辅佐武王成就灭纣大业。

⑥　《汲书》:晋太康二年(281)汲郡(今河南汲县)人不凖盗魏襄王(或谓安釐王)墓所得数十车竹书。又称汲冢书。

⑦　《坟》:即《三坟》。下文《典》、《丘》、《索》,即《五典》、《九丘》、《八索》。四者相传皆远古的书名。

⑧　《穆王传》:即《穆天子传》。记周穆王西巡狩事。亦出汲冢。

⑨　"呜呼"至文末:《亘史钞》本删去此五十四字。

重 枯 骨

儒家谓人之生也,形神二者而已。生则神守其形,死则神散,不复知其有形。佛氏之说,谓形为四大偶聚幻成,神之视形至轻,而无所顾恋,犹行人之视蓬庐,暮假朝弃,无有一毫顾恋之心。此二说各有至意,未可相非。然余以冢墓一事推之,则死者之神,盖有久而不灭,还复恋其形骸,欲其全,不欲其毁者矣。昔齐景公梦五丈夫介胄跪己①,若有诉者,以问晏子②。晏子曰:"昔先王曾诛五人③,而非其罪,埋首梧丘④,当由斯人见梦与?"景公使人掘之,果得五人首,具礼葬焉。其夜五人复见梦致谢。宋之时有宦游者,其女死,寄棺佛寺。适一典试者假宿寺中,语所厚友曰:"尔于经义,冒头用三古字为识,我当拔尔。"未几,又一经生,亦复假宿,静夜危坐,见一女子嫣然而至,生颇怀疑。女曰:"妾,某人之息,官贫不能以予骨归。妾当为君取第,君当助妾归骨。"遂以三古之说进。经生如其言,遂为前典试者所收,以为其友也。已而放榜,则生也,讶之。生语以女子事,且曰:"今已命仆从为此女治梼矣。"余乡有杨竹里者,治别业于西郊,掘得死骨,皆投道路。不逾年,一丐者披发诣城隍,诉杨氏弃骨事。诉毕,狂语于市。随诣杨氏家,曰:"尔弃我等骨,我诉于神,神将罚汝。"其后三四年,竹里子孙死者四五辈,仅留一孤如线。丐者之言,盖鬼托也。夫古今报验如此类者甚多,不具述。即述此三事,亦见鬼而有知,未有不恋其遗形者,盖佛家所谓爱业也。呜呼,世之愚夫不足怪已，亦有聪明之士一旦据位乘势，或以风水之故，剖人之冢，自安其亲；其有慈心者，或用钱帛贿买其子，迁彼之坟，治我之穴。此皆造业之事，取祸之道，当蓦然悟而止矣。嗟夫，掩胔埋骼，王政所贵，文王泽及枯骨⑤，江汉诸侯归者二十国。哲人鉴于往事，察利害之故，毋曰"死者无知可欺"也。嗟乎，己能常不死乎？毋曰"死者无子孙，无与我争"也。嗟乎，己且能保其常有子孙乎？论至此，则虽死骨不能为祟，亦不当割之如蓬与蒿矣。

① 齐景公(？～前490)：名杵臼。春秋时齐庄公异母弟。大夫崔杼杀庄公后，立以为君，公元前547～前490年在位。

② 晏子：即晏婴(？～前500)，字平仲。春秋时齐国维夷(今山东高密)人。任齐卿，历事灵公、庄公、景公三朝。齐景公梦五丈夫以问晏子事，见《晏子春秋·内篇杂下第六》。

③ 先王：已故的父王。这里指齐景公父灵公(？～前554)，名环，公元前581～前554年在位。

④ 梧丘：当道的高地。

⑤ 文王：商末周初周族领袖。姬姓，名昌。曾帮助解决虞、芮两国争端，攻灭黎、邘、崇等国，准备灭商。享国五十年，卒谥文王。

知　足

富贵寿考，其途无穷，而天所斟酌于人，其分有限。第人情艳于其所未至，则有愈得而愈无厌心者。尝闻闽中林太守春泽寿一百四岁①，当九十九年，里人拜节祝曰："愿公百龄。"

公怫然怒,且笑曰:"不曾要君家养我,奈何限我寿耶?"姑苏韩学士敬堂未第时②,人有梦其官侍郎者,公喜甚。已而登第入馆,其人时来说前梦,率皆喜。及转礼侍③,予告,而说前梦者又至,公乃怆然有忧色矣。夫百岁,上寿也;侍郎,尊秩也:而已至其地者,遂谓止于此为不足。盖闻里闬恶少有评风月之趣者曰:"妻不如妾,妾不如妓,妓不如偷,偷着不如偷不着!"夫偷不着,亦有何趣?彼希冀者意其中有无限之妙,而遂以为不如,乃知人情薄已然,艳未然,大率类此。故知止知足之言,真是定心丸子,不可不一日三服。

① 林太守:林春泽(1480~1583),字德敷,号旗峰。福建侯官人。正德九年进士。官至程番知府。

② 韩学士:韩敬堂,名世能,字存良,号敬堂,长洲人。隆庆二年进士。官至礼部侍郎。

③ 礼侍:即礼部侍郎,位次于尚书。

知 无 涯

楚人有生而不识姜者,曰:"此从树上结成。"或曰:"从土里生成。"其人固执己见,曰:"请与子以十人为质,以所乘驴为赌。"已而遍问十人,皆曰:"土里出也。"其人哑然失色,曰:"驴则付汝,姜则还应树上结成。"北人生而有不识菱者,仕于南方,席上啖菱,并壳入口。或曰:"啖菱须去壳。"其人自护所短,曰:"我非不知,并壳者,欲以清热也。"问者曰:"北土亦有此物否?"答曰:"前山后山,何地不有!"夫姜产于土,而曰树结;菱生于水,而曰土产:皆坐不知故也。

　　余闻四明有蚶田①,岭南有乳田②。夫蚶也,乳也,皆有血气,人皆意其胎、卵生也;而四明人之种蚶也,用蚶水洒田中,一点一蚶,期至而收之,如收五谷,量亩多寡。岭南人之种乳也,用米粉洒田中,久之,粉皆成形如蚕蛹,及期而收之,捣碎遂成乳。假令不经闻见,则必执蚶与乳之必不出于田,与执姜之从树结、菱之自土产者,一也。乃知物理无穷,造化无尽,概一例以规物,真瓮鸡耳③。

　　北人有不知蚶者④,请之食,不擘而啮,谢客曰:"蚶则甘矣,而难为齿也。"村人有不识龙眼者,与之食,食其壳而土涩,遂吐之。甚以去衣而啖内,则去肉而嚼物,益不堪。语甚者曰:"徒加漆尔,味安在哉?"此足附博一噱,可为不虚心审问者戒也!

①　四明:山名,在今浙江宁波西南,唐代曾以山名州。
②　岭南:泛指五岭以南地区。
③　瓮鸡:瓮中之鸡,比喻见识短浅。
④　按"北人"至"戒也"一段,皆为潘之恒所补。

龙　喻　士

　　吾邑去县治西北八十里地,名苏溪,有洞曰灵岩。其洞前有石窟,广五丈,长倍之,石峭拔多奇怪,色复晶莹;中一石突起,高五尺许,现世尊像如刻画①;佛之右有石龟、石钟各一,佛左石孔中有虬龙二,偃蹇盘结,即人为之,工不能胜。其他如笋、如莲、如乳、如浪纹、如羊肪者,不可悉状。洞从窟入,然门隘甚,说者谓蛟龙宫焉,人睥睨莫敢入。嘉靖间,邑大旱,有巫人善迎龙术②,乃与其徒三四辈斋戒三日,手执铁钻,各持炬爇火,缒而下,鱼贯以往。中多蝙蝠,其大如鸡,争来扑炬,炬灭复燃者数四。行半里许,豁然见天光,其下有小溪横截,水深碧,窅不可测。溪傍一断木,长五尺许,苔藓斑驳,似腐非腐,巫人持铁钻锥其上,木遂番然跃入溪中,水从溪中渐沸,如汤涌起。巫人惧,与其侪奔趋而出,甫至洞门,云雾杳冥,雷电震迅,大雨如注,不移时,水深一丈。洞之后有寺,水突入寺中,其大士泥像自腰以下皆没③,至今犹然。大约环洞四五里,雨最大,渐远渐小。盖溪傍之木,即龙之隐而卧者,巫人不知而误锥之,龙怒入宫中,遂激成此雨。吁,此地旧名灵岩,不虚哉!顾龙不怒,则不激,雨遂无由致。然则贤人君子抱奇蕴卓,夫非龙乎?历览往牒,以激怒成功业者多矣。是故苏季之相燕以妻激④,张仪之相秦以友激⑤,范睢以折齿激⑥,淮阴以胯下激⑦。马迁有言⑧:"不激,恶能奋?"然亦必真士乃能激。夫溪傍之木,似木也,而实龙,激之,故足以致雨。假使其真木也,锥亦不知,奚而激,奚而激?

① 世尊:佛家对释迦牟尼的尊称。

② 巫人:古代从事通鬼神的迷信职业者,亦称巫师。

③ 大士:菩萨的通称。

④ 苏季:即苏秦,字季子。战国时东周洛阳(今河南洛阳)人。其

"相燕以妻激",事见《史记·苏秦列传》。

⑤　张仪(？～前310):战国时魏国贵族后代。其"相秦以友激",事见《史记·张仪列传》。司马迁记其友为苏秦,但有人认为不可信。

⑥　范雎(？～前255):字叔。战国时魏国人。初为魏大夫须贾家臣,因事为须贾所诬,被魏相魏齐使人笞击,折肋摺齿。后化名张禄,入秦为客卿,继而拜相。详见《史记·范雎蔡泽列传》。

⑦　淮阴:即韩信(？～前196),汉初淮阴(今江苏清江西南)人。初属项羽,继归刘邦,被任为大将,以功封齐王。刘邦即位后,改封楚王。后被告谋反,降为淮阴侯。　其"以胯下激",事见《史记·淮阴侯列传》。

⑧　马迁:即司马迁,字子长。西汉夏阳(今陕西韩城南)人。任太史令。后因故下狱,受腐刑,出狱后为中书令。今有《史记》一书传世。

慎　诬　人①

《易》有之:"精气为魂,游魂为变。②"则人死为鬼,固圣贤所不讳言。若夫冤气郁结能杀人,如彭生之托于豕③,戚姬之托于犬④,子胥怒涛⑤,伯有介驰⑥,则理所必至,无足异者。余闻檇李有盛周者⑦,号文湖,登嘉靖间进士。当为诸生时,人或以谗言污蔑其妻,盛不察真赝,辄持刃杀之,自鸣于官,官曰:"烈士也。"亟赏焉。未几,妻见梦曰:"我实无玷,若用谗言杀我,我必报若。"越十五年,盛君累官至某郡太守,夜检文书有缢死事,盛语阍童曰:"缢何能死人?我请戏试之。"遂用组绶自系,践踏椅上,悬诸梁。阍童乘其悬也,亟取椅却走,盛足不能至地,气绝而死。阍童走归家,语父母曰:"吾今日得报仇矣。"遂仆地死,人莫晓其故。后细询之,则阎童之生日,乃盛妻之死日。盖妻魂出世为童,杀盛以报向者之杀己也。呜呼,无怨不复,无往不还,能逃于明,不能逃于幽,智力可以笼人,不可以笼鬼。士君子乘权秉势,谓我能生人杀人,不顾其安,恣睢屠戮,何其不念及此? 赵清献昼之所为[8],夜必焚香以告于天,不敢告者,不敢为也。此可为士君子检心之法矣。

① 慎诬人:《亘史钞》本作"慎诬"。

② "精气"二句:按《周易·系辞上》,当作"精气为物,游魂为变"。

③ 彭生之托于豕:事见《史记·齐太公世家》。彭生为齐国力士,齐襄公命他杀死鲁桓公,受到鲁人责备,便杀彭生以谢鲁。彭生死后化为豕,人立而啼。

④ 戚姬:即戚夫人,汉高祖宠姬,曾与吕后争立太子。高祖死,吕后将她斩去四肢,剜眼熏耳,饮以哑药,置于厕所,呼为"人彘"。据《史记·吕太后本纪》载:吕雉八年(前180),"吕后被,还过轵道,见物如苍犬,据高后掖,忽弗复见。卜之,云赵王如意为祟。"吕后遂病掖伤而死。则"托生于犬者",当为戚姬之子如意。江盈科所说"戚姬之托生于犬",或为误记,或另有所本。

⑤ 子胥(? ~前484):姓伍,名员,字子胥。春秋时楚国大夫伍奢次子,为报父兄之仇入吴。助阖闾夺取王位。吴王夫差时,因犯颜直谏而被赐死,尸投江中。因随流扬波,依潮来往,荡激崩岸,被奉为涛神。

⑥ 伯有:即春秋时郑国大夫良霄,字伯有。主持国政,和贵族驷带发生冲突,被杀于羊肆。传说死后化为厉鬼作祟,郑人互相惊扰,以为"伯有至矣"。或梦伯有披甲乘马而行,言将杀驷带,至期,驷带果卒,国人益惧。

⑦ 盛周:字文郁,号文湖,浙江秀水人。嘉靖三十二年进士。历官刑部郎中,出知东昌府。

⑧ 赵清献:即赵抃(1008~1084),字阅道,号知非子。北宋衢州西

安(今浙江衢县)人。景祐元年进士。官殿中侍御史,弹劾不避权贵,人称铁面御史。卒谥清献。

典　史①

天下事虽千变万态,然毕竟不能逃出理字。理者,人心之条理也。故以理烛事,则世无不可得之情。尝闻一典史,逸其名,居官聪慧,数决疑事,里中父老能传之。兹述其一二,吾人观之,亦可因事类推,不为物眩。

典史所部一老叟以圃为业,一岁茄熟,被贼窃去凡数百个,如是者三。叟不胜忿,诉于典史,典史阳斥之:"咄咄！谁为尔守圃,今诉谁耶?"已呼叟至膝前,约曰:"尔俟茄再熟,各刺竹针茄腹中,没其颖,俟其再偷,即时诉我。"叟如其言,已而复被盗,走白典史。典史遣隶数辈,分布城隅,凡鬻茄者,皆令人署查核,命以次候于庭,各取数茄剖之。已得一人茄,颗颗有竹针在其腹,呼叟与质,即叟邻人也。遂伏罪,人皆称异。

又两人同憩旅舍,一人置伞于门,无伞者夺之,曰:"予伞也。"互争焉,诉典史。典史曰:"此伞不宜专畀,当从中剖之,各持其半。"命一隶执刀见剖,察二人色。一人甚戚,一人微笑。典史乃曰:"无剖。"命畀戚者,笞笑者。盖伞属我,而剖坏其本有,故戚;伞不属我,而剖损其本无,故笑。执戚与笑,定二人之真伪,而肝肺洞然,如烛照数计。

噫,史固聪慧人,然据所剖二事,皆度之以理,理如是,狡者莫能匿吾鉴矣。余故记之,欲人因事类推,毋谓史卑官焉而忽之也。管仲师马得路②,隰朋师蚁得水③,马与蚁且师之,况典史耶?

①　典史:知县属官,典文移出纳。按明制,一县巡捕事,本由主簿掌管,但在主簿出缺时,则由典史兼领。按"典史",《亘史钞》本题作"理烛"。

②　管仲(?～前645):名夷吾,字仲。春秋时齐国颍上(今属安徽)人。由鲍叔牙推荐,齐桓公时为卿,尊称"仲父",助齐桓公成就霸业。其"师马得路"事见《韩非子·说林上》:"管仲、隰朋从桓公伐孤竹,春往冬反,迷惑失道。管仲曰:'老马之智可用也。'乃放老马而随之,遂得道。"

③　隰朋(?～前645):春秋时齐国大夫。与管仲、鲍叔牙等辅佐齐桓公,齐国大治。其"师蚁得水"事见《韩非子·说林上》:"行山中无水,隰朋曰:'蚁冬居山之阳,夏居山之阴。蚁壤寸而有水。'乃掘地,遂得水。"

忍　耐

世人无贤不肖,皆言"忍"言"耐烦"。此三字言之甚易,而其实有难能者。若真能忍,真能耐烦,则其取祸必少,败事必寡。

昔里中一富儿素悭,亦能从事于忍。遇仇家欲嫁祸,乃贿一乞丐,于元旦托乞,故出言詈之,富儿不为动;已复詈其妻子,亦不动。丐者乃裸而露其丑,曰:"尔能啖我此物乎?"富儿不胜忿,持梃挞之,一击而毙,为仇家所持,竟坐偿。此知从事于忍,至于难忍,而卒不能忍者也。

又一仕宦将之官,其厚友送之,嘱曰:"公居官无他难,只要耐烦。"仕者唯唯。已而再嘱三嘱,犹唯唯。及于四五,其人忿然怒曰:"君以我为呆子乎? 只此二字,奈何言之数四?"厚友曰:"我才多说两次,尔遂发恼,辄为能耐烦,可乎?"此知耐烦之当然,及遇小不可耐,而遂不能耐者也。余所以信忍与耐烦为难能也。

尝闻刘忠宣公里居①,舟行水畔,一人方帽青衫,呼公名大骂,若为不闻也者。其人骂至五里许,倦而返。不逾月,一主政以公差舟行②,前一人复骂主事,如骂刘公者,主政曰:"何物怪人? 横逆至此。"命抶之二十,不数日死。及死,乃知其宗室而病心者,主政竟坐偿。人乃问忠宣曰:"公何以知此人宗室而不与较耶?"公曰:"余备位卿贰,彼知我而故詈之,非有所恃,何以及此? 余故不问。"此烛患于未来,而能忍人之所不能忍者也。

云间徐少师存斋曾督浙江学政③,考袁炜下等④,炜以直指见拔入闱,明年遂发会元⑤,存斋自恨失士。已复督学江西,凡士称屈求再试者,必与试,至于手握箸,身在舆,厕前榻上,无时不阅卷,两目几盲。或讽之曰:"公太劳矣。"乃答曰:"余恐此中更有一袁元峰,而我再失之也。"此鉴失于已往,而能耐人之所不能耐者也。吁,世之言忍言耐烦者,能以两公为法,而曰不能寡过,吾不信已。

① 刘忠宣:即刘大夏,已见前注。
② 主政:即主事,明代六部各设主事,官阶正六品,为司官中最低一级。

③ 徐少师存斋:即徐阶(1503～1583),字子升,号存斋,又号少湖。华亭(今上海松江)人。嘉靖二年进士。曾任浙江提学金事(即本文所说"督浙江学政")。历东阁大学士,进少师。四十一年倒严嵩,自为首辅。

④ 袁炜(1508～1565):字懋中,号元峰。浙江慈溪人。嘉靖十七年进士。累官户部尚书兼武英殿大学士。

⑤ 会元:各省举人到京城会考,称为会试,会试第一名称为会元。

财 为 祟①

夫财,人所欲也。得非其分,即财即祸。余官姑苏,有潘姓者掘地开机,得金二十万,以分其子潘奎、潘璧,两母出也。璧年尚稚,奎乘其病,投毒饵中杀璧。邻人觉之,以其家事也,寝不敢发。奎生二子,长名城,次名恒。城性聪颖,然淫恣无度,入资为国子生②,司成姜凤阿览牒曰③:"何名潘城?"为增一"璧"字。父奎闻之,甚不乐,盖所杀弟名璧也。已而璧城自破其家,百计索金于父不得,遂诱刘氏奴激怒其父,而殴之死。说者以为璧再生为璧城,以子杀父,报杀弟之业。夫藏金,无主者也,然无故得之,尚且兄弟相杀,父子相戮,产尽人亡而后已,则夫巧取计夺,猎人之财以自富者,能保不为祸哉? 昔人有言:"吾辞祸,非辞富。"达哉!

① 财为祟:《亘史钞》本作"财祟"。

② 国子生:明代在北京和南京皆设国子监,入监读书的学员称国子监生。

③ 司成：古官名，即大司成，掌管教育贵族子弟。后世用作国子监祭酒的别称。　姜凤阿：即姜宝(1514～1593)，字延善，号凤阿。丹阳(今属江苏)人。嘉靖三十二年进士。授编修。以不附严嵩，出为四川提学佥事。迁国子监祭酒，累官南京礼部尚书。

附：尽　　慧①

黄冈王氏，大宗也，文章宦业甲于楚。万历间，有侍御讳同道者早卒，未尽展其志，有遗箧在室，约千馀金。弟同轨应得之，而未忍发其箧。忽一夕，梦同道入其室，而追醇生。生而具凤慧，方弱冠，即喜结客，征歌选妓以佐之。同轨以为忧，人曰："此不过用其故物耳。彼尽其故物，亦不得不尽其故智。第安之。"后追醇果以诗文显于世，无忝门风。此足佐雅谈，且破俗障。与前《财祟》相反，如白黑业也，故附之。

① 按此篇为潘之恒受江盈科影响而作，姑仍附之。

巧　御　物①

物之御物，大率用巧。夫虎之饥也，时或食虾，以尾投水，虾谓暖也，而集其中，虎尾一掉，虾入其口者以百计矣。山鲤之饥也，时或食蚁，以舌垂地，蚁谓膻也，而游其上，山鲤之舌一卷,蚁入其口者以千计矣。鼠欲窃卵,恐无完卵也,一仰一俯,仰者抱,俯者衔而曳焉,而卵乃不坏,鼠之巧也。猿窃麻子,虞其撒也,一抖擞其毛,蹲而伏,一携麻秸而出其子,置之毛中,用唾封之,比至入穴,唾干毛散,麻子尽出,猿之巧也。小人之用巧,皆若是耳。夫惟麒麟不履生草,不食生虫,而未尝饥,此谓德胜,不以巧胜。

① 巧御物:《亘史钞》本作"巧御"。

士　修　心①

一举子下第,语余曰:"场中苦盲试官为祟,佳者弗取,取者弗佳。"余曰:尔欲尽侵造化之权乎？夫试官具只眼者,文之好丑,一见立决,其谁能欺？此之谓文衡。乃一榜之内,盖有其身积德,预录于冥司,或祖父累仁,食报于后世,而其人之文不能佳,固鬼神所欲加佑者,于是使盲试官冒丑为好,从而收之,此则造化之权,不尽为人用,而自为用。乃知士子修文为阳赞,修心为冥契,宜慎之矣。

① 士修心:《亘史钞》本作"士修"。

附：假　　手①

宋高文虎云：祥符中，西蜀二举子同行，至剑门张亚子庙，号英显王。二子过庙已昏黑，遂祷于神，各占其得失，祈梦为信。寝庑下，入夜风雪转甚。忽见庙中灯烛如昼，肴俎甚盛，人物纷然往来。俄传道自远而至，声振四山，皆岳渎贵神也。既就席，宾主劝酬如世人。二子恐惧，潜起伏暗处观焉。酒行，忽一神曰："帝命吾侪作来岁状元赋，当议题。"一神曰："以铸鼎象物为题。"既而诸神皆作一韵，且各删润商确，朗然诵毕，当召作状元者魂魄授之。二子默喜："此正为吾二人发。"迨将晓，神乃起别，传呼而出，视庙中寂然。二子素聪警，各记其赋，写于书帙，无一字忘，相与拜赐鼓舞而去。及入试，二生坐东、西廊，御题出，果《铸鼎象物赋》，韵脚尽同。东廊者下笔，思庙中所书，懵然一字不能上口，间关过西廊问之。西廊者望见东来者，曰："御题验矣，我乃不能记。欲起问子，幸无隐也。"于是二子交相怒曰："临利害之际，乃见平生。且此神赐，而独私以自用，天其福尔耶？"各愤怒不得意，草草信笔而出。及唱名，皆被黜，状元乃徐奭也。亟求印卖赋，比庙中所诵，无一字异。二子叹息，始悟凡得失皆有假手者，遂皆罢笔入山。嗟乎，士务自修尔，营营何益哉？

① 按此篇为潘之恒受江盈科影响而作，姑仍附之。

人　　种

南方有鸦,方乳雏。毛羽既具,将教之鸣,曰:"吾音恶劣,为世所嫉,身不能易,请易其子。"于是,引雏往见乾鹊,曰:"吾子,鸦也;而愿习君之声,毋惜为吾子师。异日变恶之善,转世人之嫉以为喜,即亦何敢忘返哺之报!"鹊受而教之。鹊鸣喈喈,雅鸣哑哑,两不相入。鹊不胜忿,喙且啄之,爪且搏之。鸦亦不胜苦,而终不能变其哑哑之声。鹊顾鸦笑曰:"汝自鸦种耳,吾不能如汝何。"遣之使归。鸦归故巢,与其母哑哑唱和,不习而若惯焉者。乃知种类移人,即欲变化,其道无繇,故君子慎其所以为人种者。

亘史云:此在中阴身能具慧力,自择所投尔。否则,何以慎之?虽然,能持善业者,必不堕恶种,曷慎所持哉?

戒　侮　人①

士君子切忌侮人,侮人最损德,且召祸。《周书》有云:"不侮鳏寡。"夫以帝王之尊,即鳏寡亦不敢侮,则天下无可侮之人矣。

吴郡王元美性广大，能容物。一日者持荐书求谒②，公命进见，少顷，为公布算。时公长君澹生已在泮③，仲季皆髫，日者乃曰："佳造万福，但子星少耳。"座客尽笑。公曰："毋笑，好先生，有胆气！"客问曰："何也？"公曰："他来我们人家，乃敢不买春，这是胆气。"买春者，吴中方言，谓先探履历，后入门也。犒之一金而去。

吾邑文学苏宫，字静夫，性诚直长厚，即婴儿，亦不相慢。邑中有歌者姓王，貌丑如鬼，声恶如裂帛，每阑入宾筵，无贵贱皆唾骂之，静夫独谓客曰："毋然。天刑之，彼亦岂愿若此？"王感泣，每早辄焚香祝静夫百岁，而咒唾己者。

噫，日者本自可笑，歌者本自可唾，而元美姑以胆气褒之，静夫姑以天刑怜之，此所谓不尽人之情，远怨之道也。夫待日者、歌者如此，他人可知。若两君者，庶几不侮鳏寡哉！

① 戒侮人：《亘史钞》本作"戒侮"。
② 日者：以占候卜筮为业的人。
③ 已在泮：指已中试为生员（秀才）。泮，古代学宫。

心　高

余郡迤西三十里，有河洑山①，山隈有王婆庙，不知何代人。父老相传：此婆酿酒为业，一道士往来寓其家，每索酒辄予饮。累数百壶不酬值，婆不与较。一日道士谓婆曰："予饮若酒，无钱相偿，请为若掘井。"井成泉涌，出皆醇酒。道士曰：

"此所以偿耳。"遂去。婆不复酿酒,但持井所出泉应酤者,比夙酿更佳,酤者踵至。逾三年,得钱凡数万,家遂富。前道士忽又至,婆深谢之。道士问曰:"酒好否?"答曰:"好到好,只猪无糟耳。"道士笑题其壁曰:"天高不算高,人心第一高。井水做酒卖,还道猪无糟。"题讫去,自是井不复出酒矣。国初蜀中一耆儒题《张果倒跨蹇驴图》云②:"世间多少人,谁似这老汉?不是倒骑驴,凡事回头看。"语虽浅,然其喻世切矣。噫,人心膻慕,非名即利,名利之途,愈趋愈永,趋而不已,害及厥躬,然后悔之,其不为贪得之王婆,能为回头之果老者,几何人哉?

① 河洑山:在今湖南省常德市西三十里,南临沅水。

② 张果:唐方士。久隐中条山,常倒骑白驴。开元中遣使迎至东都,不久还山,赐号通玄先生。宋元之际有八仙传说,果被列为八仙之一,称张果老。

药　言

夫言有至微,然听而绎之,可为养心之助者,即当审记。余官姑苏,偶见白公集中自谓官吴数年①,未尝置太湖石一片②。余曰:"白公喜水石,何乃遗此?"张伯起答曰③:"如此累心事,白公不做。"嗟嗟,世之可以累心者,不少矣。过而不有,心境自适,宁独石哉? 又闻王元美镇郧④,曾荐一属吏,乃其乡人常訾公者。或曰:"公荐某人,是荐其訾我者也。自此以往,凡求荐者,争訾公矣。荐而贾訾,将毋愚乎?"公笑曰:"不然。我不荐他，他更詈我。"余闻此答，不觉胸次顿开，计较之念，一时都尽。嗟嗟，两君子者，俱吴名贤也。故服伯起之言，命曰"清心丸子"；服元美之言，命曰"宽中散"。其于窒欲惩忿，收效宁减华、扁哉⑤？语云："至言，药也。"信夫！

① 白公：即白居易(772～846)，字乐天。晚年号香山居士，又称醉吟先生。下邽(今陕西渭南东北)人。贞元十六年进士。宝历初年任苏州刺史。

② 太湖石：园林中叠假山所用之石，以采自太湖而名。太湖在今江苏吴县西南，跨江苏浙江两省。

③ 张伯起(1527～1613)：即张凤翼，字伯起。长洲(今属江苏)人。嘉靖四十三年举人，有文名，著有《红拂记》传奇等。

④ 郧：明置郧阳府，府治郧县，在今湖北省西北部。按王世贞于万历二年九月升都察院右佥都御史，督抚郧阳。明年正月抵郧上任，在郧一年半。

⑤ 华、扁：皆古代名医。华指华佗，扁指扁鹊。

戒　悭

夫人涉世，自学问中出者，别有机局。若但得其性之所近，则宁为豪爽，毋为悭鄙。盖豪有豪过，悭有悭过，即而较之，则豪过可喜，悭过可憎。余官姑苏，有徐氏者资累数十万。其时两宫灾①，营建孔亟，吴中奸民欲藉端以罟金穴，遂籍江左巨户凡若干人②，谓且入奏。徐氏与焉，闻而病咽以郁死。王百穀曰③："是夫不逮溧阳史君远矣④。"余问其故，百穀曰：

"溧阳史氏家累巨万,世宗朝边饷匮乏,好事者亦籍江南北巨
户凡三十人,曰且上献,而史氏不与,乃恚曰:'如史某者,家亦
颇饶,今籍三十人,而某之姓名不得与,某乃不比于人?'亦以
忧死。"嗟夫,二氏之死,其故略同,其情迥异。然而一段爽气,
则徐不逮史,何啻天渊? 昔晋人论人物曰:廉、蔺千载上人⑤,
至今读其传,犹有生气。如某某者,非不自慎。若人人如某,
便可结绳而治,但恐狐狸猵貉唊尽耳。是故徐史二氏皆过,然
而宁为此,毋为彼。

① 两宫:指乾清宫和坤宁宫,皆于万历二十四年三月遭灾。

② 江左:长江下游东部地区,即今江苏省一带。古人叙地理以东
为左,以西为右,故江东称江左,江西称江右。

③ 王百穀(1535~1612):名稚登,字百穀,号玉遮山人。明代长洲
人。以布衣诗人游公卿文士间,颇著时名。

④ 溧阳:县名,今属江苏省。

⑤ 廉、蔺:指战国时赵国的廉颇与蔺相如。赵惠文王拜蔺相如为
上卿,名将廉颇不服,欲与为难;蔺以将相不和,危及国家,故往往相避。
廉终于悔悟,肉袒负荆至蔺相如门请罪,遂结为刎颈之交。详见《史记·
廉颇蔺相如列传》。此处所引晋人事,见《世说新语·品藻》。

前 定 数①

尝谓官爵大小,寿命修短,皆系前定。知其前定,则一切
顺受,显固可喜,晦亦不忧;寿固足庆,夭亦不惧。盖余乡曾有
二事,可验官爵寿夭定于有生,非可一毫人力移动者。

一贡士名燕成②，号白石，六岁时，婶母梦其衣冠对镜，乃呼其母谂之曰："我为阿郎做吉梦，异日必做官，幸无相忘。"久之，白石贡入太学③，谒选得照磨④，乃悟梦中对镜，盖照磨官衔也。

嘉靖间，邑令甘公名勋⑤，履任三日，嫡庶争宠，爪破其面，公自负貌美，被爪破，遂雉经死。邑士绅往哭之，公父乃曰："吾儿不幸有此，然亦前数。向者生时，梦人相贺，持彩联，书二句其上曰：'四百姚涞榜⑥，三日桃源令。'莫测其兆。已乃登姚状元榜，其年进士四百人；今令桃源三日，梦固先告我矣。"

噫，观此二事，则燕君之官，止于照磨，甘公之令，止于三日，俱系前定，谁能移之？彼不务安命，处下位而妄冀崇班，临性命而强希耄耋，何益于得？徒令造化窃笑耳。

① 前定数：《亘史钞》本作"前定"。
② 贡士：这里指各地择诸生学行优者，送入国子监就学的监生。
③ 太学：即国学。唐宋兼设国子监和太学，明代只有国子监，亦称太学。
④ 照磨：以照对磨勘为职，为主管文书照刷卷宗之官吏。
⑤ 甘勋(？～1523)：江西丰城人。嘉靖二年进士，授桃源知县，上任三日死。
⑥ 姚涞：字维东，号明山。浙江慈溪人。嘉靖二年状元，累官侍读学士。

远 术 士

近世星相士皆无奇术,率藉荐书求容于富贵者。能绝不与见,大足损事,即不得已与接,宁量情遗之,不宜转与荐书。盖此曹脚迹宽,亦能用舌锋中人。尝闻一臬司驻扎荆南①,与一相士厚,荐往某孝廉家。孝廉故贫,以五钱为谢礼。其人恚甚,然不欲发。及入谒臬司,问曰:"孝廉何以遗君?"乃诡曰:"甚费此公,辱以五两见赠,皆明公赐。"若极其感激也者,然其心实恨孝廉慢己,思有以相中。久之,臬司得报左迁,莫测所自。相士进慰之,臬司徐语曰:"不佞所以左迁之故,汝知之耶?"谢不知。又问曰:"汝与此中缙绅相与,亦察其间有不足不佞者耶?"又谢不知。及再四固问,相士若为欲言也者,更复嗫嚅。臬司强之,乃颦蹙曰:"仆若不言,则于明公厚;若言,则于毁明公者厚。仆实不忍言耳。"固强之,乃曰:"毁明公者非他,即前日以五金赠仆孝廉也。仆亦不虞其有此举,徐而知之,晚无及矣。"因具悉孝廉于京师某权贵厚,从权贵处中明公,乃至此。臬司颔之,掇孝廉他事属后来臬司,曰:"此人不佳,且虞其再噬人,宜谨备之。"其后孝廉竟以被访见按治,良久论定,得保头上如箕,然家事凋落无馀矣。即此观之,毋谓片楮不足惜,轻授此曹,阶之为祸。

① 臬司:明置十三按察司,主管刑名按劾之事,亦称臬司。因辖区广大,又置分巡道,由按察司副使、金事分司诸道。如湖广有武昌道、

荆西道、上荆南道、下荆南道、湖北道、上湖南道、下湖南道、沅靖道。本
文所说"臬司"，当指设置在上荆南道的按察分司长官。

处　盗

　　孟子曰[①]："敬人者，人恒敬之。"盖言礼可感人。夫礼非
独可以感常人，即大恶、大不肖之人，亦未尝不可礼感。吾乡
苏溪有一素封朱姓者，素醇善，里人皆慕。值凶岁，群盗夜入
其家行劫。朱知盗入，亟起，肃衣冠出拜，曰："劳苦将军惠顾
老汉。"群盗皆释戈与揖。遂安椅凳，延盗次序坐。亟命家童
执羊豕宰之，致享。几筵尊俎，先后罗列，乃崇肉丰馔，躬亲行
酒，盗皆就席欢饮。朱复谕家僮曰："将军等不弃贫老，远来顾
我。恨我囊中不如往岁，可人封十金、布十匹，为将军秣马之
助。凡二十人，皆一律。"及家僮持金布出，盗欣然受之，再拜
谢曰："我辈穷，故来相费。愿以他生相报。"盗收毕辞去，朱送
之门，谂曰："数年后，贫老家事若少充，烦将军再来看看。"盗
曰："感公高谊，若再来犯，天且殛我矣。"朱老虽不无费于盗，
然神闲气定，何等自在。
　　又有张公者，家亦素封。群盗至其家，张不胜忿，与之辩，
且固云："家实无蓄。"靳不与。盗乃缚张公挞之，火炙之，须发
为焦，强劫三百金而去。比去甫一里，张公率健仆操刃，往追
杀之。盗反戈相向，刺公数枪，肠出死。其子文学张讳明诏
者，笃爱父，有侠气，乃自裹粮，携惯捕者数人，迹盗于深山中，
尽得之，缚而告公之灵。然公所为死于刃，则亦其不善处盗之

过矣。无论如朱与盗揖让，即三百金已出门，若遗焉可也，奈何以七尺之躯为金殉哉？苏子有言②："千金之子，不死于盗贼之手。"言身重也。非独盗贼，天下之人其不当与较，而当姑容之者，亦多矣，非容彼，乃自容也。

① 孟子(约前372～前289)：名轲，字子舆。战国时邹(今山东邹县)人。孔子学说继承者，有"亚圣"之称。今有《孟子》一书传世。以下引文见《孟子·离娄下》。

② 苏子：即苏轼。

妇 制 盗

楚中巨浸，惟洞庭为大①。其中往往薮盗，风涛浩渺，逻者不能及，时出没纵横，为客船毒。隆庆间②，盗劫一客，尽有其资，杀而投其尸水中，并二仆俱遇害。留其妻妾二人不杀，置船中。盗魁语之曰："尔夫饱江鱼矣。尔从我，善遇汝。否者，我且杀汝。"二妇不得已从之，然其心未尝一日忘故夫。每与妾议，欲得当以报，无繇也。会盗魁诞日，开船诣湖心鸡子山登眺③，痛饮为寿。二妇因劝之，至醉不能起，并醉群盗，皆中酒。适天暑，妇诒盗曰："舟中热甚，当移枕簟，因石纳凉，暮而登舟，岂不畅快？"盗不逆其有他心也，因连席卧山侧，去船半里馀。二妇曰："我先赴舟中治炊，炊熟可下食。"盗曰："诺。"至舟，亟斩船缆，船遂离岸丈许，辄顺风挂帆，任其吹送。不半日抵岳阳④。问诸土人，则江防道驻扎其地⑤。二妇因往诉故夫被盗事,且言盗在鸡子山,亟遣健儿擒之,当立致。及捕者至山上,群盗饿三日,奄奄垂尽,皆就缚。至则俱论死。噫,若二妇者不动声色,以计擒群盗而报其夫,其智有可取者。夫豫让之剑不能得志于襄子⑥,渐离之筑不能必中于秦皇⑦,而二妇以杯酒制群盗死命于股掌间,成功出烈士上。《中庸》论道曰⑧:"夫妇之愚,可以与知。"岂不信哉?

① 洞庭:湖名,在今湖南省北部,长江南岸。

② 隆庆:明穆宗年号,公元 1567～1572 年。

③ 鸡子山:山名,在洞庭湖中。

④ 岳阳:地名,在今湖南省东北部,临洞庭湖。

⑤ 江防道:明设十三布政司,下置分守道,此指上江防道,驻岳州。

⑥ "夫豫让"句:豫让为春秋战国间晋国人,为智伯瑶的家臣,韩、赵、魏三家共灭智氏,豫让入宫躲藏厕中谋刺赵襄子,不成。继用漆涂身,吞炭使哑,暗伏桥下谋刺,又不成。被捕后,求得赵襄子衣服,拔剑三跃而击之,然后自杀。事见《史记·刺客列传》。

⑦ "渐离"句:高渐离为战国末燕国人,以屠狗为业,擅长击筑(竹制弦乐器)。燕太子丹使荆轲入秦谋刺秦王政,渐离到易水送行为之击筑。秦朝建立后,始皇闻其善击筑,命人熏瞎其目,使击筑。他在筑内暗藏铅块,扑击始皇,不中被杀。事见《史记·刺客列传》。

⑧ 《中庸》:相传为孔子的孙子子思所作。原为《礼记》中的一篇,南宋朱熹把它同《大学》、《论语》、《孟子》合编为《四书》)。

自 做 人

进士吴曲罗讳化①,朱虞言讳一龙②,皆楚人。吴官镇江,朱官苏州,皆司理③。余时承乏长洲,见虞言贞亮粹白,口如其心,谓人品若此,世不多得。一日曲罗谓虞言曰:"年兄真是好人。"虞言逊谢。曲罗曰:"好到好,不算好。"虞言曰:"既好,便算好,安得不算?"曲罗曰:"你从胎中出来,撞着的好人。"虞言曰:"撞着好,也算好。"曲罗曰:"你若当时撞着不好,安得这般好?故真正好人,必须由自己做出。"噫,曲罗此言,虽曰戏谑,然而至理存焉。

尝观孔门子路出胎撞着刚人④,卒蹈孔悝之难⑤;子羔出胎撞着善人⑥,未造圣人之域。皆是学力弗到。后世若阳羡周处⑦,其初撞着恶人,然闻乡里窃议,改行从善,遂成忠孝大节。关中张载⑧,其初撞着侠客,然聆二程说《易》⑨,撤席听讲,即成理学大儒。此皆不靠撞着,靠自己做人。知天下有自己当做之人,则沉潜刚克,高明柔克,变化气质,何善不臻?吾谓二公一时戏谑之言,至理存焉,盖以此。

亘史云:此下三段,儒生腐谈,不称进之口吻。

　① 吴曲罗:名化,字敦之,号曲罗生。黄安(今湖北红安)人。万历二十三年进士。授镇江府推官,擢户部主事。

　② 朱虞言:名一龙,景陵(今湖北天门)人。万历二十年进士。授苏州府推官,迁吏部主事,终考功郎中。

　③ 司理:宋代诸州曾置司理参军,主管狱讼。明代各府置推官一人,专管一府刑狱,俗称"司理"。

　④ 子路(前542~前480):仲氏,名由,字子路,亦字季路。春秋末鲁国卞(今山东泗水东)人。好勇力,志伉直。后为孔子弟子。孔子任鲁司寇,使为季孙氏之宰。旋为卫国大夫孔悝之宰,在内讧中被杀。

　⑤ 孔悝:孔文子之子,卫国大夫。卫出公十二年,其父蒉聩与孔

悝作乱,袭攻出公。出公奔鲁,蒉聩入立,是为庄公。子路"卒蹈孔悝之难"事,详见《史记·仲尼弟子列传》及《宋微子世家》。

⑥ 子羔(前521~?):姓高名柴,字子羔。春秋时卫国(一说齐国)人。孔子弟子,曾为费邱宰。

⑦ 周处(?~299):字子隐。义兴阳羡(今江苏宜兴)人。东吴名将周鲂之子。少时横行乡里,与蛟、虎并称"三害",后斩蛟射虎,发愤改过。

⑧ 张载(1020~1078):字子厚。北宋凤翔郿县(今陕西眉县)人。嘉祐二年进士。历官云岩令、崇文院校书。后退居南山下,教授诸生,学者称横渠先生。因是关中人,故其学派称为"关学"。

⑨ 二程:指程颢(1023~1085,字伯淳,世称明道先生)和程颐(1033~1107,字正叔,世称伊川先生)兄弟。北宋洛阳(今河南洛阳)人。少时俱受学于周敦颐,后皆以学著名,并称"二程",世称其学为"洛学"。

科有定名官有定所①

学者修身读书,预养用世之具,此但尽其在我。至于科目之有无,官爵之高下,盖自有主之者,不专系于帖括簿书之间为得失。尝闻余楚中三梦兆,则非但科目有无、官爵高下为有数,即登科名次、居官方位,亦由预定,非可强移。昔正德末②,沅州一诸生名月华③,生平梦中八十六名,自叹无中式之理,盖楚额止八十五人故也。及世庙出兴邸④,加楚额五名,诏至,华在二场,闻其事,即投笔曰:"吾中矣。"放榜果居八十六名。予同年孙大祚将谒选⑤,梦所居县门左画龙,右画虎,已选贵溪令⑥,盖贵溪,龙虎山在焉。又余邑李孝廉名位⑦,将谒选,梦一缙绅投刺,视之则朱熹也[8],遂选绩溪县令。即此推之,科目名次之先后,仕宦地方之彼此,有生之初,业已先定,而营营计较,强遇以从我者,何能有益?只自添一番劳碌而已,故学者贵安命。

① 科有定名官有定所:《亘史钞》本作"安命"。

② 正德:明武宗年号,公元 1506～1521 年。

③ 沅州:在今湖南芷江一带。明初为沅州府,寻复为州。

④ 世庙出兴邸:指明世宗朱厚熜本为兴王朱祐杬之子,因武宗无嗣,以"兄终弟及"例奉遗诏继位。详见前注。

⑤ 孙大祚:名铉,崇阳(今属湖北)人。万历二十年进士,授贵溪知县。

⑥ 贵溪:县名,明属广信府。在今江西省东北部。

⑦ 李孝廉:李位,桃源人。嘉靖十年举人,官绩溪(明隶徽州府)知县。以才忤时贵,改庐州教授。

⑧ 朱熹(1130～1200):字元晦,一字仲晦,号晦庵、晦翁。南宋徽州婺源(今属江西)人。生于南剑州尤溪(今属福建),晚年徙居建阳考亭主持紫阳书院,故亦别称考亭、紫阳。绍兴十八年进士。历官同安县主簿、漳州知州、秘阁修撰等。曾受学于二程三传弟子李侗,后世并称"程朱"。因其晚年居住在福建,故世称其学为"闽学"。

蒋 道 学

吾乡先辈有蒋信者①,号道林,生而纯粹近道。王阳明谪丞龙场②,道经武陵③,信往竭之。阳明曰:"蒋生资质,可作颜子④。"幼时行雨中,从容有度,或曰:"宜亟行避雨。"信应曰:"前面亦有雨。"夜与数友人宿僧寺,见月中黑翳,或曰:"山河大地影。"或曰:"吴刚斫娑罗树⑤。"信曰:"非也,盖太阴渣滓未化耳⑥。"其议论清远如此。生平务学穷理,躬行实践,自少至老,庶几醇德无疵。登进士第,官至贵州学宪⑦,一时缙绅士大夫皆崇之。及信死,乡人有议其遗行者,曰:"道林平生无可訾,但老而涅白一事⑧,可訾耳。"此固《春秋》责备之义,然求一生可訾之处不可得,谨得涅白一端,则道林为人真无忝德行之科。昔人云:"数其事而訾之者,其所善者多也。"至于訾及涅白,而吾乃益服蒋先生无遗行云。

① 蒋信(1483~1559):字卿实,号道林。常德(今属湖南)人。先后师从王守仁、湛若水。嘉靖十一年进士。累官四川佥事,迁贵州提学副使。践履笃实,不事虚谈。湖南学者宗其教,称为正学先生。

② 王阳明(1472~1528):名守仁,字伯安。浙江徐姚人。弘治十二年进士。因疏劾宦官刘瑾,谪龙场(今贵州文县)驿丞。迁南赣巡抚,平定宸濠之乱,世宗时封新建伯。官至南京兵部尚书,卒谥文成。其学于宋儒推崇陆九渊,世称姚江学派。以其曾筑室故乡阳明洞,学者称阳明先生,其学也称阳明学派。

③ 武陵:今湖南常德。

④ 颜子:即颜渊(前521~前490),名回,字子渊。春秋末年鲁国人。孔子弟子。贫居陋巷,箪食瓢饮,而不改其乐。孔子赞他"不迁怒,不贰过","其心三月不违仁"。详见《论语》及《史记·仲尼弟子列传》。

⑤ 吴刚:神话中仙人名。传说为汉代西河人,学仙有过,被罚斫月中桂树。 娑罗树:本于佛教传说,释迦牟尼在拘尸那城河边娑罗树下涅槃,用在这里是对"吴刚斫桂"神话传说的一种改造。

⑥ 太阴:即月亮。日月对举,日称太阳,故月称太阴。

⑦ 学宪:即提学使。按宋代诸路置提点刑狱司,简称"提刑司"或"宪司"、"宪台"。明代置提刑按察使司,与宋代"宪司"职守相同,而各辖区提学由按察司副使(正四品)或佥事(正五品)出任,故称"学宪"。

⑧ 涅白:语出《荀子·劝学》:"白沙在涅,与之俱黑。"意指混同常人。

善　谑

《淇澳》之诗曰①:"善戏谑兮。"谑亦有一段自然出于天性者。蜀熊翰林名敦朴②,辛未进士,京察改别驾③,入辞江陵张相国④。相国为熊座主,乃曰:"此后好生守官,我衙门人痛痒相关,宜自勖。"熊答曰:"不然。医书有云:'通则不痛,痛则不通。'"张发笑不自制。蜀有孝廉名金声之,举乡试尾名。已入监,考得监元⑤。熊乃语人曰:"金君一向止可名玉振,今考监元,庶几名称其实。"又河南内乡李翰林名裒⑥,官检讨;弟名荫⑦,为增广生⑧。兄弟皆善谑,裒遗书弟曰:"你今年增广,明年增广,不知你增得几何? 广得几何?"其弟答书曰:"老兄今日检讨,明日检讨,不知你检得甚么? 讨得甚么?"吾乡两庠士⑨,一名邓邦道,一陈姓,皆善谑。邓入明伦堂,其教谕偶问之曰⑩:"闻贵乡有叔啮其嫂鼻端者,此宜有罪。"邓曰:"若鼻在,可幸无罪。"教谕问:"何故?"答曰:"有鼻之人,奚罪焉?"谕大笑。陈生与同社生皆得罪学谕,谕持二人将加朴,其同事者预馈其谕以佳狗及他物得免,独朴陈。陈徐言曰:"朴则皆朴,胡为免彼? 然亦苟免刑罚而已。"诸生皆窃笑。一日教谕病脚而跛,陈窃效之,或以告谕,谕又将加朴。陈曰:"这由朱晦庵误我⑪。"谕曰:"云何?"陈答曰:"后觉者必效先觉之所为。"谕遂笑,不复朴。此虽无大用,要之矢口而出,令人解颐,亦是一段别才,非可袭取。

　　亘史云:善谑事甚多,余别有纪。此下俱不称。

　　① 《淇澳》:《诗经·卫风》篇目,本作"淇奥",《礼记·大学》引作"淇澳"。

　　② 熊翰林:熊敦朴,号陆海,四川富顺人。隆庆五年进士。选庶吉士,官至兵部主事。

　　③ 别驾:汉代官名,是州刺史的佐吏。宋代诸州通判,以其职守相同,俗称"别驾"。明代也称各府通判为"别驾"。

　　④ 张相国:即张居正,已见前注。

　　⑤ 监元:国子监考试第一名。

　　⑥ 李翰林:李裳,字于田,内乡(今属河南)人。嘉靖三十二年进士。选庶吉士,除检讨。历官提学副使。

　　⑦ 荫:李荫,字于美。嘉靖中举人。累官户部主事。

　　⑧ 增广生:洪武二年令府、州、县置学,府学生员四十名,州、县以次减十,人月给廪米六斗。后来名额增多,食廪者谓之廪膳生员,省称廪生;增多者谓之增广生员,省称增生,无廪米。

　　⑨ 庠士:即府、州、县学的生员,也称庠生。

　　⑩ 教谕:县学教官。掌文庙祭祀,训诲所属生员。

　　⑪ 朱晦庵:即朱熹。

听　讼

吴中讼师巧设机关,改年易月,阳附阴叛,以愚官司耳目者,盖百出百新。即留心听断,往往为其所眩,而不及觉。

余令长洲,其同壤为吴县①。吴富民朱应举双瞀而悍,谋买一僧田,僧不肯售,应举诱至家,命家僮殴杀之。随贿其徒,火其尸灭口。俄而里中喧腾,谓必白官,应举惧,延一讼师问计。讼师曰:"待众人白,不若使其徒告,可从中弄机权耳。"应举恳问计,讼师曰:"尔以某月某日赴城中请三学博饮,此县令任公所知②。尔今但贿僧,使其状所书、口所言,皆曰朱某以某月某日殴杀我师,改饮客之日为殴僧之日,则官必信,必反坐僧。僧得贿,即反坐,固甘心矣。"应举如其言。方任公讯鞫时,乃辩曰:"某日小人请三学博饮,身在城中,家在太湖,安得又有一应举在家殴僧?"任君曰:"然。三博士饮酒之日,余亦知之。尔乃曰:应举是日殴尔师,岂非诬告?"僧业已受贿,不深辩。任遂出应举,坐僧诬。邑人见应举获出,皆不察所以,但曰任公受贿千金,脱杀人之罪。语闻司理袁节寰耳③。及节寰覆鞫,竟执应举,曰:"尔杀人,有左验,安得不偿?"应举不复辩,第曰:"罪固应死。"于是遂议辟。通国之人皆谓任受金,而颂司理青天。不知袁之得情,采于众口;任之受蔽,惑于讼师。噫,听吴讼者,其慎之哉!后数年,应举因笃疾,且动手者死狱中,于例应释,以赎释。

① 吴县：与长洲县治所同在苏州城内。

② 任公：指任僎，字士安，浙江鄞县人。万历十四年进士。二十年由侯官知县改知吴县，二十二年升南京刑部主事。

③ 袁节寰：苏州府推官。

阴　　阳

阴阳之家疑而多忌①，拘而多畏，从古记之。至于年神方位，诸说犹多不经。乃近世号为儒者，亦多尼之，不知何也？宋太祖将置笀库，所司白曰："太岁守东方②，宜避之。"太祖曰："安有此说？假如比邻居者，东家之西，即西家之东，若太岁守东方，西家动土修建，神将遂祸东家耶？此无庸避。"噫，英主之见卓朗不群，足以破千古之疑矣。

余乡有一二小事，出于匹夫之口，然而可以醒拘挛者之心，故记于此。一老农当稻熟时，择日食新。其邻家一人善谑，辄嘲之曰："尔旧岁食新，曾卜日耶？"曰："然。""今岁旧谷足用耶？"曰："不足，称贷而益之耳。""夫旧岁卜日，而谷犹不足也，今亦安庸再卜？稻可食，则食之矣。"老农乃始憬然有悟。又一人平日动尺土，必卜吉。偶履岩墙遭覆压，土没其身之半，亟呼家人掀土出之。家人曰："期未必吉，盍卜诸？"其人曰："俟吉乃掀我耶？我将为墙下土矣！"家人曰："不卜则生，卜则死。若是乎，卜吉之无用也！"其人亦始有悟于平日之拘拘为过计也。此二事皆近戏，然皆足以明阴阳之不当尼。

余郡有蒋道林者③，信道之人也。少时卜吉葬母，临遭

殡,雨大至。道林戒异者曰:"毋庸亟,请俟天晴。"或曰:"晴未
必吉,奈何?"道林曰:"吾宁以晴之故,图安吾亲;不欲以吉之
故,图福吾身也。"遂止不异,待晴而葬之,然亦未尝不吉。噫,
若道林者,可以法矣。

　　亘史云:此与《吕览》"栾水更葬"同义,蒋君真道
学人也,暗与古合。

　　①　阴阳之家:春秋战国时九流之一,其学包括四时、八位、十二
度、二十四时等数度之学和五德终始的五行之说。后世的遁甲、六壬和
择日、占星之属,也称为阴阳家。
　　②　太岁:又称岁阴或太阴,古代天文学中假设的星名,与岁星(即
木星)相应,旨在以每年太岁所在的部位来纪年。后来方士术数以太岁
所在为凶方,有忌兴土木建筑或迁徙房屋等迷信说法。
　　③　蒋道林:即蒋信。

人　可　教

　　或问:"人之不能者,可教而能否?"余曰:"安在其为不可?
且无论人,即禽兽①,于人远矣,然亦可教而人。瞿谷可教以
言语②,猢狲可教以演戏,黄雀可教以认字,马可教以衔杯,犬
可教以舂碓。苟未至为瞿谷,为猢狲,为黄雀,为马,为犬,则
何不可教而能也? 彼自谓不可教者,是自弃也。曾瞿谷等之
不若,奚而人? 奚而人?"

①　"即禽兽"至"可教而人"：《亘史钞》本作"即禽兽异类,然亦可教,而况人乎"。

②　瞿谷:鸟名,俗称"八哥"。

烧　　炼

或谓:"烧炼之事①,有此理否?"余答曰:"有。""何以知之?"曰:"楚人之伏鸭也,以雌鸡,经月而雏出。吴人不然,掘土为炕,置糠其中,累鸭卵以数百,微火从中熏之,一人自炕上搬运鸭卵,周旋匀适,不半月而雏尽出。夫汞为银母,五百年后凝结为银,彼仙人者,能缩五百年为五百日,则汞之成金,固亦宜然出于母也。然而天下有此理,世必不能有此人;有此人,则造化无权。"

　　亘史云:今燕都上元食黄瓜,赏牡丹,斗蟋蟀,皆取诸地矿中火炙,真足夺造化之权。然其本必坏,物亦早毙,则烧炼五百年之后必变原质。吕祖不为为害五百年以后人,此一念足仙矣,奚以烧炼为哉?

①　烧炼:本指道家炼丹,即烧炼金石药物成丹,谓服之可以成仙。后世有用其法诳人者,称能以他物烧炼成金银。

蛛　蚕

　　蛛语蚕曰:"尔饱食终日,以至于老。口吐经纬,黄白灿然,因之自裹。蚕妇操汝入于沸汤,抽为长丝,乃丧厥躯。然则其巧也,适以自杀,不亦愚乎?"蚕答蛛曰:"我固自杀,我所吐者遂为文章,天子衮龙,百官绂绣,孰非我为? 汝乃枵腹而营,口吐经纬,织成网罗,坐伺其间。蚊虻蜂蝶之见过者,无不杀之而以自饱。巧则巧矣,何其忍也!"蛛曰:"为人谋,则为汝;自为谋,宁为我。"嘻,世之为蚕不为蛛者,寡矣夫!

　　　亘史云:此段诙谐语也,酷类子书,足以殿此卷矣。

◇谈◇丛◇

延　祚

　　古之人主,盖有在位一日,人犹恨其太久。若秦始皇、隋炀帝之世①,人心如此,虽帝天下,亦有何荣? 至于汉昭烈偏安西蜀②,崎岖兵戈,不一传而鼎足之业已隳,然千世之下,想其君臣明良、鱼水交欢之意欣焉,庶几遇之。柴世宗③,五季馀烬耳④,而上下之间孳孳救世,民物和洽,说者谓有三代遗风⑤,令后人凭而吊之起遐思焉。夫二君者,祚命虽促,而遗爱延于世,世即谓万世为祚可也。况汉文帝⑥、宋仁宗久于其道⑦,而民怀之,荣施更何如哉? 微独人君,凡为臣庶士民,俱不可不爱惜景光,以一日而建百世之业。否者,皆虚生也,石火电光,可惜,可惜!

　　①　隋炀帝(569～618):即杨广,隋文帝次子。仁寿四年(604)杀文帝自立,在位十四年,年号大业。

　　②　汉昭烈(161～223):即刘备,字玄德。涿郡涿县(今属河北)人。公元221年称帝,都成都,国号汉,年号章武。在位三年。

　　③　柴世宗(921～959):即柴荣,邢州龙冈(今河北邢台)人。公元954年继后周帝位,南取南唐江北十四州,西取后蜀秦、凤、阶、成四州,北取契丹莫、瀛、易三州,在位五年,为全国的统一奠定了基础。

　　④　五季:即后梁(907～923)、后唐(923～936)、后晋(936～946)、后汉(947～950)、后周(951～960)五代。柴世宗逝世仅一年,赵匡胤就建立北宋,迅速统一了全国,故称柴世宗为"五季余烬耳"。

　　⑤　三代:指夏、商、周三代。

⑥ 汉文帝(前202～前157)：即刘恒。吕后死，周勃等平定诸吕之乱，以代王入为帝。在位二十三年，国力大增，史家将他和景帝统治时期并称文景之治。

⑦ 宋仁宗(1010～1063)：即赵祯，真宗子。乾兴元年(1022)即位，在位四十二年。庆历年间曾起用范仲淹为参知政事，进行改革，史称"庆历新政"。

调　和

刘玄德君臣上下之间，交泰款洽，千古无两；惟是将相尚欠调和，终致败事。盖先主与关、张①，君臣之际，义兼兄弟，一旦得孔明于草庐中②，与谋大事，不啻鱼水，此正王业一助。而关、张意气终未能下，各行己志，不相节制，故羽之受祸于吕蒙③。孔明逆料其然，然而无可奈何，知其非我所能节制也。羽败而汉不振，王业隳矣。陆贾云④："将相调和，则士豫附。士豫附，虽有变而天下不摇。"呜呼，此数语者，真千古不易之格论也。

① 先主：即刘备。关：关羽(?～220)，字云长。河东解县(今山西临猗西南)人。东汉末从刘备起兵。张：张飞(?～221)，字益德。涿郡(今河北涿县)人。东汉末从刘备起兵，以勇猛著称。《三国志》卷三十六《关羽传》谓刘与关、张"寝则同床，恩若兄弟"。

② 孔明：诸葛亮(181～234)，字孔明。琅邪阳都(今山东沂南南)人。东汉末隐居躬耕，刘备三顾茅庐请之，遂为刘备的主要谋士，帮助刘备建立蜀汉政权。刘备称帝，任丞相。刘禅继位后，封武乡侯，领益

州牧。

③　吕蒙(178～220):字子明。汝南富陂(今安徽阜南东南)人。三国东吴将领。建安二十四年(219)袭破关羽,占领荆州,封孱陵侯。

④　陆贾:西汉初楚人。从汉高祖定天下,有辩才,常使诸侯为说客。西汉初拜太中大夫。吕后死,参预诛灭吕氏,迎立文帝。著有《新语》十二篇,崇王道,黜霸术。

格　　言

云长公生前忠勇①,死后威灵,万古以来一人而已。然史称公喜读《左传》②,而言语文字不少概见,惟今所传对一联,云出云长笔:"愿天常生好人,愿人常行好事。"噫,此二语者,何其善与人同广大若此哉!夫恶人与常人,俱置不论。今世所患者,在于君子要自做好人,自行好事。夫自做好人,自行好事,岂不是好?因其有自做自行的意思,率至取忌召衅,恃己凌物,终于无成。大抵天下事,不是一人做得好的。故曰:"愿天常生好人,要人人都好;愿人常行好事,要事事都好。"人人都好,事事都好,不消我劳心费力去做,天下自然好了,岂不大可愿哉?此与夫子"老者安之"三句③,同是一样见识。宋朝王荆公方盛气议天下事④,程明道曰⑤:"天下事非一家事,愿公徐议之。"此如持冷泉沃炎火,欲不浑身通冷,得乎?

①　云长公:即关羽。

②　《左传》:也称《春秋左氏传》,或《左氏春秋》,相传为春秋时鲁国左丘明撰。内容为编年体春秋史,记自鲁隐公元年至鲁悼公四年二

百六十年史事。

③ 夫子:指孔子。其谓"老者安之,朋友信之,少者怀之"三句,见于《论语·公冶长》。

④ 王荆公(1021~1086):即王安石,字介甫,号半山。北宋抚州临川(今江西抚州)人。庆历二年进士。神宗熙宁二年(1069)任参知政事,设制置三司条例司,实行新法。以元丰中封荆国公,世称荆公。

⑤ 程明道:即程颢。

二　　程

二程先生①,在伊川极峻整,然迹于峭刻不可近,惟明道和易而不失其正,甚得孔氏家法②。一日,明道与弟同赴一寺,兄由左门,弟由右门。左门之人随明道者以数百计,右乃寥寥。伊川见之,叹曰:"此是颐不及家兄处。"又一日,明道兄弟同赴一士夫家会饮,座中有二红裙侑觞,盖宋朝不禁官妓故也③。颐见妓,即拂衣起去,独明道与饮,同他客尽欢而罢。次早,明道赴伊川斋头,语及昨事,伊川犹有怒色。明道笑曰:"某当时在彼与饮,座中有妓,心中原无妓;吾弟今日处斋头,斋中本无妓,心中却还有妓。"伊川闻之,不觉愧服。噫,观此而明道之养未易及已!

① 二程先生:即宋代理学家程颢和程颐兄弟。

② 孔氏家法:犹言孔子之学。

③ 官妓:古代入乐籍的妓女。唐宋时官场应酬,可传唤官妓侍候。至明代,已禁止传唤官妓,官吏宿娼罪次杀人一等,遇赦终身不叙。

卢　生

卢生从吕纯阳学道[①],每见纯阳市饼果蔬酒,辄出壶中丹粒,点土砾沙石成金,持与市人交易,居然金也。生乃叩曰:"此土砾沙石点化之后,遂终古为金耶,抑有时复还其本色耶?"纯阳曰:"五百年后丹力既尽,则所点之物各还本色耳。"卢生愀然若甚悲者。问其故,答曰:"吾师慈悲济世,独不念及五百年后人耶?"纯阳曰:"此生真好心地,我不如。"遂传与道,成仙去。

① 吕纯阳:名岩(或作"嵒"),字洞滨,号纯阳子,自称回道人。相传为唐京兆(今陕西西安)人,咸通中及第,两调县令。后修道于终南山,不知所终。元明以来称为八仙之一,道教正阳派号为纯阳祖师,俗称吕祖。

名　实

名实之间,不可不审。不审其实,而徒袭其名,遂有转相假冒、愈递愈讹者。汉南阳太守召信臣[①]、杜诗相继为政[②],有德于民,民相与怀之,因有召父、杜母之谣。及于异世,土人祠焉,塑像各一。左者峨冠拖绅,垂衣秉笏;右者翠翘云帔,横簪而曳珮也。语人曰："此召父，此杜母。"夫彼乌知父母之言出于比况，而竟以为实然。然犹曰："史著其文耳。"若夫襄郢之间③，其民分祠伍相国④、杜拾遗⑤，盖子胥、子美，一以孝，一以文也。久之，杜庙坏，惟伍庙独存。土人相与谋曰："伍相公、杜十姨原当合祀，分祀为非。况今杜庙既毁，盍塑十姨之像于相公之傍，使鬼神有知，免于参商之叹？"其侪曰："善。"因塑女像于子胥之右，曰："此十姨也。"呜呼，杜诗以怀保之故误而为母⑥，杜甫以官衔之故误而为姨，流俗之人谓二杜为妇人者不少矣。名实相冒，一至于此，非博雅君子，其孰能订之使归于正哉？

① 召信臣(？～前31)：字翁卿。西汉九江寿春(今安徽寿县)人。元帝时任南阳太守。曾利用水泉开通沟渎，溉田三万多顷。南阳吏民称为"召父"。

② 杜诗(？～38)：字公君。东汉河内汲县(今属河南)人。光武帝时为侍御史。建武七年(31)任南阳太守，曾创造水排，促进冶炼，征发民工修治陂池，广开田地。被南阳吏民称为"杜母"。

③ 襄郢之间：明代襄阳府至荆州府(楚郢都原在此)一带，在今湖北省境内。

④ 伍相国：伍子胥，曾为吴相国，已见前注。

⑤ 杜拾遗：唐代著名诗人杜甫(712～770)，字子美。原籍襄阳(今属湖北)，生于巩县(今属河南)。开元间举进士不第，漫游各地。安禄山军陷长安，逃至凤翔，谒见肃宗，任左拾遗。

⑥ 怀保：招抚安置。

文　恶

潘尚宝去华自言乡举时①,见一青衿与其友骑而归,联镳道上,诵所为试义取正于友。诵至半,马喷首昂足,掷青衿于地。青衿怒,鞭棰无算。俄而马死,复生为人。至三四岁,能记夙世事,曰:"我前生某青衿家马也。"家人因问之曰:"闻某年某青衿马跳啮不驯,被棰以死,尔乃是乎?"曰:"然。余所以跳啮者,恶其文恶,故怒而至此。"久之,青衿往马家询问,果得其实。噫,文之恶者,不可入于马之耳。世之为恶文不自知其丑,而妄献于大人先生之前者,岂谓大人先生之智不及马耶?然马犹怒文之恶,跳啮不少假,而大人先生习于媚悦,凡遇恶文之献,动皆腴美,曰:"韩、柳也②,迁、固也③。"心知其非,口交誉之,而不敢怒。夫至于使大人先生谀美后辈,直道反出马下,世趋之薄,可胜叹哉!而又不独文为然,行或乖方,誉曰曾、史④;政或戾俗,誉曰鲁、卓⑤。其人闻之,自以为是,居之不疑。呜呼,世非大庭⑥,人非无怀⑦,直道已颓,佞风久煽,夫孰能不波可怪也欤?

① 潘尚宝去华:即潘士藻,已见前注。乡举:这里指乡试,每三年一次,各省集士子于省城,由朝廷选派正副主考官主持,中式者称举人。
② 韩、柳:指韩愈和柳宗元。
③ 迁、固:指西汉司马迁和东汉班固。
④ 曾、史:指春秋时曾参(字子与,鲁国人,孔子弟子)和史鳅(亦

称史鱼,字子鱼,卫国大夫),古代常把他俩看作分别代表仁和义的典型人物。

⑤ 鲁、卓:指汉代卓茂(? ~28,字子康,南阳宛人。平帝时为密县令)和鲁恭(32~112,字仲康,扶风平陵人。章帝时为中牟令),因同有政绩而被看作循吏的典型。

⑥ 大庭:传说上古帝王名。当是时也,民结绳而用之。一说大庭氏是神农氏的别号。

⑦ 无怀:即无怀氏,传说上古帝王名。

二 楼

楚城有黄鹤楼①,踞蛇山②,俯鹄矶,汉江绕其前③,鹦鹉洲横其下④。三楚雄概⑤,此楼无两。楼所由著,以崔灏句⑥,"晴川"、"芳草",真堪与楼争雄。然楼之始,则纪者不一。余闻父老云:唐时仙人吕纯阳尝客兹地,侨寓酒家,日饮酒数壶。累数百壶,不偿值,复索饮,主人供给无倦色。纯阳喜之,适啖西瓜,乃用瓜皮画一鹤壁上。瓜皮青,久之变黄,遂为黄鹤。纯阳又教酒家童子唱道词⑦,自敲板为节。已而纯阳饮,童子唱,鹤辄从壁间飞下,婆娑翔舞,观者日数千人。凡数阅月,得钱数百万,酒主骤富,以钱酬纯阳。纯阳不受,遂构此楼志感,故名黄鹤。楼下石矶名鹄,其上多桃痕,历年无算,痕犹宛然。土人谓纯阳曾寓兹地卖桃,每问买者曰:"尔买桃食谁?"皆曰:"饲儿子。"纯阳曰:"世遂无一人买桃饲父母者耶?"因掷桃矶上,桃深入石内。久之,桃朽而痕独存。

　　自黄鹤之外,楚楼之胜,无逾岳阳[8],见于范文正之叙备矣[9]。传闻国初人见一道士饮酒岳楼上,饮毕,题其上曰:"宋玉冢开天子出[10],杜康台倒状元生[11]。"及杜康台倒,其年任亨泰生[12],宋玉冢破,世庙出自郢邸[13],为中兴明主,果如壁间语。此道人必纯阳也。纯阳自有诗云:"三醉岳阳人不识,朗吟飞渡洞庭湖。"可概见矣。

　　要之此二楼非必仙人,苟胸中有山川之趣,未有不登而忘归者。汉方士有言:"仙人好楼居。"噫,岂虚哉?

　　①　黄鹤楼:故址在蛇山的黄鹄矶上,临长江。相传始建于三国吴黄武二年(223),历代屡毁屡建。传说有仙人子安尝乘黄鹤过此,故名。一说蜀费文袆登仙,尝驾黄鹤憩此。江盈科所记一说,相对较晚。

　　②　蛇山:在湖北武昌城,山形蜿蜒如蛇,故名。又名黄鹄山,其西北二里有黄鹄矶,亦称鹄矶。

　　③　汉江:长江最大的支流。源出陕西宁强县北蟠冢山,初出山时名漾水,流经沔县、褒城县,汇合沔水、褒水后,始称汉水,至武汉汉阳入长江。

　　④　鹦鹉洲:在湖北汉阳县西南江中。东汉末江夏太守黄祖长子大会宾客,有人献鹦鹉,祢衡作赋,洲因以为名,明季为江水冲没。

　　⑤　三楚:战国时楚地,自今黄淮至湖南一带,有西楚、东楚、南楚之分。参见《史记·货殖列传》。

　　⑥　崔灏(?　~754),唐汴州(今河南开封)人,开元十一年进士。天宝间任尚书司勋员外郎。其《黄鹤楼》诗有"晴川历历汉阳树,芳草萋萋鹦鹉洲",为千古名句。

　　⑦　道词:即道士曲,犹道情之类。

　　⑧　岳阳:这里指岳阳楼,在湖南岳阳城西门上,始建于唐。

　　⑨　范文正:即范仲淹(989~1052),字希文。北宋吴县(今江苏苏

州)人。大中祥符八年进士。官至枢密副使、参知政事。谥文正。庆历
五年(1045),巴陵守滕宗谅(字子京)重修岳阳楼,请其作《岳阳楼记》,
备叙登临观感。

⑩ 宋玉:战国时楚国鄢人。或说是屈原弟子。曾为楚顷襄王大
夫。据《大明一统志》卷六十记载,宋玉墓在襄阳府宜城县东南二十二
里。

⑪ 杜康:传说为最早造酒的人,后人所建杜康台至明初已倒塌。

⑫ 任亨泰:字古雍,襄阳(今属湖北)人。洪武二十一年进士第
一。宠遇特隆,建状元坊以旌之。历官礼部尚书。太祖重其学行,每呼
襄阳任而不名。

⑬ 郢邸:即兴邸。按明世宗朱厚熜之父朱祐杬于成化二十三年
封兴王,国安陆(今属湖北)。其地古称郢中,唐称郢州,故谓"世庙出自
郢邸"。

姚 广 孝

古之圣贤豪杰,辅其君有为于天下,及于功成之日,食茅
土之封①,飨爵禄之贵,人固以为当然而无疑。若夫为其事不
居其功,逃显荣之处,居寂寞之地,视茅土爵禄如将浼焉者,终
春秋汉唐之世才得三人,范蠡、张良、李泌②是已。余观我朝
姚少师广孝,庶几与三人同而四。夫靖难之师③,广孝为谋
臣,与秘画,先事料敌,多所奇中。及功成事定,文皇帝劝之蓄
发,不从;诏之居官,不就;畀之章服,弗御也;赐之宫嫔,弗近
也。衲衣僧帽,寄居萧寺,无改其初,以终其身。噫,此其翛然
物外,尘埃轩冕,而朝露富贵,岂寻常儒者所能仿佛其万一哉?

张萝峰必以为左道而斥之④，夺其配飨⑤。夫广孝无爱于生前之官阶，岂有爱于身后之配飨？徒见张公之学不通方，皮相天下之豪杰耳。倘广孝之配飨可夺，则太祖微时起家衲子⑥，将遂不得配天欤？而朝歌之废屠⑦，莘野之耕氓⑧，抑将不齿于公孤欤⑨？甚矣，张公之固也！

①　茅土之封：谓受封为王侯。古代帝王社祭之坛以五色土建成，分封诸侯时，按封地所在方向取坛上一色土，以茅包之，给受封者在封国内立社。

②　范蠡：字少伯。春秋末年楚国宛（今河南南阳）人。初与宛令文种友善，随种入越，助勾践灭吴。大功告成后，不受封赏，浮海至齐，称鸱夷子皮。旋入宋国陶邑（今山东定陶西北），自号陶朱公，以经商成为巨富。　张良（？～前186）：字子房。城父（今河南郏县东）人。其祖与父相继为韩相，秦灭韩后，他图谋恢复韩国，结交刺客，在博浪沙（今河南原阳东南）狙击秦始皇未中。后归刘邦，为其重要谋士。汉朝建立后封功臣，高祖命其自择齐三万户，良固辞，以最初与高祖会于留，于是封为留侯。　李泌（722～789）：字长源。唐京兆（今陕西西安）人。玄宗时为东宫供奉，为杨国忠所忌，被贬，乃隐居山中。肃宗时执掌枢务，权在宰相之上，而固辞官职，仅称山人。旋以宦官李辅国谮，南隐衡山。

③　靖难：明太祖死后，长孙朱允炆继位，因用齐泰、黄子澄之策，先后废削周、齐、湘、代、岷五王。建文元年（1399），燕王朱棣起兵北平，以讨齐、黄为名，号称"靖难"。建文四年燕兵攻破京师（今南京），自立为帝，是为成祖，即下文所说"文皇帝"。按姚广孝为燕王兴"靖难"之师出谋划策及朱棣死后谥"文皇帝"事，参见《雪涛小说·驳禄命》及注。

④　张萝峰：即张璁（1475～1539），字秉用，后赐名孚敬，字茂恭，号萝峰（或作罗峰）。永嘉（今属浙江）人。正德十六年进士。嘉靖间仕至首辅。参见《雪涛小说·特操》及注。

⑤　配飨：合祭，祔祀。这里指功臣祔祀于帝王宗庙。据《明史·

姚广孝传》载:"洪熙元年(1425)加赠少师,配享成祖庙庭。"至嘉靖九年(1530)张璁、桂萼等议请移祀大兴隆寺。

　　⑥　衲子:僧徒的别称。按明太祖少时曾出家为僧,已见前注。

　　⑦　朝歌之废屠:指吕尚(姜姓,吕氏,名望,字子牙),早年曾在商都朝歌(故址在今河南淇县)屠牛,后辅佐武王灭商,官至太师,封于齐。俗称姜太公。

　　⑧　莘野之耕氓:指伊尹(名挚),曾耕于有莘国之原野,后助商汤伐夏桀,被尊为阿衡(宰相)。参见《史记·殷本纪》及《孟子·万章上》。

　　⑨　公孤:犹言重臣。公指太师、太傅、太保三公,孤指少师、少傅、少保三孤。

李　西　涯

　　武庙时①,内阁刘、谢两公同日去国②,惟西涯李公独未去③。其后值逆瑾纵横④,无所匡救。有嘲之者,画一丑恶老妪,骑牛吹笛,题其额曰:"此李西涯相业。"或以告西涯,公乃自题一绝云:"杨妃身死马嵬坡⑤,出塞昭君怨恨多⑥。争似阿婆牛背稳,春风一曲太平歌。"呜呼,武庙时何等景象,公乃自谓太平!

　　昔宋南渡后,一宰执致仕家居,乡人于其初度相约为寿,宰自谓曰:"老夫不才,幸为太平宰相,徼天之幸。"坐间一儒生离席言曰:"天下到太平,只河朔一起窃盗拿不获。"盖指金虏也,宰始大惭。噫,若西涯者,亦类是耳。

　　①　武庙:即明武宗朱厚照(1491～1521),孝宗子,公元1505年继

位,在位十六年,年号正德。

② 刘:指刘健(1433～1526),字希贤,号晦庵。河南洛阳人。天顺四年进士,累官至首辅。武宗嗣位,刘瑾用事,屡谏不听,致仕去。谢:指谢迁(1449～1531),字于乔,号木斋。浙江馀姚人。成化十一年进士第一,官至太子少保、兵部尚书,兼东阁大学士。武宗即位,请诛刘瑾不听,与刘健同日引疾告归。

③ 西涯李公:即李东阳,号西涯。已见前注。

④ 逆瑾:指刘瑾(1451～1510),本谈氏子,陕西兴平人。幼自宫,投中官刘姓者以进,因冒其姓。武宗即位,掌钟鼓司,以旧恩得宠,升至司礼监太监。由是得志,专擅威福。正德五年,宦官张永告他图谋不轨,被处死。

⑤ 杨妃:即杨太真(719～756),小字玉环。唐蒲州永乐(今山西永济东南)人。初为寿王妃,后入宫得玄宗宠爱,封为贵妃。天宝十四载(755),"安史之乱"爆发。次年随玄宗逃往四川,途经马嵬坡(今陕西兴平西)时,禁军哗变,被赐死,史称"马嵬之变"。

⑥ 昭君:即王嫱,字昭君。西汉南郡秭归(今属湖北)人。元帝时被选入宫。竟宁元年(前33),赴匈奴嫁呼韩邪单于。呼韩邪死,其前阏氏子代立,复为后单于阏氏。

夏严二相

世庙时,夏桂洲讳言、严介溪讳嵩俱江右人,两公次第入政府,而夏为先辈。夏负气自豪,见谓凌一世,然节目疏阔,盖君子人也。严则内险外柔,深中叵测。初拜相时,其子世蕃犯赃①,有左验②,为言官所持。夏时谋急击严,严知之,乃父子俱诣夏,赂门者径造榻前,跪而自诉,气甚下,卑词哀恳,桂洲以为能屈己也,置不击。严自是心颔夏,思有以中之。后夏以香叶巾忤旨③,被逐家居,已而复起入相。严乃日伺其短,冀于一逞,而夏竟不之觉。时人为之谣曰:"夏桂洲正好休时不肯休,晴天不肯去,直待雨淋头。"又曰:"严介溪人可欺天不可欺,善恶到头终有报,只争来早与来迟。"后夏果为严所中,与曾铣同戮于市④。

夫严之甘心于夏,三尺童子皆知之,要于桂洲再入为相,则亦有自取之道矣。余闻桂洲微时遇一僧隐龙虎山,僧一日语侍者曰:"为我治斋,明日有相国来谒。"次日桂洲谒僧时,犹青衿耳。侍者问僧曰:"安所得相国?"僧曰:"夏生是已,二十年后当为相国。"已果然,夏以故甚敬僧。及再入相,又往谒僧,僧卧榻不起。桂洲曰:"某此来与上人作别⑤,奈何不一见?"僧曰:"我头疼,若起来,头如欲断。"盖逆知桂洲之不能免,而桂洲不悟,竟复起见戮,如僧所云。噫,知足不辱,知止不殆。老氏之言⑥,岂欺我哉?非独桂洲,亦非独僧能知桂洲也。宋时寇莱公功盖一世⑦,位极人臣,隐士魏野作诗遗之曰⑧:"好去上天辞宰相,却来平地做神仙。"而寇犹假天书干进,竟放逐以死。乃知少伯、子房真天外冥鸿⑨,不可易及。

亘史云:余《别纪》有《严请夏宴》,仿佛魏其、武安,当与此参看。

① 世蕃(? ~1565):别号东楼。江西分宜人,严嵩子。历任尚宝司卿、太常少卿、工部左侍郎。父子皆受世宗宠信,遂招权纳贿,卖官鬻爵。后以阴谋叛逆罪斩于市,籍其家。

② 左验:见证人,亦指证据。

③ 香叶巾:指世宗赐香叶束发巾,夏言不受,事见《明史》本传。

④ 曾铣(? ~1548):字子重,号石塘。江都(今江苏扬州)人。嘉靖八年进士。嘉靖二十五年(1546)总督陕西三边军务,立志收得河套,条上方略十八事,得到首辅夏言支持。后为严嵩所诬,遂遭杀害。

⑤ 上人:佛教称具备德智善行的人,后作对僧人的敬称。

⑥ 老氏:即老聃,姓李名耳,字伯阳。楚国苦县(今河南鹿邑东)人。曾任周朝"守藏室之史",后见周衰,遂退隐著《老子》,成为道家创始人。

⑦ 寇莱公:即寇準(961~1023),字平仲。北宋华州下邽(今陕西渭南北)人。太平兴国四年进士。景德元年(1004),任同平章事,辽兵大入,力排众议,促使真宗亲征澶州,与辽订"澶渊之盟"。后封莱国公。又被丁谓等倾陷降官,贬死雷州。

⑧ 魏野(961~1020):字促先,号草堂居士。北宋陕州(今河南陕县)人。大中祥符四年(1011),真宗祀汾阴,与表兄李渎同被荐举,上表以病辞。著有《东观集》。

⑨ 少伯:即范蠡,字少伯。 子房:即张良,字子房。皆已见前注。

廖郭二臣

盖我朝缙绅廉耻之道,至嘉靖时而扫灭无馀矣①。缙绅廉耻所以扫灭于嘉靖之时者无他,起于议礼诸臣骤焉宠用②,而其闻风附和者亦相继取偿于朝,朝而贡谀,夕而被简,如持左契交手相付③,无一抱空卷归者。此举国之人所以争相贡诹,不畏清议④,不惮唾骂,若聚膻之蚁,驱焉而不肯去。逮于世庙末年,大礼已定,玄修复炽⑤,而贡鹿者、贡龟者、贡甘露者、贡灵芝者、贡佳木瑞麦者,遂接踵于天下,无复虚日。此曹之心,固即向者献议诸臣之心也。他无足责,即如廖氏道南⑥,科名文学衰然为楚人之冠,当时既以守制衣绯为世庙所黜⑦,则甘心寂寞著述自怡可也,乃犹今日献颂,明日献歌,世庙之心方厌薄焉,而道南殊不自知此事固有耻之士所不为,然犹止于蒙垢而已。若夫郭希颜者⑧,官至宫坊⑨,未为不遇,既因事被谪,又因计被黜,所谓山林之人也。官守言责,皆不与己,彼国本之定不定,社稷之安不安,自有任其责者,乃复效攘臂冯妇⑩,抗疏以干世庙之怒,至于身首殊分,为天下惜。呜呼,若希颜者,非不自度其言之不能回世庙也,知其不能回世庙而尚诜诜然为出位之谈,毋乃欲树德于东宫、为他日进用之地耶⑪?呜呼,希颜抗疏之心,亦即道南献颂之心也。特一以诹,一以抗,故道南止于不用,而颜遂不免耳。然则世庙之杀颜虽甚,要亦颜有以取之,不分过而任不可也。至于严嵩蒙杀郭之名,则所谓纣之不善⑫,众恶皆归者也,其实未必然也。余尝取而譬之,廖君如过时娼妇,既见弃于所欢者,犹且心招目挑,不为少止。《绿衣》之诗所云⑬:"我思古人,俾无尤兮。"彼恶知之?至于郭君者,又大呆矣。夫有主人于此日修禳祝祷,以祈吉祥,适有白项老鸦飞止其屋,悲鸣不止。主人曰:"是不祥之声也。"因取弹杀之,身为脯醢。夫主人固过计矣,而谓鸦鸣之出于祥可乎?若郭君者,以不祥之言取杀身之祸,吾以为鸦之属也,未足悯也。噫,士之保身立功名,何可一日无廉耻?若两君可鉴已。

① 嘉靖：明世宗年号，公元 1522～1566 年。

② "议礼诸臣骤焉宠用"事，《雪涛小说·特操》已有记叙，可参见。

③ 左契：即左券。古代刻木为契约，分为左右两片，双方各执其一，相合为信。左片叫左券，由债权人收执。

④ 清议：公正的评论。

⑤ 玄修：即修习道教。

⑥ 廖氏：廖道南，字鸣吾。蒲圻（今属湖北）人。正德十六年进士，历官翰林侍讲学士，修大礼书，直经筵。归田后，为世宗作《楚纪》六十卷。

⑦ 守制：古代礼制规定，父母死后的儿子或祖父母死后的长房长孙，自闻丧日起，不得任官、应考，嫁娶，在家守孝二十七个月（不计闰月），叫做守制。

⑧ 郭希颜：江西丰城人。嘉靖十一年进士。选庶吉士，授检讨。进右赞善，升右中允。以上疏建四亲庙祀罢官，归里后又以上疏安储而被斩。

⑨ 宫坊：本指太子的官署。古称太子的住所为青宫，太子的官属为春坊，故名。这里指右中允。

⑩ 攘臂冯妇：典出《孟子·尽心下》："晋人有冯妇者，善搏虎，卒为善士。则之野，有众逐虎，虎负嵎，莫之敢撄。望见冯妇，趋而迎之。冯妇攘臂下车，众皆悦之，其为士者笑之。"后以"冯妇"指重操旧业者。

⑪ 东宫：太子所居之宫，也可指太子。

⑫ 纣：商朝末代国君。一作受，亦称帝辛。在位时荒淫暴虐，后在牧野之战中兵败自焚。

⑬ 《绿衣》：《诗经·邶风》篇名。

方解于三公

凡赋才蚤慧者,其人皆钟间气①,造化所特厚。闻方正学公年九岁题《严陵图》云②:"敬贤当远色,治国先齐家。如何废郭后③,宠此英丽华④? 糟糠之妻尚如此,贫贱之交安足倚?羊裘老子蚤见幾⑤,却向桐江钓烟水⑥。"读此诗,即刘文叔复作⑦,安能自置一辩? 解大绅年七岁⑧,其父引入江上洗浴,将衣挂于树上,口占云:"千年古树为衣架。"大绅应曰:"万里长江当洗盆。"后太守闻其名,一日谒庙毕,吉服来访解⑨,适值微雨,太守口占云:"雨洒红袍苏木气。"解应曰:"风吹金带荔枝香。"其敏颖如此。于忠肃公年八九岁以神童名⑩,一侍御饮寺中⑪,召忠肃至,出句云:"三尊大佛,坐狮坐象坐莲花。"公对曰:"一介书生,攀凤攀龙攀桂子。"侍御大奇赏之,命一挥使抱之出。挥使问曰:"适所对云何? 乃尔见称。"公曰:"他出的三尊大佛,坐狮坐象坐莲花。"挥使又问:"尔何以对?"遂改答曰:"一个小军,偷狗偷鸡偷苋菜。"应机敏妙,莫可端倪,非天赋安能然哉? 其后三公皆以忠谊名世,此特其小者,然鸡头生而有刺,岂须壮哉?

① 间气:古代谶纬之说以五行附会人事,认为"正气为帝,间气为臣"。

② 方正学:即方孝孺(1357～1402),字希直,一字希古,号逊志。浙江宁海人。洪武间除汉中府教授,蜀献王聘为世子师,名其庐曰正

学。惠帝时为侍讲学士,燕王朱棣起兵,朝廷讨燕诏檄皆出其手。后因拒绝为成祖起草登极诏令,遂磔于市,宗族亲友坐诛者数百人。学者称正学先生,福王时追谥文正。

③ 郭后:即郭圣通,真定橐(今属河北)人。刘秀纳之,生子疆,立为皇后。后以宠衰被废。

④ 英丽华:即阴丽华,南阳新野(今属河南)人。更始元年(23)六月,刘秀纳之,生子庄。郭皇后废,阴为皇后。明帝刘庄继位,尊为皇太后。按刘秀纳阴氏本在郭氏之前,只因郭氏早有子而先立为皇后,下句谓"糟糠之妻尚如此",有苛责之嫌。

⑤ 羊裘老子:指汉代严光,一名遵,字子陵。会稽馀姚(今属浙江)人。曾与光武帝刘秀同学,"及光武即位,乃变名姓,隐身不见","披羊裘钓泽中"。后被召至京师,任谏议大夫,不受,归耕于富春山。方孝孺所题《严陵图》,即以其事为题材。

⑥ 桐江:富春江的上游,即钱塘江中游自严州至桐庐一段,其间有严陵濑,相传为严光垂钓处。

⑦ 刘文叔:即汉光武帝刘秀(前6～后57),字文叔。南阳蔡阳(今湖北枣阳西南)人。王莽末年,和兄缤起兵,加入绿林军。更始元年(23)大破莽军四十二万,势力逐渐壮大。公元25年称帝。在位三十三年。

⑧ 解大绅:即解缙(1369～1415),字大绅。江西吉水人。洪武二十一年进士,选庶吉士。永乐初,任翰林学士,与黄淮、杨士奇、胡广等同直文渊阁,参预机务。后以赞立太子为汉王高煦所恶,构陷下狱死。

⑨ 吉服:祭祀时所着衣服,因祭祀为吉礼而称吉服。

⑩ 于忠肃:即于谦,谥忠肃,已见前注。

⑪ 侍御:古官名,亦称侍御史,明代用以称监察御史。

岳 于 无 后

宋南渡之后,社稷之功惟岳武穆为最[1]。我朝土木之变[2],社稷之功惟于忠肃为最。然两公皆以谗被诛。余游西湖[3],见岳坟在湖上,庙食香火,松杉桧柏,岂然蔚然。由湖上折而入二里许,则于坟在焉,翁仲嶙峋[4],石马参差。徘徊览之,令人凛然起敬,凄然欲泪。及询二公后嗣,皆云无有。于,故钱塘人[5],钱塘之于姓者,非公的嗣也。岳既无后于钱塘,及余过汤阴[6],汤阴故武穆父母之邦也,亦复无嗣。世常言积善馀庆,以验天道,如左券不爽,而独爽于二公,此理之不可晓者。或曰二公名太重,故造化忌。夫造化所忌,忌其名浮于实者也。二公之名,从实而出,造化岂真小儿耶?胡忌之为?虽然,两公忠义贯于人心,无论华夷州里邑聚,皆香火而崇奉焉,是天下后世之人皆其子孙也,又何必有子孙哉?钱塘金省吾老师见渠乡钱姓者[7],必曰忠武肃王之后,笑语余曰:"人要做好人。能做好人,子孙也多些。"虽系谑言,自有至理。闻秦桧之后甚繁衍[8],乃其后人以祖为讳,此则谓之真无后也。

① 岳武穆:即岳飞,已见前注。

② 土木之变:正统十四年(1449),瓦剌贵族也先率军攻明,宦官王振挟持英宗率军五十万亲征,至土木堡(今河北怀来东)大败,英宗被俘。史称"土木之变"。

③ 西湖:在浙江杭州市西,为著名游览胜地。

④　翁仲：传说为秦时巨人，其高五丈，足迹六尺，秦始皇曾铸金人以象之。后世即以翁仲称墓道石像。

⑤　钱塘：古县名，即今杭州市。

⑥　汤阴：县名，为岳飞故里，今属河南。

⑦　老师：按金省吾曾督楚学，故江盈科称之。

⑧　秦桧（1090～1155）：字会之。宋代江宁（今江苏南京）人。政和五年进士，绍兴间为相，力主和议，先后杀岳飞，窜张浚，排赵鼎，凡主战之臣，诛锄殆尽。《宋史》入《奸臣传》。

狂　士

凡为狂言者，非真有狂，气之人不能发，发出自狂。以余所闻三数公，盖可见。

楚中黄冈王廷陈①，号梦泽，初官翰林②，后谪裕州守③。方七岁时，偶触父怒，父用铁绳锁系庭前槐树上。邻翁惊异，为言于父。父曰："我知其才不凡，但性不佳，故挫折之尔。"及为翰林庶吉士，馆师五鼓辄入馆，诸吉士皆苦之，廷陈乃披发坐馆前古树上效鬼啼，师惊诧，问左右，皆以鬼对，自此遂不早赴。又题一诗馆中云："几年不到梅山上，只道梅山都是梅。今日梅山一回首，野花荆棘两相随。"盖讥同辈无才也，竟左迁知裕州。适御史行部④，廷陈长揖相见，御史斥廷陈，廷陈曰："有我王梦泽面前立，立也自好看，何必跪？"以此再被论罢官，归不复仕。

桑怿⑤，字民悦，武进人。以才自负。居成均时⑥，为丘文庄所贬黜⑦。已就教职,书一对联明伦堂云⑧:"文章高似翰林院⑨,法度严于按察司⑩。"及学使行部⑪,诸校官皆林立堂左⑫,怿遂倚柱脱靴搔痒,学使闻其名,亦不较。后转柳州别驾⑬,不肯往。或问之,答曰:"恐到彼将令子厚小儿为我所掩⑭。"

薛应旂⑮,亦武进人,号方山。时艺与王唐瞿齐名⑯,仕至提学。少时常语人曰:"而今天下只有个半秀才。"或问为谁,答曰:"区区算一个,唐应德算半个⑰。"

此等狂言固不情,然亦非其人不能吐。

① 王廷陈:字稚钦,号梦泽。黄冈(今属湖北)人。正德十二年进士。选庶吉士,授给事中。武宗南狩,疏谏,黜知裕州,以失职放废,削秩归,屏居二十馀年。

② 翰林:指翰林院庶吉士。以进士之擅长文学及书法者任之。

③ 裕州:明裕州,属河南南阳府。

④ 御史行部:指御史巡视部属,考察刑政。据《明史·王廷陈传》,此指巡按御史喻茂坚。

⑤ 桑怿:疑即桑悦,字民怿,号思玄居士。常熟(今属江苏)人。成化元年举人,试春官,语多不伦被黜。除泰和训导,迁柳州府通判,丁外艰归,遂不出。为人怪妄,敢为大言,常以孟子自况。

⑥ 成均:本指古代大学,后为官设学校的泛称。

⑦ 丘文庄:即丘濬(1418～1495),字仲深,广东琼山(今海口)人。累官文渊阁大学士。卒谥文庄。

⑧ 明伦堂:古代各地孔庙的大殿。

⑨ 翰林院:唐初设置,本为各种文艺技术内廷供奉之处。至明代开始将修史、著作、图书等事务并归翰林院,正式成为外朝官署。

⑩ 按察司:即提刑按察使司,以按察使为一省司法长官。

⑪　学使:即提学官,掌一省学政。

⑫　校官:此指学官,明代府学设教授、训导,州学设学正、训导,县学设教谕、训导等职。

⑬　柳州别驾:即柳州府通判。

⑭　子厚:即柳宗元(773~819),字子厚。唐河东(今属山西)人。贞元九年进士。唐宋八大家之一。元和十年(815)任柳州刺史。

⑮　薛应旂:字仲常,号方山。明代武进(今属江苏)人。嘉靖十四年进士。授慈溪知县,屡迁南京考功郎中。忤严嵩,谪建昌通判,历浙江提学副使,以大计罢归。

⑯　王唐瞿:指王鏊、唐顺之、瞿景淳。三人与薛合称四大家。

⑰　唐应德:即唐顺之(1507~1560),字应德。明代武进(今属江苏)人。嘉靖八年会试第一。曾与总督胡宗宪协谋平倭寇,以功升右佥都御史,巡抚凤阳。

李 卓 吾

　　卓吾讳贽①,闽中人。仕至云南姚安太守,致政不欲归闽,侨寓楚之麻城②,自度为僧。其学无所不窥,识见高迈,颇近于放,大端从庄子一派来。尝语人曰:"古来只有卓文君奔相如是一段好事③。"或曰:"此是淫奔,何名为好?"卓吾曰:"千古只有一个才人如相如,佳人如文君,舍此不奔,安得再有这等佳配乎?"

　　①　卓吾(1527~1602):本姓林,名载贽,后改姓李,名贽,字宏甫,号卓吾、恩斋、温陵居士。福建泉州晋江人。嘉靖三十一年举人。曾任

云南姚安知府。万历九年(1581)辞官,住黄安耿定理家,后徙居麻城龙
潭湖芝佛院,从事著述和讲学。以卑侮孔孟,思想异端,被逮入狱,自刎
而死。

　② 麻城:县名,明代隶黄州府,今属湖北。

　③ 卓文君:西汉临邛(今四川邛崃)人。卓王孙之女,善鼓琴,通
音律。 相如:即司马相如(前179～前117),字长卿,西汉蜀郡成都(今
属四川)人。汉赋名家。后在临邛遇新寡家居的卓文君,携以同奔成都
事,详见《史记·司马相如列传》。

犀　怪

　余乡延溪厂有石犀牛①,其来颇久。近岁居民艺麦,被邻
牛夜食几尽。牛主惧其讼己,乃故言曰:"早见牧儿,言石犀牛
汗如喘,又口有馀青。食邻麦者,殆是乎?"众皆信然,谓石犀
岁久成怪。于是艺麦家持石往,断犀足,不复疑邻牛云。嗟
夫,邻牛食麦,石犀受击。石犀之形,以一击坏,而名亦以众口
神。凡事何可不揆诸理?

　① 延溪:在湖南桃源东。

分宜石桥

　余过袁州分宜县①,见严介溪相公所修石桥一座②,其长

近百丈,跨江横截,石皆坚致光丽,所济甚博而远。计当日费资,不下数十万。及由分宜而南,凡境内桥数十座,皆介溪夫人欧阳氏施造,盖皆有利行者。夫介溪一生相业为世诟訾,而桥之济物功德殊不可泯。又欧阳夫人当日好施如此,亦可谓具慈悯性者。余故记之,见士君子能行一善有利于世论者,自不忍以人废也。

①　分宜县:明代隶袁州府,今属江西。

②　严介溪:即严嵩,字介溪。已见前注。

舒 公 颖 异

闻豫章舒状元讳芬者①,童年颖悟。其父与形家谋风水,形家得一地,语舒父曰:"此地当发鼎元②,然必四世之后乃应。"舒父曰:"吾欲快取目前。四世后吾骨朽矣,无所用若地也。"芬在傍曰:"父无患。若地果胜,请移三世祖骸骨葬于此,即应在儿身上矣。"父从之。芬果发大魁③,人皆谓善地之应。余谓芬颖异若此,即仓舒之测象④、君实之击瓮⑤,何以加焉?彼其才自宜首魁天下,岂专以地胜哉?

①　豫章舒状元讳芬:舒芬(1484～1527),字国裳,号梓溪。进贤(今属江西)人。正德十二年进士第一,授翰林修撰。因疏谏武宗南巡被杖,谪福建市舶副提举。世宗即位,召复原官,寻以大礼议复下狱廷杖。丁忧归家,病卒。世称"忠孝状元"。按明代进贤隶南昌府,而南昌

古称豫章,故径称豫章舒状元。

②　鼎元:犹言鼎甲,指科举殿试名列一甲的三人,即状元、榜眼、探花的总称。

③　大魁:科举殿试一甲第一名,即状元。

④　仓舒之测象:曹操之子曹冲(字仓舒)幼时,孙权致以巨象,曹操欲知其斤重,访之群下,皆莫能出其理。冲曰:"置象大船之上,而刻其水痕所至,称物以载之,则校可知矣。"

⑤　君实之击瓮:典出宋释惠洪《冷斋夜话》卷三《活人手段》条,谓宋司马光(字君实)幼时,与群儿戏于庭,一儿掉入大瓮水中,群儿惊散,光独自用石击瓮,瓮破水流,小儿得救。

申 公 器 重

申瑶泉相公居林下①,每对所厚曰:"某平生鼎元、首相②,徼福非浅,但只不曾做得一篇好时文。"噫,公之文章经纶俱足名世,而自歉若此,真是断断兮无他技之意,休休有容所自来矣。彼未少有得而自足者,未必其人不佳,直是器局大小不可强耳。

①　申瑶泉:即申时行(1535~1614),字汝默,号瑶泉,晚号休休居士。长洲(今江苏吴县)人。嘉靖四十一年进士第一。受知于张居正,万历六年(1578)以吏部左侍郎兼东阁大学士,入参机务。后继张四维为首辅。

②　首相:即首辅,也称首揆。按明洪武中罢丞相,置华盖殿、武英殿、文渊阁、东阁大学士,后又增设谨身殿大学士。至明中期,以大学士

为内阁长官,而实掌宰相之权,其首席大学士称首辅。

张伯起伍宁方

　　吴郡孝廉张凤翼,字伯起。年未五十,因母老绝不赴公
车①,居恒卖文鬻字自给。其于郡邑,非公不至,有澹台之
风②。一女嫁周天球之子③,早寡,称未亡人。及天球死,遗家
二千金,诸姻戚相与瓜分之,半岁而尽。独伯起未尝以女故利
其锱铢,吴人义之。

　　又有伍参议讳袁萃者④,号宁方,丁丑进士⑤。其婿为归
太学隆福,盖宪副归涵泉季子。宪副善治家,有厚藏,临死,见
季子年少,欲挈所分受数千金寄宁方所,宁方辞曰:“吾墙屋褊
浅,即有探囊胠箧,吾贫,其何以偿?”竟不受寄,视千金若将浼
焉。其后仕楚藩忤巨阉⑥,飘然拂袖归,行李才三四缄耳。

　　夫吴中故多贤人君子,未可枚数。若二公者,余所目击号
为铮铮者也,故著之。

　　① 公车:汉代曾以公家车马接送应举的人,后来便以“公车”作为
举人入京应试的代称。
　　② 澹台:疑指澹台灭明,字子羽。孔子弟子。以貌丑不为孔子所
重,即退而修行,南游至江,有弟子三百人,闻于诸侯。其故宅在江苏吴
县东南。
　　③ 周天球(1514～1595):字公瑕,号幼海。太仓(今属江苏)人,随
父徙吴。从文征明游,善写兰草,尤善大小篆古隶行草。
　　④ 伍参议:伍袁萃,字圣起,号宁方。吴县(今属江苏)人。万历

八年进士。历官广东海北道副使,执法不避权幸。

⑤　丁丑:当指万历五年。是年伍袁萃只通过会试,至万历八年(庚辰)才进士及第。参见《明史·伍袁萃传》及《明清进士题名录》。

⑥　仕楚藩忤巨阉:当指伍袁萃任广东海北道副使时,中官李敬辖珠池,其参随擅杀人,袁萃捕论如法之事。

王　闻　溪

闻溪姓王①,初名倬,后更名禹声,内阁王守溪之孙②,吴郡人也。登万历己丑进士,仕为水部郎③,补承天太守④。会巨阉陈某鱼肉郡民⑤,闻溪不胜忿,出告示遏禁之,而阉不少改。士民不堪,因竖旗鼓噪,阉乃上疏得旨,所逮士凡十馀人,旨意欲得为首者治之。闻溪毅然曰:"太守,士民倡也。欲得为首者,无庸他索,则臣某是也。"或规之曰:"毋出憨言,祸且不测。"闻溪曰:"为百姓死,守固甘心,何忧不测?"其后止褫职⑥,怡然以归。余升吴为令⑦,素交闻溪,谓其恂恂恺弟君子耳⑧,乃处巨阉事,不惮以身为殉,慷慨激烈,似非恂恂者所能为,可谓仁者必有勇。噫,皮不可相士,类如此。

①　闻溪:王禹声,字闻溪,一字文溪。吴县人。万历十七年进士,授刑部主事,引疾归。升湖广承天府知府。税监陈奉及守陵宦官杜茂专横不法,禹声直列二人罪状,坐削籍归。

②　王守溪(1450~1524):名鏊,字济之,号守溪。吴县人。成化十一年进士。累进户部尚书兼文渊阁大学士。卒谥文恪。

③　水部郎:指工部都水司员外郎。

④　承天太守：即承天府知府。按明兴献王朱祐杬封于安陆，子朱厚熜入继帝位，嘉靖十年改安陆州为承天府，治所在今湖北钟祥县。

⑤　巨阉陈某：即宦官陈奉，万历间为御马监奉御，征荆州店税，兼采兴国州矿洞丹砂。在湖广二年，发掘冢墓，逼辱妇女，几成大乱。

⑥　褫职：革去官职。

⑦　余升吴为令：江盈科于万历二十年八月抵吴为长洲县令。

⑧　恺弟：同"恺悌"，意谓和乐简易。

袁　中　郎

中郎讳宏道①，公安人，与余同举进士。冥心旷怀，度越尘世，深于禅学，善谭名理。即戏谑之言，亦自有趣。初除姑苏吴县令②，其兄石浦官翰林③，临歧嘱曰："为令费精神，须节色欲。"中郎曰："患不好色耳，好则何损精神？"石浦问故，答曰："色亦难言矣。千古而上，惟王嫱、杨妃辈以色名④，人苟好色，必得王嫱、杨妃比者然后与交，则其所交者亦寡矣。今人泛泛不择好恶，动有接构，此名好淫，不名好色，故曰人患不好色耳。"石浦无以难。及官姑苏，又于暇时语余曰："人家一妻数妾，和美无间，却无好处，得他们小小炒闹，我从中解纷，乃有些好光景。"又曰："人家做官，一中进士，径直做了尚书，却无好处，得遇迁谪，就中历些坎坷，坚其德性，炼其才品，乃有些好光景。"此二语者，若不近人情，然能觉此中有光景，则便有处困而亨之意。凡事推开皆若是也。彼戚戚于拂意之地者，大都不就不好中索趣味耳。余极喜中郎谑谈，服其有理。

① 中郎:即袁宏道(1568～1610),字中郎,号石公。公安(今属湖北)人。万历二十年进士。知吴县,与当时任长洲知县的江盈科力主独抒性灵,反对复古模拟,从而创立公安派。历官礼部主事、吏部考功员外郎。

② 按袁宏道于万历二十年进士及第后,不等授官而告假回公安,二十三年才抵苏州任吴县令。

③ 石浦:即袁宗道(1560～1600),字伯修,号石浦。宏道之兄。万历十四年会试第一,授编修,官终右庶子。

④ 王嫱:即汉元帝宫妃王昭君。 杨妃:即唐玄宗爱妃杨太真。皆已见前注。

孝 行

余乡孝行,若博士唐之宾事父,文学鲁瑚事母,皆极其孺慕,人无间言。至于实有孝行而人未及推者,余得张博士明诏、杨文学纬二人焉。

明诏平生有侠气,其父张九公为盗所劫,死锋刃,诏深痛极恨,乃百方缉盗,凡三年,尽擒之。其盗魁窜处安化万山中①,诏裹粮挟壮士与俱,获焉,与相持,自山顶滚至山麓,持益坚,而后贼乃就缚。每缚一贼,必焚香告父之灵,令贼跪拜。吁,若明诏者,可谓孝而烈者也。

杨纬父号君山,仕于蜀,为县幕②,致政归,覆舟黄陵庙前③。其继妻与其少子皆葬鱼腹,君山仅以身免,归而忽忽不乐,如不欲生者。纬乃为公再娶继妻,复生幼弟,凡诸承颜顺志,极其款笃,君山遂优游晚景,逾十五年乃捐世。纬豪爽善饮酒，又善殖产。此段孝行，则实浮于名，即里人未必尽知之也。故为表出之，以风为人子者。

① 安化：县名，明代隶长沙府，今属湖南。

② 县幕：县令的属吏，协助办理文书、刑名、钱谷等事。

③ 黄陵庙：在今湖南湘阴县北，庙前有湘水流入洞庭湖。传说舜二妃从征时溺于湘江，当地人为立祠于水侧。

引　　年

支简亭中丞偶谭及养生之事①，谓引年难矣，但可尽年。引年者，于所禀之外欲引而长，非神仙不能。若尽年者，直是于所禀之内不中道夭，至期而终，此则一清心寡欲之人能之矣。余以此言语漆宪副对溪，对溪曰："引年尽年，非有二道。年既可尽，尽之由我，则亦可引，引亦由我。"余曰："诚然。若清心者清之又清，至于无心，寡欲者寡之又寡，至于无欲，岂有不能引年之理？故人患不能无心，不能无欲，不患不能引年。"盖余官长洲，长洲好事之家买福建茉莉为玩，每至冬月，其树槁死，明年又买。余一日至寒山寺②，其僧号晓山者出茉莉一盆，开花数十朵。余问："此花今年买得者耶？"晓山曰："已十年矣。"问其所以不死之道，晓山弗答，余亦未及竟。然则一茉莉也，长洲每年所买不下万株而皆死，而晓山一株独历十年而活，由此引之，活至数十年未可知也。夫草木得养尚可引年，况人乎？故不尽所以养之之道，而谓年不可引，是诬年也，是诬神仙为非人类也。夫天下岂有人外之神仙乎?

①　支简亭:即支可大,字有功。昆山(今属江苏)人。万历二年进士。授礼部仪制司主事,历本部员外郎、郎中,出为广东提学副使。万历二十六年(1598)巡抚湖广,后因播州之役,移镇沅州。

②　寒山寺:在苏州城西枫桥附近。本名妙利普明塔院,又名枫桥寺,相传因唐代诗僧寒山曾居此而名。

远　　色

余生平于财气酒俱无所嗜,惟于色不能无嗜。方少时,见美姬娈童,辄心好焉,然处贫贱,不能如愿。久之登第,仕为冲邑令①,奔走甚于啬夫②,即有姬与童,亦不能近。当其不如愿、不得近之时,亦颇恨之。退而思之,实动心忍性之助,天所以玉汝于成也。今齿长矣,颇有志性命之学③,未得其门。适遇对溪漆公,公,深于内养者也,余告以性体如是,必何如乃能除色? 公曰:"精者,人之所恃以生,天地间至宝。彼曲眉粉黛、冶容妍肤来吾前者,皆如盗贼劫取吾宝、戕吾性命者也。知其为盗而劫吾宝、戕吾性命,必且深绝之,痛恶之,何暇好哉?"噫,至哉! 对溪之言,是除色之利剑,养生之秘诀,故记之。漆对溪又曰:"凡人亦知重性命,至教以除色,乃不肯听。此辈盖疑除色未必成仙,未必可引年却病。若贪恋色欲,自己身体五官四肢之类必且病痛,这一副四大他反来累④,我莫惹他累,何可不除色欲?"其言沉切明快,可味。

① 冲邑：谓地当冲要、事务繁重之县，此指长洲县。

② 啬夫：秦置乡官名，职掌听讼和收取赋税等。亦指田夫。

③ 性命：古代除用以指生命以外，在哲学上常指万物的天赋和禀受。佛教、道教以及宋明理学都研究性命，因而皆可称"性命之学"。此指佛学。

④ 四大：佛教以地、水、火、风为四大，认为分别包含坚、湿、暖、动四种性能，人身即由此构成，故用作人身的代称。

判　　词

据案判词往往有言简理尽者，余偶记数条。昔宸濠府中养有仙鹤①，颈上悬铜牌勒"王府"二字，忽走入民家，为犬所啮几死。濠命旗校送其人赴南昌府刑厅处置②，其节推批犬主诉词云③："鹤虽带牌，犬不识字。禽兽相争，不干人事。"宸濠闻之无以难。又吉水县两农家牛相触④，一牛至死。死者之家告状赴吉水县尹，尹乃吾乡辰州胡进士⑤，号鹿崖，判其状曰："二牛斗争，一死一生，死者共食，生者同耕。"两家皆服。又闻两屠儿合本营生，一名王三。每日五鼓，其伙伴辄过王三之门，呼曰："王三，去买猪。"如此者数岁。一日，伙伴图财，将王三杀死旷处，尽夺其资。明日五鼓，复过门呼曰："王三嫂，叫王三去买猪。"妻惊疑数日，不见夫归，鸣于官。谓他无可据，只是数年之中，伙伴每日唤王三，到这一日，突然呼王三嫂，似是知情。部官立判曰："过门大叫王三嫂，已识家中无丈夫。"讯其人，其人输服，遂抵死。凡此皆可谓言简理尽者也。

① 宸濠:即明朱宸濠,太祖朱元璋第十七子宁王权的玄孙,弘治
中袭封于南昌。武宗正德十四年(1519)六月,起兵反叛,改元顺德,连
陷九江、南康,沿江东下,攻安庆,拟夺取南京。后为王守仁讨伐,兵败
被俘。次年十二月诛于通州。

② 旗校:明代旗军的校官。

③ 节推:此指南昌府推官,掌管刑狱。

④ 吉水县:明隶吉安府,今属江西。

⑤ 辰州:府名,与常德府相邻,皆隶湖广布政司。

李　巫

人有居乡者,自多其智,自勇其力,自夸其机械之工,凡可
愚众以自便、瘠众以自肥者,无所不至。因而家富屋润,徒御
牛马田产粟帛雄一方,自谓能为子孙计久远。一旦身死未寒,
仇家争起而报复之,其子不能胜,竟至灭裂败坏,一扫都尽。
然则若人者,但自恃其才可以凌人,初不虞子孙之害乃其自身
贻之也。甚矣,使才之为祸也!

余乡有巫人李四者,曾受茅山法①。其法多主害人,试之
立验,试墙墙裂,试酒酒酸,试绳绳折,试棺椁棺椁解。此巫在
里中,人敬畏之,有所为,必请析焉。一日,其女从别道来,通
衢人知其巫女,巫不知也。乃诮之曰:"前有女子来,尔有妙法
能剪其裙系使堕地乎?"巫曰:"不难。"即凭手运法,女裙带系
倏然以解,一市皆笑。女近前,而后知其己女,自悔其用法之
差。然则世之骋才为子孙种奇祸者,其用不若李巫也哉?

①　茅山：在江苏句容县东南。原名句曲山，相传有汉茅盈与弟衷、固采药修道于此，改名茅山。此"茅山法"指后世茅山道士所传之法。

猴　鼠

余自姚安过洱海①，驿路多山树，猴长子孙其中，不可数计。时农人艺黑黍将熟，猴乃引其子孙数百为群窃食之。农家一二人驱之，恬不为动。及睹旌旗，闻鼓角，乃始群然负其子逸去。余因忆猴与鼠，其性皆贪，皆善窃，又皆善藏。凡卒岁之计，必于七八月间遍取而预蓄焉，若橡粟榛枣麻菽稻黍之类，兼收缕别，置诸深窖，封焉涂焉，以备雨雪冱寒之需。山林之人，有能踪迹其地日察其所为者，俟其窟峒既溢，率众掘之，尽获所有。大约猴穴可得三五石，鼠穴亦可一石。而二物卒岁之需，巧规善闭辛苦积贮者，乃复为人所有。夫世之为官为吏为商贾，孳孳为利，智弹能索，猎人之有，以归于己，亦自谓为其身计久远，不知头上苍翁且默窥阴记，或遭大盗，或遭祝融②，计所累置一旦收去；否则，阴遣伶俐之儿、聪俊之子、善嫖者、善赌者、善告讦者，倾败覆亡其所积累之家，亦若乡人探猴鼠之穴，不尽不止。噫，贪可以致富，不可以持富，人能夺之，造化又能夺之。多藏厚亡，真炯鉴也。人亦何苦甘心为贪，自同猴鼠，不思盈满之戒也哉？

①　姚安：古滇国地，明置姚安军民府，隶云南布政司。　洱海：湖

名,古称叶榆泽。在云南大理、洱源两县间,以湖形如耳得名。

② 祝融:颛顼氏后,为高辛氏火正,相传死后为火神。

相　　议

余令长洲时,一日谒瑶泉申相公①,问及册立事②,公曰:"老夫致政之前一年,以此事劝上,上面许来春立。无何,言者群起,乃反不果。然窃窥上旨,实无他端,但不欲廷臣居功耳。"及昨年震位大定③,乃知元老造膝之议④,人不及知者亦多矣。

① 瑶泉申相公:即申时行,号瑶泉。已见前注。

② 册立:此指封立太子。

③ 震位:东方之位,因指太子之宫。

④ 造膝:至于膝下,谓亲近。

三　大　中　丞

滇中当宋三百年①,在玉斧一画之外。唐时叛服不常,盖以西川节度使遥制全滇②,鞭长不及马腹,叛固宜矣。我朝世命黔国镇守③,而以制府总其权④,戍卒皆汉人,故二百余年永作藩屏⑤。至万历中叶,缅酋跳梁⑥,连合六慰⑦,侵我金、腾⑧,毓台陈中丞用兵雕剿⑨,以缅之强,残破不支,驯致六慰效顺,照永乐间例⑩,写金叶表⑪,具方物入贡⑫,金、腾之间,高枕无虞。考其所用兵与饷,皆取给于滇,视王靖远伯麓川一役⑬,费天下太半者,其功不知谁茂,而费则不及麓川十一。谋臣若心细者,乃知。

播州之叛也⑭,恃安酋也⑮。二酋世结婚媾,垂八百年,能无香火之情耶? 故杨酋所恃在安,轻则借安之势以挟中国,重则借安之兵以攻中国。二酋合势,必无黔,且无滇矣。中丞青螺郭公受钺往征⑯,他不及图,而先固安之心⑰,剪杨之党,歃血盟之,重货饵之,曰:"尔心乃贰有国宪,尔心不贰有国赏。"其后安酋力战破囤,目病不克往,安弟谏曰⑱:"一目重乎,九族重乎? 尔以目为辞,战不力,弟请先杀兄,率众攻杨氏以报国。"无何,杨酋败,安疆臣竟眇一目。噫,寻常视郭公一博学闳达人耳,而发奇制胜若此,谁能先测?

近日楚蜀用兵,朝廷命中丞缵石江公总楚师⑲,命大将陈璘提督⑳,所向必克,两建巨伐。然璘自恃能战,皮林一役㉑,草薙禽狝,几致玉石俱焚之叹。缵石公力止之,为开列古昔能将好生好杀之报以示璘,然后璘乃戢兵,所全生齿数万。噫,将能杀敌,将之功也;制府止其多杀,又以广兼爱华夷之仁也。本朝用大将提兵,而以制府节之,真长策哉!

①　滇中:指云南。后晋天福二年(937),白蛮大姓段思平滇中建大理国,公元1254年为蒙古所灭。

②　西川节度使:官名,唐宪宗元和年间始立,领蜀西二十六州,并遥控全滇。

③　黔国:按洪武中太祖命养子沐英征云南,灭元梁王,命留镇滇

中,死后追封黔宁王。永乐间英子沐晟以功封黔国公,自此沐氏子孙中世袭黔国公,佩印镇滇如故。详见《明史》卷一百二十六。

④ 制府:对总督的尊称。明初用兵时,命京官至地方总督军务,事毕即罢,非常设之官。弘治时,部议以三边宜以重臣专任开府,总制军务;至嘉靖时,去制字改为总督。凡总督皆先命为兵部尚书侍郎或都御史、副都御史、佥都御史,此为其本官,总督乃其临时差遣。

⑤ 藩屏:本指藩篱屏蔽,后喻藩国。

⑥ 缅酋:指缅甸莽应里等。自万历十年(1582)起,莽应里就曾起兵象数十万,分道内侵,为明军所败。十九年,莽应里又率缅兵起事,被万国春击退。二十二年,云南巡抚陈用宾设八关于腾冲,留兵戍守,募人至暹罗约夹攻缅,缅势遂衰。

⑦ 六慰:指云南西南的六个宣慰使,皆与缅甸宣慰使关系密切。

⑧ 金腾:指金齿和腾冲,在云南西部,明代曾在两地各置军民指挥使司。按《明史·神宗本纪》:"(万历)十九年春正月,缅甸寇永昌、腾越。"此"永昌"即金齿旧名,嘉靖元年十月罢金齿军民司而置永昌军民府;"腾越"即腾冲旧名,嘉靖三年十月置腾越州。

⑨ 毓台陈中丞:即陈用宾。福建晋江人。隆庆五年进士。累官湖广右布政使。万历二十一年巡抚云南,以讨杨应龙有功,晋右都御史,兼兵部右侍郎。

⑩ 永乐间例:指永乐年间缅酋那罗塔曾几次遣使贡方物谢罪,参见《明史》卷三百十五。

⑪ 金叶表:又称金叶书,以薄金板为之。

⑫ 方物:即土产。

⑬ 王靖远伯:即王骥(1378~1460),字尚德,束鹿(今属河北)人。永乐四年进士。为兵科给事中,累官兵部尚书。正统初年,麓川宣慰使思任发叛,数败明师。六年正月,命王骥总督军务,发东南诸道兵十五万讨之,大胜而还,封靖远伯。此后又两次总督云南军务,征剿麓川馀部,发卒转饷五十万人,逾孟养至孟郁海,地在金沙江西,去麓川千里,

为自古兵力所不至，诸蛮震怖。

⑭　播州之叛：万历十八年，贵州巡抚叶梦熊疏论四川播州宣慰使杨应龙凶恶诸事，导致其所辖五司七姓皆于万历十九年反叛，直至二十八年被明兵围困，方自缢而死。后分播州地为二，属蜀者曰遵义府，属黔者为平越府。详见《明史·四川土司》。

⑮　安酋：指贵州宣慰使安氏。

⑯　青螺郭公：即郭子章(1542～1618)，字相奎，号青螺。江西泰和人。隆庆五年进士。万历二十七年以右副都御史巡抚贵州，征讨播酋杨应龙有功，进太子少保兵部尚书。

⑰　安：指安疆臣，国亨子，万历二十六年袭任贵州宣慰使之职。

⑱　安弟：即安尧臣。万历三十六年疆臣死，袭任贵州宣慰使。

⑲　缵石江公：即江铎，字士振。仁和(今属浙江)人。万历二年进士。授刑部主事，累官山西按察使，擢金都御史，巡抚偏沅。夹攻杨应龙有功，后讨皮林诸苗之乱，平之。

⑳　陈璘：字朝爵。广东翁源人。嘉靖末为指挥金事，以功进广东守备。累官至湖广总兵官，先征讨播州之乱，平之，又移师讨皮林。

㉑　皮林：地名，在贵州黎平府辖区内，与湖广交界。按万历二十八年皮林苗民吴国佐、石篡太等叛，命总兵官陈璘讨之，失利。二十九年命巡抚江铎会兵分七路进剿，方平。

西　南　夷

安酋不侵不叛，比于流官①，盖土官中称忠顺者②。谋黔者只当固安，不当以安为事。盖黔城池郡卫，俱托安氏旧壤。安之部落，去黔二里而近，若横挑此虏，铤而走险，黔城皆鱼肉矣。纵天朝之力,终能剪灭此酋,然何如相安为得计?推而论之,微独安氏,凡西南边徼如安氏者③,皆当取羁縻④,毋轻议兵。愚楚人也,黔有事,楚受其弊,故著之。

① 流官:明代在川滇黔等少数民族地区任命的官吏,因其有任期,不同于世袭的土官,故称。

② 土官:朝廷分封境内各少数民族首领的世袭官职,有宣慰、宣抚、安抚长官等司及指挥使司等为武职,隶属兵部;有知府、知州、知县等为文职,隶属吏部。统称土官,亦称土司。

③ 西南边徼:此指云南、贵州、四川、广西等边境少数民族。

④ 羁縻:羁,马笼头;縻,牛纼。喻联络、维系。按此用《史记·司马相如传》所引《难蜀父老檄》"盖闻天子之於夷狄也,其义羁縻勿绝而已"之意。

羚　羊

岭右山间有兽曰羚羊者①,其角屈曲玲珑,宜于药饵,价值颇高。此兽性不喜人斗,每见斗者,辄从旁跪而劝之,俟斗者解散乃罢去。其后人利其角,故为相斗状诱羚羊来劝,因执之。久之,羚羊悟人之诱己也,亦走避斗者,不复相劝。盖羊乃以其善心触人之恶心,人乃以其恶心触羊之机心,咎在人,不在羊也。余见世之为官司者,遇民间小可争讼,乃阳为劝解,而从中利其赎锾②,即事最微细,动必罚金。于是,民争避之。又复立为必犯之法,以收其赎,此与诡斗以取羚羊之角者何异?如是而曰民心不古,导之弗附,岂谓斯民之神,曾羚羊之智不若耶？呜呼，为官司者慎毋羊其民、角其赎，民乃趋之如流水矣。

① 岭右：五岭以西地区。
② 赎锾：指用来折赎刑罚的银钱。

机　祸

余乡有习为机械掩取野兽者，于深山中拣择大树性绵柔者，攀其傍出之枝，郁而垂地，作为机械，用草土覆其迹，凡野牛野豕之类，偶出人不戒，践踏上端，机立发，枝乃上腾，而牛豕之类已悬挂树傍，为机者因往取之。有一村民方习其术，攀树为机，未谙机之活动与否，乃自致其足于机上而试之，机发，自悬于树。其子望见之，以为得兽也，趋而视之，则其父也，死久矣。嗟夫，此村民者尝试于机，而遂得死；然则天下之习为机事，尝试以害人而卒自害者，岂少也哉？汉阴丈人所为斥端木赐而鄙其说①，良有以也。

① "汉阴"句：典出《庄子·天地篇》：端木赐（即子贡，孔子学生）过汉阴，见一丈人方将为圃畦，凿隧而入井，抱瓮而出灌，搰搰然用力甚多而见功寡，因建议制作桔槔以汲水。丈人忿然作色而斥之曰："有机械者必有机事，有机事者必有机心。机心存于胸中，则纯白不备。纯白不备，则神生不定。神生不定者，道之所不载也。吾非不知，羞而不为也。"

冤 狱

成化中①,南郊事竣②。撤器,亡一金瓶。时有庖人侍其处③,遂执之,官司加拷掠,不胜痛楚,辄诬服。及与索瓶,无以应,迫之,漫云在坛前某地。如其言掘地不获,仍系狱。无何,窃瓶者持瓶上金绳鬻于市,有疑之者质于官,竟得其窃瓶状。问瓶安在,亦云在坛前某地,如其言掘地竟获。盖比庖人所掘之地,不数寸耳。假令庖人往掘时而瓶获,或窃瓶者不鬻金绳于市,则庖人之死,百口不能解。然则严刑之下,何求不得乎? 国家开矜疑一路④,所全活冤民多矣。呜呼,仁哉!

①　成化:明宪宗朱见深年号,公元 1465～1487 年。
②　南郊:都邑南面之郊,指皇帝每年正月于此大祀天地。
③　庖人:古指掌膳食之官,此指厨师。
④　矜疑:谓罪犯可悯,案情可疑。自明代起,朝廷派员会审死刑重犯,对可悯可怜的案犯,一般酌情减刑。

塔 顶 鱼

姑苏郡城西有瑞光寺①,寺有塔高数十丈。余官长洲时,有人传塔顶空处,旧置缸一口,忽有鲤鱼长尺许,皆谓神奇。

乃门役林球测曰:"此无奇,鹳所遗也。"盖鹳巢塔顶,蓄活鱼巢中饲雏,适塔顶岁久而穿,每下雨,水渗缸内,鹳所衔小鱼偶堕其中,鹳不能复取,遂长大乃尔。已而视之,果然。然则事有若异而实出于理之常者,此类是已。

①　瑞光寺:即瑞光禅寺,宋宣和间赐此额,并赐其寺塔名天宁万寿宝塔。

断 子 葬 母

成化间,华亭县民某①,其母再醮②,生一子。及母死,二子争葬。质之官,县官判其状曰:"生前再醮,殊无恋子之心;死后归坟,难见先夫之面。"令后子收葬。噫,判词确则确矣,得无伤前子之心乎? 有母而争葬焉,不失为孝,较诸互相推诿者,此为可嘉,而竟拂其志。令共葬焉,可也,但不必合于前夫之冢耳。

①　华亭县:明隶松江府,今属上海。
②　再醮:再嫁。

刀 神

庄浪有赵妥儿者①,以战功擢为参将②。先是妥儿因坠马,忽于地上拾刀一把,颇著神异。每边烽有警,刀辄自出鞘,凡寸余,刀口处常自割坏。妥儿知其神,常以血祭之,涂其口,宝藏甚秘。每察刀出鞘,辄预为备,以故守边数年无虞失事。后中贵刘马儿闻之③,索此刀,妥儿不应,竟见沮于刘掩其功,不复升擢。噫,妥儿者善刀而藏之,即不升,亦可诿之于数。若舍所宝以徇人,即秉旄仗钺④,而功名损于前日,亦何以称焉?

① 庄浪:县名,明隶陕西布政司平凉府,今属甘肃。

② 参将:明置武官名,位次于副总兵。

③ 中贵:宦官。

④ 秉旄仗钺:喻指掌握兵权。

牝　　鸡

　　余寓大理署中①,有牝鸡也,而雄鸣。庖人烹之,以不祥告。余曰:"此鸡之自为不祥也。"祸莫大于见杀,鸣而取杀,不祥莫大焉,故曰鸡之自为不祥也。

① 大理:府名,明隶云南布政司。

龙　　种

黔中有养龙坑,在安宣慰境内①。前代以来,土人畜马者每伺雷雨大作之时,预系牝马坑傍,至雨霁往视之,察马有为龙所感者,辄优养焉,孕而产驹,多为龙驹。国初太祖时,黔人贡一马,高九尺,不可驯。上命力士囊沙五百斤压其背,牵而扰之,渐驯。上一日乘至天坛②,快疾如风,臣工执御,皆莫能逮。宋学士曾为作赋③,即兹坑所产马也。然龙不独感马,亦常感牛。江南滨河之家,每天雨,龙与牛交,辄产麟。成化间,余邑牛产一麟,火光遍体,未逾日死。余官吴中,见镇江人家牛两年产二麟④,产未久,皆死。余见一死麟,大仅如兔,脚高五寸许,头有角,背有鬐,四体皆鳞甲突起无缝罅,嘴稍似鹿。闻此两麟者出两牛所产,产后麟者,即产前麟之牛之子也。麟既死,镇江守王应麟葬於北固山⑤,碑题"双麟冢"。先儒谓"神龙有欲,观其交于牛马",信然。龙所交者不产神驹,则产麒麟,是种美者所出必佳。世或有圣贤其父,而子甘为不肖者,兽之不如,可羞也夫!

① 安宣慰:指贵州宣慰使安氏,江盈科撰文时袭此职者为安疆臣。

② 天坛:皇帝祭天的高台,此指南京天坛。

③ 宋学士:即宋濂(1310～1381),字景濂,号潜溪,又号玄真子。元末荐授翰林编修,辞不就,入龙门山著书。后被朱元璋聘用,任江南

儒学提举,侍左右,备顾问。洪武二年以总裁官主修《元史》,官至侍讲学士知制诰。

④ 镇江:府名,明代直隶京师,今属江苏。

⑤ 王应麟(1545~1620):字仁卿,号玉沙,福建漳浦人。万历八年进士。授溧阳令,累迁镇江知府,官至右副都御史巡抚应天。 北固山:在镇江府治北,下临长江,其势险固。

物 类 修 行

禅家谓六道中惟人修行最易[1],畜生最难,盖有知无知之别也。余乡每数年常有蛟出,大抵蛇所变云。土人谓蛇之修行者,不食血气之物,惟啖葛叶及他草木之类,久乃成蛟。夫蛇,无知者也,然蛇性喜食生物,而此独不食,则又似有知,此所以能成蛟,从修得也。噫,人固有知,灵于万品,而甘于啖物,强食弱肉,则蛇之不若,欲不堕畜生道,安可得哉?

① 六道:指天道、人道、阿修罗道、饿鬼道、畜生道、地狱道。

兵 患

尤参政云谷讳锡类[1],长洲人,官贵州。为余言往岁播州之役,身履行阵,势濒危殆,自分必死报国,而一二家僮皆朝夕谋去,几不有其主也者;然则死生之际,主亦不能有其仆矣。又言杨酋就擒之日,渠上海龙囤②,见我兵所杀酋部民尸,纵横如麻,积如丘山,婴儿数岁身首异处者,亦莫可数计,为酸心惨目不忍视。噫,方人乘我之时,我之主仆至不相保,方我胜人之时,人之父子又不相保,然则有国者毋轻言兵矣。

　　① 尤参政:尤锡类,字孝徵,号云谷,长洲(今属江苏)人。万历八年进士。历真定知府、贵州副使,值杨应龙叛,署监军事。官至云南布政使。

　　② 海龙囤:山寨名,在四川东南与贵州交界的大山中。万历二十年,李化龙分兵八路围剿播酋,最后追逼至海龙囤,筑长围更番迭攻,杨应龙兵败,自缢而死。

辟　毒

　　滇中有草名金刚纂,其干如珊瑚,多刺,色深碧,小民多树之门屏间。此草性甚毒,犯之或至杀人。余问滇民曰:"植此何为?"曰:"以辟邪耳。"大凡邪气皆毒,能伤人,以金刚纂辟之,盖以毒辟毒之意。今医家用毒药驱毒病,意亦若此。

普安丞吏

　　余适滇,取道普安驿①,其丞驽不习事,吏狡而猾,入见则狼狈,亟呼则鼠窜,以银充廪,银六铜四②,以饭进餐,米七谷三。斯从骇曰:"即黔中僻处,不闻有此弩丞及狡吏也,盍笞之?"余曰:"恶乎笞?彼亦直人情耳。夫翰林、科道之官③,人闻而惮之,近而愈惮之。若大理寺④,远方之人知者以为衙门,不知者且谓报恩寺、大慈寺之类耳。其官属,知者以为法这官,不知者且谓善世住持之类耳⑤。彼其丞与吏肯以廪进以饭进,则犹知尊我也。即铜六,姑取其银四可矣;即谷三,姑取其米七可矣。恶乎笞?且黔部多夷,上下之间稍取羁縻而已。"顷余自贵阳别侍御方麓宋公⑥,公方东巡,谓余曰:"何物邮人,委余辎重于地,又骑而负敕若印者⑦,且后期不来。何物贵阳蛮野若此?"笑而赀之。噫,彼于侍御尚然,况棘寺哉⑧?

① 普安驿:驿站名,在贵州西部普安州境内,与云南交界。

② 银六铜四:意谓银子成色有假,其中掺了四成铜,仅六成银。按下文文意,此句应作"银四铜六"。

③ 翰林:已见前注。 科道:指明代都察院衙门所设吏、户、礼、兵、刑、工六科给事中,及京畿、辽、沈等各道监察御史,统称科道。

④ 大理寺:官署名,已见前注。江盈科当时任大理寺正,此次奉命赴云贵审谳刑狱。

⑤ 住持:佛教寺院主管僧的职务名号,也称"方丈"或"长老"。

⑥ 侍御:监察御史。

⑦ 敕若印:此指皇帝的诏命和监察御史的印章。

⑧ 棘寺:大理寺的别称。古代听讼于棘木之下,大理寺为掌管刑法的最高机关,故称。

何国意报兄仇

何国意，贵州人，与其兄国志、国玄同胞出。国志有逋奴何琏负义叛主[1]，国志告执之。琏仇志，谋于所亲李苾，遂纠盗往劫国志，执而杀之，踪迹竟无所得。国志死，国玄贫甚，自为生。国意且幼，反为李苾佣工牧牛。先是苾等杀国志，因何琏也。琏许用牛酬苾，竟不与，苾索之，其事颇露于国意之耳。国意走报于国玄，国玄鸣之官，竟不白，止罚李苾等牛十头抵赎，因而中寝。李苾既遭罚牛，乃执国意，曰："非尔泄吾事，安得亡吾牛？吾将取偿于尔，否者，杀尔。"国意无可控，遂从苾计，被卖于水西夷部[2]，得牛二头。会国意逾数年，稍成立，思其兄国志被李苾等谋杀，而身亦被卖，思有以报，因乘间亡命，昼伏夜行，脱于难，竟执凶人戮之，报兄仇地下。匹夫如此，亦有足述者，人固贵自立哉！

① 逋奴：逃奴。
② 水西夷部：在贵阳府西北，为明代贵州宣慰使安氏所领少数民族地区，因元代曾于此置水西宣慰司，故名。

信　　佛

余乡李方伯名徵[1]，号源埜。为诸生时，贫甚。比就试武昌②,泊舟城陵矶,月色澹荡,同舟生或坐或寝,适一老人白髯短形,自舟前走至舟尾,摇源埜膝告曰:"尔今年决中。"如此者再。公果以是年举于乡,明年成进士,后仕浙江按察使。一日,卧官舫,梦群鬼自呼其侣曰:"某家治斋赈幽,盍往食乎?"鬼答曰:"我乃为李廉使舟人③,刺篙眼中,不得去。"公瘳,命舟人视之,果有髑髅沉水底,篙在其眼。公以此谓幽冥事实有之,喜作佛事。

① 李方伯:李徵,字诚之,号源埜。桃源县人。嘉靖十年举乡试,明年进士及第。历江西按察司副使、浙江按察使,转江西布政使。按"方伯"本指一方诸侯之长,后来用以泛称地方长官。此指布政使。

② 就试武昌:按湖广布政司治于武昌府,故湖广乡试在武昌举行。

③ 廉使:即提刑按察使。因其职掌与元代肃政廉访使略同,故称。

玄帝拔冤

云南永昌府有王江西①、张头陀、小杨、李如山,俱云游化饭度日。偶王江西至一村舍,见其无人,将伏鸡攘取至寓所②。俄而村中苗民阿旺等迹至寓所,遂指四人皆贼,欲送付官司处治。将绳束缚,牵之行,至一山箐中,其党相与谋曰:"送此曹到官,未必死。不死,他来修怨,乃反吃亏,不如遂杀此曹,投诸井中。"于是,遂杀四人,置之井,分其所遗衣鞋,各散去。四人中惟李如山气尚未绝,至次日,梦一白髯叟,自称是卖网人。如山于梦中求避雨处,叟指往红门楼里,见玄帝坐楼中③,命如山为捧剑柄向西南行。如山梦毕遂苏,自知身在井底,又耳边闻哭声,如山曰:"尔等毋哭,吾为尔鸣冤。"遂挣脱原缚,自井底沿上。行一日,至大慈寺,遇一僧施以末药,傅创处,痛稍定。鸣于官,竟拘阿旺等,审出前情,押诣枯井,取诸死者尸。尸不得出,捕官用一木横架井上,持猎户网,命一人坐网内入井,次第取出,则如山梦中白髯叟称卖网人是也。其后阿旺等俱服上刑④。噫,玄帝能苏如山之死,使得报同类冤,然竟不能免诸人死于井中,何也?岂诸人前劫造他恶应死凶人之手耶⑤?彼杀人者,闻此亦可惕然惧矣。

① 永昌府:在云南西部边境,原为金齿军民指挥使司,嘉靖元年改置永昌军民府。

② 伏鸡:即母鸡。

③ 玄帝:即道教所信奉的真武神。

④ 上刑:重刑。

⑤ 前劫:犹言前世。

文 选 纂 注

吴中张伯起刻有《文选纂注》①,持送一士夫。士夫览其题目,乃曰:"既云《文选》,何故有诗?"伯起曰:"这是昭明太子做的②,不干我事。"士夫曰:"昭明太子安在?"伯起曰:"已死。"士夫曰："既死,不必究他。"伯起曰："便不死,也难究他。"
士夫曰："何故?"伯起答曰："他读得书多。"士夫默然。

①　张伯起:即张凤翼,字伯起。已见前注。
②　昭明太子:即萧统(501～531),字德施。南朝梁武帝长子,天监
元年立为太子。曾选录先秦至梁的各体诗文编为《文选》三十卷,是我
国现存最早的诗文总集。

火　节

滇省风俗,每年于六月二十八日,各家俱束苇为藁,高七
八尺,凡两,树置门首,遇夜炳燎,其光烛天。是日各家俱用生
肉切为脍,调以醯蒜,不加烹饪,名曰吃生,总称曰火节。问其
故,谓吊忠臣王祎①,留此记。盖祎受命于滇,说元梁王降②,
王反杀祎,醢其肉。若尔,则炳藁可也,奚忍食生为耶? 夫楚
人竞舟,吊屈子也③;晋人禁烟,伤介推也④;皆有不忍之意焉。
王公被醢,而滇俗斫脍吃生,毋乃倒置乎? 存炳火,革食生,可
也。

亘史云:食生,不举火也,犹孔子覆醢之意;炳
燎,夜方举火,以燎所供。与古禁烟、覆醢两存其义,
胡进之以食生訾之? 谬矣! 盖食肉,滇所不免;生
食,以志不忍。何訾焉?
又云:此段当续王绅《恸哭记》后,以见忠臣感人

之深,千古犹有生气。

① 王祎(1321～1374):字子充,浙江义乌人。元末以文章名世,朱元璋取浙东,召为中书省掾史。洪武二年,与宋濂同任总裁,主修《元史》,擢翰林待制同知制诰兼国史院编修官。五年,奉使赴云南谕降元梁王,遇害。

② 元梁王:即把匝剌瓦尔密,元世祖忽必烈第五子云南王忽哥赤之后裔。封梁王,仍镇云南。元亡后,太祖命王祎赍诏往招谕,王待祎以礼。后因元使者脱脱疑王有他意,且胁以危语,王遂杀祎而以礼敛之。洪武十四年,太祖命傅友德帅师征云南,王兵败,自经而死。

③ 屈子:即屈原(前339～约前278),名平,字原。楚俗于五月五日端阳节竞舟,相传为伤屈原投江自沉,故命舟楫以拯之。

④ 介推:亦作介之推、介子推,春秋时晋国贵族。曾从晋文公流亡,文公归国即位,与其母隐居绵上山中(今山西介休东南)。相传文公曾烧山逼他出来,他因不愿出山,抱木而被焚死。旧俗以清明前一二天为寒食节,断火冷食三天,纪念介子推。

雷轰雪冤

贵州普定卫人霍世科①,夙为奸宄逋逃薮②。适四川民赵宗文、宗旺被拐于张文要等得脱,来投世科。世科吓,受张文要等贿,而故纵之。宗文兄弟不平,声言欲白于官。世科惧,乃诱致箐中,持木杵捔击宗文,齑粉以死。会宗旺奔匿,随被追执,亦以木杵击之,立死,剪发剥衣,投尸岩洞,覆以木叶。世科谓赵氏兄弟俱死,方酌酒相贺。不意宗旺夜半闻震雷,其声裂地,绝而复苏,遂白于官。官司鞠究得情③,论世科死。夫宗旺已死之人,但未齑粉耳,雷乃震而起之,俾雪二人之冤,凶人伏戮。噫,可谓天道无知雷无灵耶?

① 普定卫:全称为普定卫军民指挥使司,原隶四川布政司,正统三年改属贵州都司。

② 逋逃薮:藏纳逃亡人的地方。

③ 鞠究:审讯,查究。

恤憾

余辛丑岁审录云贵①,凡累囚稍有生路者,百计生之。惟贵州革任守备杨惟中②,时罹罪罟,求恤于余,余殆有深恨焉。惟中领三千兵守备龙泉③,会播酋杨氏遣游兵来寇④。惟中闻之,乃故言往迓司道⑤,分其兵半护妻孥,半自护,先后去。寇至,安土官举家死敌⑥,阃镇之民,死者四五百人。惟中坐得罪,当事者令立功自赎。中乃阴使部卒遍杀盐布贾人,目为寇,欲以为功。嗟夫,惟中手握重兵,寇至不能战,不能守,又不肯死;又杀无辜之民以为寇,而求自逭其死。有将若此,不诛,国将安赖?余有深恨于中以此。中丞郭公著《黔记》⑦,书曰:"守备杨惟中遁。"噫,严哉!余因记之,以明为将而误地方者,固浩荡之恩所不原,斧钺之笔所必戮。

① 辛丑岁:指万历二十九年(1601)。

②　守备:武职名,负责镇守一城或一堡。按四川总兵官下设守备
六人,在征播之役中,杨惟中领兵三千守备龙泉,以临敌逃遁而被革职
入狱。

③　龙泉:地名,在明置播州宣慰使司北二十里,今属贵州。按《明
史·四川土司二》记:"(万历)二十八年,应龙五道并出,破龙泉司。"即指
此。

④　播酋杨氏:即播州宣慰使杨应龙,已见前注。

⑤　司道:疑指分道巡察的提刑按察司官员,如四川按察司分设
川东道、川西道、黔南道。

⑥　安土官:当指贵州宣慰使安疆臣的属官。

⑦　中丞郭公:即贵州巡抚郭子章,已见前注。

乡　　思

张翰思莼①。翰所思者乡,特因莼而寄也。夫胡马嘶北
风,越鸟巢南枝,北风南枝亦何足恋,而马与鸟自不能忘情南
北耳。余家桃源。桃源民俗惯饮擂茶,其法用茶一撮,米一
碗,茱萸四五钱,胡麻一盏,以水浸湿,人有齿磁盆,持杵捣之,
融入沸汤,贮以瓶盎,复入熟胡麻及时果之类,泻之盏中,饮可
六七盏。饮毕,闷者豁,郁者舒,欠伸者爽然神发。故余乡人
无贵贱长幼,每日早午凡饮二次。其法,盖始于马伏波征武陵
蛮时所制②。用茱萸者,取其辟瘴除毒,若费长房九日佩茱意
耳③。余游四方,于土物无所思,而每思此,则缘情生于乡耳。
否则,瓜苦栗薪,有何佳处? 然征东之士亦以为思形之诗
章④,乃知人情于乡,自有所不能已,而特寄之乎物也。

① 张翰:字季鹰,西晋吴县(今江苏苏州)人。齐王司马冏辟为大司马东曹掾。他见祸乱方兴,以秋风起而思吴中菰菜、莼羹、鲈鱼脍为由,径归乡里。

② 马伏波:即马援,已见前注。按建武二十四年(48),马援奉命征武陵蛮。次年病死军中。

③ 费长房:东汉汝南(今河南上蔡东南)方士。曾为市掾。传说他后来从卖药翁入山学仙,未成辞归。 九日佩茱:典出吴均《续齐谐记》:"汝南桓景随费长房游学累年。长房谓之曰:'九月九日汝家当有灾,宜急去,令家人各作绛囊,盛茱萸以系臂,登高饮菊花酒,此祸可除。'景如言,举家登山。夕还,见鸡犬牛羊一齐暴死。长房闻之,曰:'此可代也。'"

④ 征东之士亦以为思形之诗章:当指《诗经·豳风·东山》。

蜕　骨

余行四方,见世所称神仙蜕骨者,凡二。其一丁野鹤①,蜕骨在杭城吴山。其一高辛氏时萨真人②,蜕骨在句容县玉清观中③。大抵二骨高不及二尺,皆坐像,然其足俱裹入衣服,不可得睹。若此者,真耶? 抑后人为之而故称蜕耶? 皆不可考矣。

① 丁野鹤:元钱塘人。弃家入吴山紫阳庵修道。一日召妻入山,付诗四句后坐化。

② 高辛氏:即上古时帝喾,号高辛氏,尧的父亲。

③ 句容县:在南京东九十里,明隶应天府,今属江苏。 玉清观:

在句容县东南。

恼　鸦

澧州华阳王号味一者①,喜读书,能诗,好延接四方名士,其谭吐有可观者。尝言:"喜鹊鸣噪,人闻之而喜,故以喜名。鸦鸣,闻者皆恼,应名恼鸦,而世乃从老字名老鸦,非也。"此语亦颇确。

① 澧州:明隶岳州府,今属湖南。

田　进　士

田进士讳大年①,号东明,宰魏县②,有廉声。久之,擢户曹主政③,丁忧家居④。余过其家,叹曰:"年兄居官清苦。"田曰:"往年在官只知清,今日在家方知苦。里中人见我如此,有两般说法。一曰这人蠢,不会做官,六年知县尚无房住。一曰这人巧,他藏得银子在,不要人知。这说我蠢的耐得他,说我巧的耐不得他。"余曰:"里中俗儿,他重富不重廉。说我巧,我却耐得。"东明发笑。

① 田进士:田大年,字我在,号东明。江陵(今属湖北)人。万历

二十年进士。知魏县,官至礼部仪制司郎中。

　　② 魏县:明隶大明府,今属河北。

　　③ 户曹主政:即户部主事,官阶正六品。

　　④ 丁忧:即服丧。旧制规定,父母死后,子女要在家守丧三年,不做官,不婚娶,不赴宴,不应考。

卜 地

　　余由潼关至汉中①,见秦人卜葬,皆于平原。咸阳古名胜②,周文武汉高文以下③,及诸名臣世辅,皆葬平原。岂平地气脉舒徐宽衍,固胜于山麓欤? 不然,古圣之见,岂不逮今? 周家岂无岐、梁可卜④? 彼其子孙王天下八百年,效可睹也。今江南卜葬多贵山麓,何居?

　　① 潼关:在西安府华阴县东四十里。为陕西、山西、河南三省要冲,明朝于关内置军卫防守。　汉中:府名,故治在今陕西南郑县。

　　② 咸阳:战国时秦孝公建都于此,至秦始皇建立秦朝,仍以此为国都。汉建都于长安,距此也不过五十里。明置咸阳县,隶西安府。

　　③ 周文武:即周文王姬昌和周武王姬发。　汉高文:即汉高祖刘邦和汉文帝刘恒。

　　④ 周家:指周朝王室。　岐、梁:二山名,皆在陕西西部。周太王古公亶父初都于邠(今陕西彬县),后翻越梁山(在今陕西乾县西北)而迁往岐山(在今陕西岐山县西北),定都于此,故称岐周。周文王即生于岐山,后迁都于丰(今陕西长安沣河以西)。

庐　山　云

古诗有云:"山中何所有?山上多白云。只可自娱悦,不堪持赠君。"余同年进士李九疑者①,曾官九江司理,为余言庐山绝顶有亭岿然②,颇洁饰,每往游,宿其中。至早,白云从地下起,踊出成块,如木棉絮,氤氲不绝。好事者持洁净磁瓶,将手挽云至瓶内,以满为度,用纸及布绢叠封其口。数月后,持以赠人,令其人密糊一室,不通窍罅。将瓶揭去纸绢放之,从瓶中缕缕出如篆烟状,须臾布满一室,食顷方灭。是云固可持赠也。九疑又言庐山云亭难久处,久处则生湿病。盖云,固水之英华也。物理不可终穷,类如此。不经其地,必目为妄。

亘史云:余癸巳夏经庐山之麓时,日旭方澄鲜,草木敷润,披襟甚畅也。俄见草中一缕若香篆起,俄数十缕,俄千万缕,凑合为云,若沉山,而雨至矣。瞬倏奇观,阴阳异态,始信公羊氏善状泰山之云。其言曰:"触石而出,肤寸而合,不崇朝而遍雨乎天下者,惟泰山尔。"此与余庐山观,仿佛近之。若封囊闭室以观,亦小庐山云矣,遂以是为登柰之③。

①　李九疑:名日华,字君实,号九疑,浙江嘉兴人。万历二十年进士。除九江府推官。官至太仆少卿。

②　庐山:在今江西九江市南,北靠长江,东南傍鄱阳湖。

③ 按,明万历四十年刻本《亘史钞》所收《雪涛小书·谈丛》止此。

解 嗏

余邑嗏云①:"猪来穷家,狗来富家,猫来孝家。"故猪猫二物,皆为人忌,有至必杀之。而邑中博士名张宗圣者解曰:"嗏语政不尔②,无足忌者。盖穷家篱穿壁破,故猪来,非猪能兆穷也。富家饮馔丰,遗骨多,故狗来,非狗能兆富也。家多鼠虫为耗,故猫来,孝家则耗之讹③,非猫能兆孝也。"此说甚当。余邑又嗏云:"笑狗落雨。"宗圣曰:"此亦不然。笑狗谓瘦狗,江西人呼瘦为笑。落雨者,谓落尾,亦江西人读字之讹也。"余每观狗之瘦者,尾必下妥。此解亦确不可易。所谓迩言必察者④,非耶?

① 嗏:通"谚",即谚语。
② 政:通"正"。
③ 俗称老鼠为"耗子"或"耗虫",以鼠耗损食物最多而称。
④ 迩言:浅近或左右亲近的话。

白 香 山①

白香山诗②,自言久宦苏州,不置太湖一片石。余以语张伯起③,伯起曰:"如此累心事,香山不做。"余深服伯起此言。
然则天下事累心者多矣,都丢下不做,可使心不受累。④

　① 按此篇所叙内容,《雪涛小说·药言》已提及其大要,但文字颇
有差异,姑且照录于此。

　② 白香山:即白居易(772~846),晚年号香山居士。已见前注。

　③ 张伯起:即张凤翼。已见前注。

　④ 以上二篇据清初刻本《说郛续》卷十六《雪涛谈丛》补。

◇谈◇言◇

黄　可

　　进士黄可①，字不可。孤寒朴野，深于雅道，诗句中多用"驴"字，如《献高侍郎》诗云"天下传将舞马赋，门前迎得跨驴宾"之类②。又尝谒舍人潘佑③，潘教服槐子，云丰肌却老。明旦，潘公趋朝，天阶未曙，见槐树烟雾中，有人若猿狙之状，迫而视之，即可也。怪问其故，乃拥条而谢曰："昨蒙明公教服槐子法，故今日斋戒而掇之④。"潘大噱而去。

　　①　黄可：南唐时人。参见《全唐诗》。

　　②　高侍郎：即高越，字仲运，一字冲远。五代时幽州（今属北京市）人。入南唐，官至左谏议大夫兼户部侍郎。陆游《南唐书》有传。

　　③　潘佑（937～972）：五代时幽州（今属北京市）人。仕于南唐，中主时为秘书省正字，后主时累迁至中书舍人。

　　④　斋戒：常用于祭祀前，沐浴更衣，不饮酒，不吃荤，不与妻妾同寝，整洁心身，以示虔敬。此为服槐子而斋戒，以示郑重。

庐 山 道 士

　　庐山九天使者庙有道士①，忘其姓名。体貌魁伟，饮啖酒肉，有兼人之量；晚节服饵丹砂②，躁于冲举③。魏王之镇浔阳也④,郡斋有双鹤,因风所飘,憩于道馆,回翔嘹唳,若自天降。道士且惊且喜,焚香端简,前瞻云霄,自谓当赴上天之召,命山童控而乘之,羽仪清弱,莫胜其载,毛伤背折,血洒庭除,仰按久之,是夕皆毙。翌日,驯养者诘知其状,诉于公府,王不之罪。处士陈沆闻之,为绝句以讽云:"啖肉先生欲上升,黄云踏破紫云崩。龙腰鹤背无多力,传语麻姑借大鹏⑤。"

① 九天使者:全称为"九天采访使者",道教所信奉的巡察人间的神仙。其庙在九江府城南三十里,创建于唐开元年间,初名九天采访祠,宋改名太平兴国宫。

② 服饵丹砂:即服食炼成的丹药,为道家修养法之一。

③ 冲举:飞升成仙。

④ 浔阳:即江西九江府,浔阳为其旧名。

⑤ 麻姑:传说中女仙名,貌美,手指纤细似鸟爪。

武　恭

李寰建节晋州①。表兄武恭性诞妄,又称好道及蓄古物,遇寰生日无饷,乃遗箱挈一故皂袄子与寰,曰:"此是李令公收复京师时所服②,愿尚书一似西平。"寰以书谢。后闻恭生日,挈一破腻脂幞头饷恭,曰:"知兄深慕高真,求得一洪崖先生初得仙时幞头③,愿兄得道一如洪崖。"宾寮无不大笑。又记有嘲好古者,以市古物不计直破家,无以食,遂为丐,犹持所有颜子陋巷瓢④,号于人曰:"孰有太公九府钱⑤,乞一文。"与武恭事正相类。

① 李寰：唐代人。历晋慈等州都团练观察处置使，迁检校尚书，文宗时任节度使。

② 李令公：即李晟(727～793)，字良器，唐洮州临潭(今属甘肃)人。建中四年(783)泾原兵变，朱泚叛据长安，率孤军力战，收复京师。官至太尉、中书令。隋唐以来凡任中书令者，习称令公。

③ 洪崖：疑即传说中黄帝的臣子伶伦，至帝尧时已三千岁，仙号洪崖。或指唐代青州神山县张氲，号洪崖先生，隐居姑射山修道，后成仙。

④ 颜子：即孔子学生颜渊，已见前注。

⑤ 太公九府钱：姜太公辅佐周朝时所制造的钱。按太公曾为周立"九府(大府、王府、内府、外府、泉府、天府、职内、职金、职币)图法"，以便于财帛流通。

华 阳 生

华阳有狂生①，一夕乘酣访邻曲隐翁，见主人庭中月色如昼，梅花盛开，乃朗诵宋人诗，曰："窗前一样梅花月，添个诗人便不同。"盖自负也。主人亦朗诵宋人诗，曰："自从和靖先生死②，见说梅花不要诗。"盖恐其作诗唐突梅花也。生忿主人嘲己，肆诟而去。明日主人到县讼之，县官呼狂生试诗，甚劣，笑谓狂生曰："姑免问罪，押发去百花潭上看守杜工部祠堂③。"闻者绝倒。

① 华阳:县名,明隶成都府,今已并入四川双流县。

② 和靖先生:即林逋(968~1028),字君复。北宋钱塘(今浙江杭州)人。隐居西湖,种梅养鹤,不仕不娶,人称其"梅妻鹤子"。善诗,以咏梅诗最为著名。卒谥和靖先生。

③ 百花潭:即浣花溪,在成都府城西南五里,溪上建有杜甫祠(即杜工部祠堂)。

崔 张

进士崔涯①、张祜下第后②,多游江淮,常嗜酒侮谑时辈,或乘饮兴,即自称侠。二子好尚既同,相与甚洽。崔因醉作《侠士诗》云:"太行岭上三尺雪③,崔涯袖中三尺铁④。一朝若遇有心人,出门便与妻儿别。"由是往往播在人口:"崔、张真侠士也。"以此人多设酒馔待之,得以互相推许。一旦,张以诗上牢盆使⑤,出其子,授漕渠小职得堰⑥,俗号冬瓜。张二子,一椿儿,一桂子,有诗曰:"椿儿绕树春园里,桂子寻花夜月中。"人或戏之曰:"贤郎不宜作等职。"张曰:"冬瓜合出祜子。"戏者相与大哂。后岁馀,薄有资力。一夕,有非常人装饰甚武,腰剑,手囊贮一物,流血于外,入门谓曰:"此非张侠士居也?"曰:"然。"张揖客甚谨。既坐,客曰:"有一仇人,十年奚得,今夜获之,喜不可已。"指其囊曰:"此其首也。"问张曰:"有酒否?"张命酒饮之,客曰:"此去三数里,有一义士,余欲报之,则平生恩仇毕矣。闻公气义,可假余十万缗,立欲酬之,是余愿矣。此后赴汤蹈火,为狗为鸡,无所惮。"张且不吝,深喜其说,乃扶囊烛下,筹其缣素中品之物,量而与之。客曰:"快哉,无所恨也!"乃留囊首而去,期以却回。及期不至,五鼓绝声,东曦既驾,杳无踪迹。张虑以囊首彰露,且非己为,客既不来,计将安出?遣家人将欲埋之,开囊出之,乃豕首也。因方悟之而叹曰:"虚其名,无其实,而见欺之若是,可不戒欤!"豪杰之气,自此而丧矣。

① 崔涯:唐吴楚间人。工诗,与张祜齐名。科场失意,游侠江淮间。

② 张祜:字承吉,唐南阳(今属河南)人。初寓姑苏,有诗名。因令狐楚荐,曾至长安献诗。后客游江淮间,隐居丹阳,卒于大中年间。

③ 太行:绵延山西、河北、河南三省界的大山脉,又名五行山、王母山、女娲山等。

④ 三尺铁:指剑。剑长约三尺,故称。

⑤ 牢盆使:指盐官。唐置盐铁使,掌收运盐铁之税,或兼两税使、租庸使。

⑥ 漕渠小职:此指负责护理用于漕运的河渠堤堰之人。漕渠,可作漕运用的渠道。

李 西 涯

(按此篇内容已见于前书《谈丛》,故仅列目,文不重录。)

李 觏

李觏贤而有文章[①],素不喜佛,不喜孟子,好饮酒。一日,有达官送酒数斗,泰伯家酿亦熟。一士人知其富有酒,然无计得饮,乃作诗数首骂孟子,其一云:"完廪捐阶未可知,孟轲深信亦还痴。岳翁方且为天子,女婿如何弟杀之?"李见之,大喜,留连数日,所与谈,莫非骂孟子也。无何,酒尽,乃辞去。既而闻又有寄酒者,士人再往,作《仁义正论》三篇,大率皆诋释氏。李览之,笑云:"公文采甚奇,但前次被公吃了酒后,极索寞,今次不敢相留,留此酒以遣怀。"闻者大笑。

①李觏(1009~1059):字泰伯。世称盱江先生,又称直讲先生。北宋南城(今属江西)人。庆历初,应茂才异科不第,创立盱江书院,从学者甚众。皇祐初,以范仲淹荐,试太学助教,历太学说书、权同管勾太学。

驿 吏

江南一驿吏,以干事自任。典郡者初至[①],吏曰:"驿中已理,请一阅之。"刺史往视,初见一室,署曰"酒库",诸酝毕熟,其外画一神,刺史问是谁,言是杜康[②]。刺史曰:"公有余也。"

又一室署云"茶库",诸茗毕贮,复有一神,问是谁,云是陆鸿渐③。刺史益善之。又一室署云"菹库"④,诸菹毕备,亦有一神,问是谁,吏曰:"蔡伯喈⑤。"刺史大笑。

① 典郡者:即下文"刺史",为地方长官。
② 杜康:相传为最早造酒的人,故以之为酒神。
③ 陆鸿渐:即陆羽(约733~约804),字鸿渐,自称桑苎翁。唐复州竟陵(今湖北天门)人。曾为伶工,能诗。以嗜茶名世,撰有《茶经》,故后世以之为茶神。
④ 菹库:菜库。菹,腌菜。
⑤ 蔡伯喈:即蔡邕(132~192),字伯喈。东汉陈留圉(今河南杞县南)人。灵帝时召拜郎中,校书东观,迁郎中。董卓专权时,被任为侍御史,迁尚书,官左中郎将。后被逮,死于狱中。

李　渊　材

渊材好谈兵,晓大乐①,通知诸国音语,尝咤曰:"行师顿营,每患乏水,近闻开井法甚妙。"时馆太清宫②,于是日相其地而掘之。无水,又迁掘数尺,观之,四旁遭其掘凿,孔穴棋布。道士月夜登楼之际,频额曰:"吾观为败龟壳乎?何其孔穴之多也!"渊材不怿。又尝从郭太尉游园,咤曰:"吾比传禁蛇方,甚妙,但咒语耳,而蛇听约束,如使稚子。"俄有蛇甚猛,太尉呼曰:"渊材可施其术。"蛇举首来奔,渊材无所施其术,反走汗流,脱其冠巾,曰:"此太尉宅神,不可禁也。"太尉为之一笑。尝献乐书,得协律郎③,使余跋其书,曰:"子落笔当公,不可以叔侄故溢美也。"余曰："渊材在布衣有经纶志,善谈兵,晓大乐,文章盖其余事,独禁蛇开井,非其所长。"渊材观之,怒曰："司马子长以郦生所为事事奇④,独说高祖封六国为失⑤,故于本传不言者,著人之美而完传也,又于子房传载之者⑥,不欲隐实也,奈何言禁蛇开井事乎?"闻者绝倒。

①　大乐:指典雅庄重的音乐,用于帝王祭祀、朝贺、燕享等典礼。

②　太清宫:道教观名,以唐高宗追尊老子为玄元皇帝而创立,故又称老子庙。

③　协律郎:掌管音乐的官,属太常寺。

④　司马子长:即司马迁,字子长。已见前注。　郦生:即郦食其(? ～前203),秦末汉初陈留(今河南杞县)人。本为里监门吏,后归刘邦,献计克陈留,封广野君。楚汉战争中,说齐王田广归汉,韩信乘机袭齐,齐王以为被出卖,将他烹死。详见《史记·郦生陆贾列传》。

⑤　说高祖封六国:事在汉三年(前204),郦生劝刘邦封立齐、楚、燕、赵、韩、魏等六国之后,以与项羽争夺民心,张良深以为非,故沮之未行。

⑥　子房传:即《史记·留侯世家》。

士　人　妇①

京邑有士人婿,其妇大妒忌,于夫小则诟詈,大必捶打,韦以长绳系夫脚,有唤便牵绳。婿密与巫妪为计,因妇眠,入厕,以绳系羊,婿缘墙走避。妇觉,牵绳而羊至,大惊怪,召问巫。巫曰："娘积恶,先人怪责,故郎君变成羊。若能改过,乃可祈请。"妇因悲号,抱羊恸哭,自咎悔誓。巫乃令七日斋,举家大小,悉避于室中,祭鬼神,师祝羊还复本形,婿徐徐还。妇见婿,啼问曰:"多日作羊,不乃辛苦耶?"婿曰:"犹忆啖草不美,腹中痛耳。"妇愈悲哀。后复妒忌,婿因伏地作羊鸣,妇惊起徒跣,呼先人为誓,於是不复敢尔。《尚书》:"星有好风,星有好雨。"古注云:"箕星②,东方宿也③,东木克北土,以土为妻;雨,土也,土好雨,故箕星从妻所好而多雨也。毕④,西方宿也,西金克东木,以木为妻;风,木也,木好风,故毕星从妻所好而多风也。"由此推之,则北宫好燠,南宫好旸,中央四季好寒,皆以所克为妻而从妻所好也。予一日偶述此义,坐有善谑者,应声曰:"天上星宿亦怕老婆乎!"满堂为之哄然一笑。

①　此篇据宋代周文玘《开颜录》有关故事改写。
②　箕星:二十八宿之一。
③　东方宿:指角、亢、氐、房、心、尾、箕七宿。下文"东木克北土"、"西金克东木",则是以五行相克说与二十八宿相配。
④　毕:星名,属西方宿。按西方宿指奎、娄、胃、昴、毕、觜、参七宿。

石　动　筩①

北齐高祖尝燕近臣为乐②,高祖曰:"我与汝等作谜,可共射之③:卒律葛答④。"诸人皆射不得,或云是骰子箭⑤,高祖曰:"非也。"石动筩云:"臣已射得。"高祖曰:"是何物?"动筩对曰:"是煎饼。"高祖笑。动筩曰:"射着是也。"高祖又曰:"汝等诸人为我作一谜,我为汝射之。"诸人未作,动筩为谜,复云:"卒律葛答。"高祖射不得,问曰:"此是何物?"答曰:"是煎饼。"高祖曰:"我始作之,何因更作?"动筩云:"承大家热铛子⑥,更作一个。"高祖大笑。

高祖尝命人读《文选》,有郭璞《游仙诗》⑦,嗟叹称善。诸学士皆曰:"此诗极工,诚如圣旨。"动筩即起曰:"此诗有何能?若令臣作,当胜伊一倍。"高祖不悦,良久语云:"汝是何人,自言作诗胜郭璞一倍,岂不合死?"动筩即云:"大家即命臣作,若不胜一倍,甘心合死。"即令作之,动筩曰:"郭璞《游仙诗》云:'青溪千仞余,中有一道士。'臣作云:'青溪二千仞,中有两道士。'岂不胜伊一倍?"高祖始大笑。

又尝于国学中看博士。孔子弟子达者七十二人⑧,动筩因问曰:"达者七十二人,几人已著冠⑨?几人未著冠?"博士曰:"经传无文⑩。"动筩曰:"先生读书,岂合不解孔子弟子已著冠有三十人,未著冠有四十二人?"博士曰:"据何文以辨之?"曰:"《论语》云⑪:'冠者五六人',五六三十人也;'童子六七人',六七四十二人也。岂非七十二人?"坐中皆大悦,博士无以复之。

① 此篇据《启颜录》(传为隋代侯白撰)中有关故事改写。

② 北齐高祖:即高欢(496~547),一名贺六浑。东魏渤海蓨县(今河北景县)人。曾掌魏兵权,称大丞相。逼孝武帝西奔长安,另立静孝帝。自是魏分东西,他执东魏政十六年。死后其子洋代东魏称齐帝,被追尊为齐高祖神武皇帝。

③ 射:猜测。

④　卒律葛答:拟声词。

⑤　骹子箭:即响箭。

⑥　大家:宫中近臣或后妃对皇帝的称呼。

⑦　郭璞(276～324):字景纯。晋代河东闻喜(今属山西)人。东晋初为著作佐郎,迁尚书郎。后为王敦记室参军,以反对王敦谋反而被杀。诗以《游仙诗》十四首最为著名。

⑧　"孔子"句:《史记·孔子世家》记孔子"弟子盖三千焉,身通六艺者七十有二人"。

⑨　著冠:古代男子二十岁(一说十九岁)举行加冠典礼,标志已成年。

⑩　经传:经指儒家经典,如《诗经》、《春秋》;传指解说经义的文字,如《诗经》之《毛传》、《春秋》之《左传》。因经文简奥,义有难明,故作传以阐明之。

⑪　《论语》云:《论语·先进》记孔子命弟子各言其志,曾皙曰:"莫春者,春服既成,冠者五六人,童子六七人,浴乎沂,风乎舞雩,咏而归。"石动筩的玩笑由此生发。

◇闻◇纪◇

纪　符　瑞

太祖高皇帝厥考仁祖淳皇帝与妣陈太后家凤阳泗州①，后梦一神人朱衣象笏，馈丸药，光照室，吞之，遂娠焉。及诞，异香红气，凝结不散。仁祖往汲水洗儿，忽有红罗来自上流，取为儿褓。自上诞后，所居地常有光灼烁如焚，迫视之，忽不见。其异如此。

上微时，尝出游淮西颍州诸地②。偶道病，有两紫衣与俱，助其寝食，病愈，忽不见。一日夜行，陷泽中，遇群儿拜道上，叱之乃没。

仁祖及陈太后遭疫殁，上贫不能具棺，谋藁葬之。举尸者行未半，绠绝堕地，闻鬼神谋曰："谁大胆谋此大地？"又一鬼答曰："是朱某。"问者曰："此人足当此地，可助之葬。"其夜暴风骤雨，土裂尸陷，拥积成坟，地主为刘大秀③。今凤阳皇陵，即其处也。噫，岂人力哉？

上微时，常梦燕雀满空，一五色巨鸟舒翅腾舞，迎上去登层台，数伟人鹄立，如真官像，授上绛衣，佩以长剑，惊骇乃觉。

上寓皇觉寺④，值兵乱，伽蓝神前有竹笅⑤，人以卜吉凶者，上祝神曰："避难吉，示我阳；守旧吉，示我阴。"笅乃一阴一阳,不如所祷。更祝曰:"出不可,居不可,起义乎?"筊从之。上疑为难,再祝掷筊,筊跃起,立香案上。上悟神意,遂谋起义兵矣。

上在滁⑥,尝涤手柏子潭⑦,有五蛇扰而从之,上知其龙也,祝曰:"若天命有在,当永附我。"一日战酣,籍土坐,一蛇蜿蜒在侧,乃覆以兜鍪⑧。顷复战,大捷。军法:战胜,祭甲胄。临祭时,置兜鍪于前,空中忽闻霹雳,白龙夭矫,从兜鍪挟雷声火光,腾空而去。

上尝与元兵战,败,惧其见迫,走匿渔舟。舟媪亟杀鸡,取血渍裙,覆之而卧。追者至,问媪曰:"曾见一将军否?"答曰:"无有。"其人欲登舟索匿,见裙血,止不入,上乃得免。因问媪曰:"所为杀鸡何也?"媪曰:"此地人不利见产妇。彼觇裙上血,谓妾产妇,遂去。否者,且危矣。"上深德之。即位,召其子,封蔡国公⑨。

上起兵时,闻元学士朱升名⑩。召问计,升不答。力扣之,对云:"高筑墙,广积粮,缓称王。"此三语简而要,言贵多乎哉?升为新都人⑪。

太祖将渡江,或谓之曰:"将军欲定天下,胡僧金碧峰不可不见⑫。"上诣宣州⑬,见之,僧趺跏危坐⑭,不为礼。上叱,僧亦叱。上曰:"可曾见杀人将军乎?"僧曰:"可曾见不怕死和尚乎?"上遂投剑作礼,僧答礼,徐谓上曰:"建康有地可王⑮。"他无所言。

上发采石⑯,路遇一术士,问曰:"天下扰扰纷纷,属之谁欤?"士曰:"愿书字觇之。"上拔剑书一字于地,士俯伏拜曰:"土上一画,王也。"上喜。

至正二十一年,元顺帝梦大豕决覆都城⑰,因禁民畜豕。比太祖兵至,帝召百官议计,适二狐从殿中突出,帝叹且泣,即命开建德门北去。夫猪与朱、狐与胡,其音同,朱入狐走,神告之矣。

先是元主召一术士问国修短,对曰:"国家千秋万岁,除是日月并行,数始尽耳。"至是,大明兵至,元亡。

上与伪汉陈友谅战鄱阳湖⑱,刘伯温在御舟⑲,忽跃起,呼曰:"难星过,请更舟。"上从之。未半晌,旧舟受炮一击齑粉。战良久,雌雄未决,伯温请移军湖口,以金木相克日决胜,果如其言。

　①　仁祖淳皇帝:即朱元璋的父亲朱世珍,泗州(今属安徽)人。卒于元末,洪武元年追尊为淳皇帝,庙号仁祖。　陈太后:即世珍妻,元璋母。卒于元末,洪武元年追尊为淳皇后。
　②　颍州:州治即今安徽阜阳县。
　③　刘大秀:当即刘继祖。《明史·太祖本纪》:"太祖时年十七,父母兄相继殁,贫不克葬。里人刘继祖与之地,乃克葬,即凤阳陵也。"
　④　皇觉寺:在今安徽凤阳县东南二里,朱元璋少时因家贫乏食曾入此寺为僧。洪武初敕建,改名龙兴寺。
　⑤　伽蓝:梵文僧伽蓝摩的略称,意译为"众园"或"僧院",即僧众居住的园林。后因把佛寺称为伽蓝。此所谓"伽蓝神",指皇觉寺中神

像。竹筊:占卜吉凶的用具。用竹制成两片蚌壳状,投空掷于地,视其俯仰,以定吉凶。

⑥ 滁:即滁州,今属安徽。元末郭子兴、朱元璋即于此起兵。

⑦ 柏子潭:在滁州城西南三里,潭西北隅水深莫测,传说有龙出没。

⑧ 兜鍪:军士戴的头盔。古称胄,秦汉以后称兜鍪。

⑨ 蔡国公:按《明史》记载,朱元璋所封蔡国公为张德胜,字仁辅,合肥人。元末从朱元璋征战,曾任秦淮翼元帅,进金枢密院事。后战殁于龙江。但追封事在至正二十三年十月。

⑩ 朱升(1299~1370):字允升。休宁(今属安徽)人。至正五年举乡荐,为池州学正,避乱弃官隐石门,学者称枫林先生。至正十七年(1357),朱元璋克徽州,召见问时务,献"高筑墙、广积粮、缓称王"之策。

⑪ 升为新都人:此五小字,当是潘之恒所注。按新都即徽州,三国时吴曾于此置新都郡,因潘之恒生于歙县,与休宁县皆隶徽州府,故特加注,称朱升为新都人。

⑫ 金碧峰:即释宝金(1308~1372),号碧峰。乾州永寿人,俗姓石。居五台山灵鹫庵,明洪武三年召至京,居大天界寺。

⑬ 宣州:古地名,元改为宁国路,明改为宁国府,府治即今安徽宣城。

⑭ 趺跏危坐:盘腿端坐。

⑮ 建康:即南京。

⑯ 采石:山名,在今安徽宣城县西北牛渚山北,昔人于此取石,因名。临江有矶,名采石矶,为长江最狭窄之处,历代南北战争必争之地。

⑰ 元顺帝:即妥懽帖睦尔(1320~1370),至顺三年(1332)即位。至正二十八年(1368),明兵逼近大都,率后妃太子奔上都,明兵旋入大都,元亡。洪武二年,奔应昌,次年病死。庙号惠宗,明太祖加号顺帝。

⑱ 陈友谅(1320~1363):元沔阳(今属湖北)人。初为县衙贴书,参加徐寿辉起义,以功升元帅。至正二十年,杀寿辉于采石,自立为帝,

国号大汉,改元大义。至正二十三年发动鄱阳湖大战,兵败中流矢死。

　　⑲　刘伯温:即刘基(1311～1375),字伯温。元末明初青田(今属浙江)人。元元统元年进士,官高安丞,后弃官归。朱元璋定括苍,聘至金陵,佐成帝业。授太史令,累迁御史中丞,封诚意伯,以弘文馆学士致仕。

纪　睿　识

　　刘诚意基初见上,上与坐赐食,问曰:"先生能诗乎?"对曰:"儒生事也。"上举斑竹箸命题,基应声曰:"一对湘江玉细攒,湘妃曾洒泪痕斑①。"上颦蹙曰:"头巾气。"基续云:"汉家四百年天下,都在留侯一借问②。"上乃大喜。

　　初,历代帝王庙成,太祖亲祀之。各献爵毕,独于汉高祖增一爵,曰:"我与公不阶尺土以有天下,比他人更难,特增此爵。"庙中帝王皆塑像,惟元世祖像出泪痕透其面③,太祖笑曰:"痴鞑子④,尔失天下,失尔漠北之所本无,我取天下,取我中原之所本有,复何遗憾?"泪乃收,不复出。

　　上命宰相刘三吾⑤,图其所居山水献览。比献,上笑曰:"安用许多山?"用笔抹之。无何,山一夕为震雷所击,与笔抹者相应。

　　上一日召画工周玄素,命就殿壁图天下江山。对曰:"臣足迹未遍九州，惟陛下俯示大意。"上遂运笔，俄成大势。玄素叩曰："陛下举手，山河已定，悠久万年，不得动摇。"上甚喜之。

金陵国学在覆舟山之阳⑥，晋宋以来为战场，积骸枕籍。每天阴雨湿，鬼辄出凌人，往往至死。乃创鸡鸣寺⑦，设醮超度，终不息。马皇后言于上曰⑧："妾闻邪不胜正，非孔子大圣不能镇之。"即日迁大成木主于此⑨，鬼遂灭。因即其地建国子监。

金陵国子监号房皆无门限，集贤门"门"字无钩。初，詹姓者书"门"字着钩，上命用粉涂之，至今粉迹宛然。盖谓士人当令出用，不宜锢之门内云。

南京诸衙门各有扁额，皆直署，惟"翰林院"三字横列。上一日夜出，命人取去兵部门扁，巡绰者追之，乃投扁去。诘旦具闻，不省。说者谓上示天下去兵，遂不复置扁云。"国子监"三字亦横列⑩。

国初酒禁甚严，金院胡大海领兵攻绍兴⑪，其子犯禁，上立命诛之。都事王恺请曰⑫："大海方戮力戎行，望赦其子。"上曰："宁使大海坏我事，毋因大海废我法。"遂自抽刀杀之。

上初建都金陵时，刘伯温相地，筑前湖为正殿，基业已植桩水中。上嫌其逼，少徙于后。伯温见之，问曰："谁移此者？"上曰："我也。"诚意默然，徐曰："如此亦好，但后世不免迁都之举。"

上初建都，将迁宝志冢⑬，卜之，不从。乃曰："假地之半，迁瘗微偏，当一日享尔一供。"始得卜，发其坎，金棺银椁，因函其骨，创灵谷寺⑭，为起浮图，覆以无梁殿，工费巨万。仍赐庄田三百六十所，日享一庄，阅岁而周。御制碑文勒石，一夕为霹雳震碎，如是者再。上曰："志不欲归功我耳。"寝不树。

上尝微行至朝天宫前⑮，见一妇衣袁而笑，上曰："尔被服如是而笑，何也？"妇曰："吾夫死忠，吾子死孝，有夫有子，吾所以笑。"上曰："尔夫葬否？"妇以手指之，言讫忽没，上识其处。明日，遣人往视之，黄土一抔，草木蓊郁。掘之，有石志，盖晋卞壸墓⑯，面如生，两手俱拳，手爪皆六七寸。上命瘗之，为立庙⑰，予春秋祭祀。

南京孝陵城西门内有吴王孙权旧墓⑱，当时营建者奏请迁徙，上笑曰："孙权这条好汉，留他守门。"遂免。

江西行省进陈友谅镂金床，上观之，谓侍臣曰："此与孟昶七宝溺器何异⑲？一床工巧若此，其余可知。陈氏父子穷奢极侈，安得不亡？"命毁之。

① 湘妃：指娥皇、女英。传说舜南巡不返，葬于苍梧。舜妃娥皇、女英思帝不已，泪下沾竹成斑。

② 留侯：即张良，封留侯。已见前注。按自公元前202年刘邦建立汉朝，除去王莽新朝16年以外，汉代共历24帝，统治406年。

③ 元世祖：即忽必烈（1215～1294），1260年在开平即大汗位，1267

年迁都大都(今北京),1271年定国号为元,1276年占领临安(今浙江杭州),南宋降,1279年灭南宋馀部,统一全国。在位三十五年。

④ 鞑子:即鞑靼,蒙古族的别称。元亡,其宗族走漠北,去元之国号,称鞑靼。

⑤ 刘三吾(1313~?):名如孙,以字行,自号坦坦翁。茶陵(今属湖南)人。元末为广西静江路儒学副提举。洪武十八年以荐召为左赞善,累迁翰林学士,屡承顾问。洪武三十年,因主持会试舞弊戍边,建文初召还。

⑥ 金陵国学:即南京国子监。在京城西北鸡鸣山下、覆舟山之南,洪武十年建。

⑦ 鸡鸣寺:在南京西北鸡鸣山上,洪武年间建。

⑧ 马皇后(1332~1382):宿州(今属安徽)人。洪武元年册为皇后,卒谥孝慈。

⑨ 大成木主:即孔子牌位。按宋代尊孔子为"大成至圣",并以"大成"作为孔庙殿名。

⑩ "国子监"三字亦横列:此八小字,当是潘之恒注。

⑪ 胡大海(?~1362):字通甫。元末虹县(今安徽泗县)人。朱元璋用为前锋。渡江后攻取皖南、浙江等地,任江南行省参知政事。镇守金华时被叛将杀害,追封越国公,谥武庄。

⑫ 王恺(1317~1362):字用和。当涂(今属安徽)人。元末为府吏,太祖拔太平,召为掾。及建中书省,用为都事。后迁左司郎中,佐胡大海治省事,死于苗军之乱。

⑬ 宝志(418~514):南朝齐梁僧人。少时在建康道林寺出家,师事僧俭。齐武帝谓其惑众,下建康狱。至梁武帝迎入宫内,甚见尊崇。其冢原在南京城内,洪武初迁钟山东南,立宝公塔,下文"为起浮图"即指此。

⑭ 灵谷寺:晋始建,宋改太平兴国寺。明洪武初徙建于南京钟山东南,宝公塔即立于其殿堂之后。

⑮ 朝天宫:洪武初建,在南京城西北,即吴冶城、晋西州地。

⑯ 卞壶(281～328):字望之。晋济阴冤句(今山东曹县西北)人。永嘉中任著作郎,元帝召为从侍中郎。明帝时领尚书令,与王导等俱受遗诏辅政。后苏峻攻建康,率六军拒击,苦战而死。其墓在南京城内。

⑰ 庙:即卞忠贞庙,洪武二十年立于鸡鸣山之南。

⑱ 孝陵:即明太祖陵墓,在南京外城内钟山之南。孙权(182～252):字仲谋,吴郡富春(今浙江富阳)人。黄龙元年(229)称帝于武昌,国号吴,旋迁都建业(今江苏南京),在位二十四年。其墓在钟山南八里,名吴大帝陵。

⑲ 孟昶(919～965):字保元,初名仁赞。五代时后蜀国君,公元934～965年在位。曾废除苛法,但生活奢侈,竟用七宝饰溺器。

纪 圣 明

郑克敬,将乐县人①。洪武中,由荐举仕至御史,用廉介受知。值出使,复命赐宴,不饮食,上诘其故,对曰:“臣父忌辰,不忍下箸。”上曰:“君尊于父,可得方命敬。”对曰:“臣闻有父子,然后有君臣。”上善其言,赐钞五锭。

金华浦江郑氏,门扁“天下第一人家”。上闻,召诘之。对曰:“臣家同居八世,郡守旌之如此。”上曰:“汝家食指若干?”曰:“千人。”上深叹赏,遣之去。马太后闻之,谓上曰:“陛下以一人举事有天下,郑氏千人同心举事,顾不易耶。”上乃亟召郑氏而反之,问曰:“汝治家有何法?”对曰:“无他,但不听妇人言耳。”上笑,遣之,赐贡梨二枚。叩首擎出,至家,盛水二缸,捣梨为汁投水中,人唤一口,向北谢恩。上闻,大悦。

有梅梢者,操舟为业。上与陈氏鏖战鄱阳②,流矢相及,
梅梢亟撤御座得免,上深德之。登极赏功,微劳必录,独忘梢。
梢老病家居,目已失明,乃候上郊天毕③,使人扶掖御前,号
曰:"皇帝,皇帝,梅梢在此。"上惊曰:"微汝自号,几忘汝功
矣。"即日召见,赏赉不訾。

国初欧阳都尉挟妓饮酒,事觉,逮妓急。妓拟毁貌以往,
有老胥者谓妓曰:"上神圣不可欺尔。宜靓妆艳服,备极美丽,
或可免耳。"妓从之,比入见,叩头请死。上命杀妓,解衣见肤,
香味色泽,有类天仙。上遽曰:"我见犹怜,何况奴子!"命释
去。

国初僧谦牧居小有山,道行著闻。上作诗召之,曰:"寄语
山中老秃牛,何劳苦苦恋东洲? 南方有片闲田地,鞭打绳牵不
转头。"谦牧不赴,答诗曰:"老牛力尽已多年,顶破蹄穿只爱
眠。震旦域中粮草足,主人何必苦加鞭?"上见诗叹赏,不复强
致。

> 亘史云:可入《高僧传》,又可与黄山翠微寺麻衣
> 事相亘。

上初造钞,不就。梦神告曰:"非用士子肝心不可。"上忧
之,语马太后,后曰:"此甚易耳。用国学文课制钞,钞就矣。"
上曰:"何也?"答曰:"士子呕心做出文字,岂非耶?"上从之,钞

遂就。

　　明天渊者,元学士,髯长及脐而美。元亡,削发为僧,髯如故。太祖召问:"汝自度为僧,朕当听汝,然僧可髯耶?"天渊对曰:"削发除烦恼,留髯表丈夫。"上笑,释之。

　　宣德间④,太原忻州人武焕家有马生驹,鹿耳牛尾,四蹄如玉,龙文被体。巡抚于谦曰:"此龙马也。"民庶不敢骑,遣使贡上。胡濙等请贺⑤,上曰:"两年间旱魃作祟,纵有真龙,不能为民致雨,况马耶?其毋贺。"

　　武宗巡幸江南,税驾扬州⑥。郡守性廉介,佞嬖钱宁⑦、江彬从守索贿⑧,一无所应,宁、彬恨之。一日,上自钓鱼,得巨鲤,重数十斤,宁等称贺叩首曰:"此鲤值金千两,请勿烹,发郡守易金解进。"上如其言。守囊无一金,乃聚妻女簪珥并襦裙,约值二十金。上临御,自具以进。上见其瘠涩,乃笑曰:"朕不是卖鱼人,姑去。"守乃叩首趋出。时左右皆为守危,见上宥之,咸吐舌。噫,若武庙此等处亦未易及,故著之。

　　武宗驻跸金陵,一日微行至魏国公宅⑨,魏之家人知其上也,然不敢问。上徘徊院中,命随行者取所佩弓矢,射树上一鸣鸦,应手堕地。遂去,不复留。

　　亘史云:此有汉高祖入韩信、张耳军收印易帜气度,令人寒心。

武宗巡幸润州⑩,偶至故相杨文襄家⑪,再三咨叹,命取羊豕,一祭而去。

穆庙尝食驴肠而甘⑫。及即位,左右请诏光禄常供⑬,上曰:"若尔,则日杀一驴,吾不忍也。"岁时游幸,诸光禄供膳,必先期请旨为丰约,岁省费巨万计。

① 将乐县:今属福建。

② 陈氏:指陈友谅,已见前注。其与朱元璋进行的鄱阳湖之战,在至正二十三年。

③ 郊天:祭天。

④ 宣德:明宣宗年号,公元 1426 ~ 1435 年。据《明史·五行志》载,忻州武焕家有马生龙驹事,在宣德七年五月。

⑤ 胡濙(1375 ~ 1463):字源洁,号洁庵。武进(今江苏常州)人。建文二年进士。宣德初官至礼部尚书。景泰时封少府加太子太师。

⑥ 税驾:犹解驾、停车。按武宗曾于正德十四年十二月在扬州停留二十天。

⑦ 钱宁(? ~ 1521):幼鬻太监钱能为家奴,冒姓钱。正德初曲事刘瑾,得幸于帝。尝请于禁内建豹房、新寺,恣声伎为乐,诱帝微行。后以通宸濠罪抄家斩首。

⑧ 江彬(? ~ 1521):字文宜,宣府(治今河北宣化)人。初为蔚州卫指挥佥事,后因钱宁得帝召见,擢都指挥佥事。专事怂恿诌媚,诱帝四出巡游,出入豹房,与同卧起。命统四镇军,帝戎服临之,与彬联骑。正德十二年封平虏伯。世宗即位,被磔于市。

⑨ 魏国公:当指徐鹏举(? ~ 1571),正德十三年袭封魏国公,守备南京兼中府金书。后因嬖其妾,冒封夫人,欲立其子为嫡,被夺禄。

⑩ 润州:即镇江府,今属江苏。武宗至镇江在正德十五年八月。

⑪ 杨文襄:即杨一清(1454 ~ 1530),字应宁,号邃庵,又号石淙。

云南安宁人，随父居巴陵。成化八年进士。以父丧葬丹徒，遂家焉。正德间官至吏部尚书兼武英殿大学士，预机务。嘉靖初为张璁等所构，落职。后追谥文襄。江盈科所记有误，据《明史·武宗本纪》载：十四年八月"癸卯，次镇江，幸大学士杨一清第，临故大学士靳贵丧"。可见武宗至镇江所祭故相为靳贵，而一清则在丹徒家中接驾，并与武宗乐饮赋诗两昼夜。靳贵，字充道，号戒庵。丹徒（明隶镇江府，今属江苏）人。弘治三年进士，正德间官至礼部尚书兼文渊阁大学士，预机务。

⑫ 穆庙：即明穆宗朱载垕（1537～1572），世宗第三子，嘉靖十八年封裕王，四十五年（1566）继位，明年改元隆庆，在位六年。

⑬ 光禄：此指光禄寺官员，专掌皇室祭享、宴劳、酒醴、膳羞等事，其长官称光禄寺卿。

纪 天 佑

武宗久驻扬州，偶于御舫中堕水，遂感寒夜，辄命左右由水道回銮。左右曰："河水胶冰，须立春乃解。"上问："隔春几日？"左右刻期以对，即命郡守先期迎春。迎毕，冰随解，上乃御龙舟归。噫，天子一言，时令不违，然则握宝凝图者，岂偶然哉？

亘史云：此当与冰坚可渡同看。

英庙北狩①，陷虏营。也先欲加害②，忽大雷击杀也先所乘马。上令袁彬夜出帐房外窥视③，见赤光笼罩御帐，虏谋少沮。又雪夜，也先令健儿行刺，至上所，见大蟒绕护御帐，畏怖去。虏闻之,益加礼,不复谋害上矣。

　　① 英庙:即明英宗朱祁镇,已见前注。
　　② 也先(1407～1455):明代蒙古族瓦剌首领,袭父爵为明顺宁王。正统十四年率部入塞,侵略边境,至土木堡俘英宗而归。明年因攻明失利,派人护送英宗回京,与明王朝再通好。不久,杀鞑靼可汗脱脱不花,自称大元天圣可汗。后被部属阿剌所杀。
　　③ 袁彬:字文质,江西新昌人。正统十四年以锦衣校尉扈驾北征,土木之变,从官奔散,独彬随侍。及还京,代宗仅授锦衣试百户。英宗复辟,历擢指挥使掌锦衣卫,以平曹钦功进都指挥佥事,官终前军都督。

纪　谶　术

　　山西平阳张金箔者,善幻术。上命为之。乃以瓶注水,书符投之,用火四炙,气出如缕,遂成五色云,布满殿上。又以莲子撒金水河,顷刻开花万朵,鲜妍绝伦。张乃剪纸为船,身坐船上,唱《采莲歌》,忽失所在。

　　国初有徐天明者,不知何许人。见上,言国家运祚来数。上恶其惑众,将杀之,问曰:"汝何年当死?"天明对曰:"今日午时,死于绯衣小儿手中。"上故命老千户衣青①,押出行斩。斩后,问千户姓名,盖裴婴也。绯衣小儿,隐语耳。上乃知其异人,命葬之。

元臣杨维桢②，号铁崖，戴方巾见上。上问："此巾何名？"对曰："四方平定巾。"上喜，命天下儒生皆戴之。又至神乐观，见一道士结网巾，问为何物，答曰："网巾也。裹于头上，则万发归一矣。"上为颁行天下。盖元前无此。

金陵城完，上与刘基视之，曰："城高若此，非人可逾。"基曰："除非燕能飞入耳。"后燕王入金陵③，遂符此谶。

洪武间，库钱库银忽飞出。一日，南台民家屋上皆有钱④，民拾之，所得多寡不伦。镇库银重数百斤者，亦飞出，堕地深入尺许。武进县一老儒夜见白气⑤，曰："宝光也。"往标焉。次日，诣所在掘得，其重不能举，乃夜携所厚同举。后事露，惧甚。上曰："此银失三锭，天以此锭畀老儒。"命无还官。

靖难之师败于东昌⑥，还北平，王语道衍曰⑦："此败关系不细，君何不早见？"衍曰："此数也，数有必至。臣昔曾云：'师行必克，只费两日。'两日，昌字也，正指此败。自此以往，百战百胜矣。"

余邑发乡科⑧，无至三者。嘉靖辛卯岁，应举诸生移舟赴水府庙祖祭⑨，名曰拔椿。庙有杨四将军者，颇著灵异。诸生半戏半真，求判鸾笔⑩，报是年应中者。神乃判曰："连中三李。"于时应举者仅八人，非李生者皆斥神为妄。已而李方伯讳徽⑪、李方山讳相、李绩溪令讳位果同登科⑫，然则山川之气，有开必先，岂偶然哉？

吾乡行堪舆家术⑬,皆江右人,鲜有佳者,惟记余祖昆岳公所谭金阴阳奇甚⑭。先是邑中李、唐二氏皆旧族,然书香未茂。二氏之祖俱延师选地,金乃为唐氏卜一地,曰:"此当出大贵人。"然意在索酬,唐未有以酬也,金不怿。李氏闻之,辄邀金往,曰:"而得善地,若以畀我,我当厚酬。"金因以其地畀李。唐闻之,谓金卖己,欲辱之。金曰:"适所卜地,贵则贵矣,亦有不足。"唐曰:"何不足之有?"金曰:"此地固出大贵人,然某砂自外来,属贵砂,他日当以异姓子入贵。又左山弱,稍于长房未有利耳。君若欲地,此外又有一区,相去数里,贵不能及而书香远,又长幼房均停,于公何如?"唐曰:"唯唯。"遂指其地畀唐,与前所指李地三里间耳。二氏葬后阅三十年,李源垫公登进士,官方伯,然公实熊姓,因亲而怀抱入李,所谓贵人自外来果验。公长子半垫,早卒,家颇中落,惟季氏小垫一枝更茂,皆符金生言。唐之后明经起家凡四世⑮,书香绵绵不绝,岂不奇甚? 余近问唐学博肖竹,云余祖所传非虚耳。

余乡三十年前,有相士李姓者,术甚中。会大盗史交、刘五辈劫桃源县库三千金,其后百计擒获,杻械入城。李从傍睨之,曰:"此二人者,相不应死,尚当起家有后。"左右闻者皆曰:"是且立死,若云云何也?"已而二盗皆系狱,乃重贿狱卒,松其杻械,各饮水一口,遂从狱中飞出,至小东门,凡二里,始堕地。夺屠儿刀二柄,腾舞而去。至河滨,则盗党已舣舟待之,竟逸入洞庭,不复得。郡太守愁甚⑯,督地方里甲人捕之急⑰。里甲辈苦无以应,则言于郡守,谓李相士曾有言云云,必知盗所在。郡守乃捕李相士,拷掠数百,竟不招,系狱。会云南刑部郎中某奉差回,正觅李相士,谓其曾许己中进士,而今果然,欲往谢之。及知其系狱,乃往白郡守曰:"此实相奇,必无与盗相知事。"郡守曰:"如公言,当召,使相不佞。"召至,郡守曰:"尔相吾面,当去官乎? 升乎?"李熟视之,曰:"五日内升矣。"郡守问:"何官?"答曰:"宪副⑱。"郡守乃与某郎中约曰:"为期甚近,请验而释之。"五日果报升宪副,李相士始出狱。

① 千户:卫所掌兵千人的武官。
② 杨维桢(1296~1370):字廉夫,号铁崖。元末明初诸暨(今属浙江)人。泰定四年进士。授天台县尹。累迁江西等处儒学提举。以诗名世。张士诚据平江,屡招不赴。洪武初召至京师修礼乐书,旋以疾请归。
③ 燕王:即明成祖朱棣,洪武三年封燕王。已见前注。
④ 南台:即雨花台,因在应天府城南,故称。
⑤ 武进县:今属江苏。
⑥ 东昌:府名,治今山东聊城市。按靖难之师败于东昌,在建文二年十二月。
⑦ 王:即燕王朱棣。　道衍:即姚广孝,法名道衍。已见前注。
⑧ 乡科:即乡试,中式者称举人。
⑨ 祖祭:出行前祭祀路神称祖祭。按桃源诸生一般乘船赴武昌应乡试,故于临行前移舟水府庙祭祀水路之神。
⑩ 鸾笔:即扶鸾,又称扶箕。其法假借鬼神名义,两人合作以箕插笔,在沙盘上画字,或与人唱和,以卜吉凶。因传说神仙来时皆驾凤乘鸾,故名。
⑪ 李方伯:李徵,号源垫。桃源人。嘉靖十一年进士,累官至浙江按察使。参见本书《谈丛·信佛篇》。
⑫ 李绩溪令:李位,桃源人。嘉靖十年中举,官绩溪县令。参见本书《雪涛小说·科有定名官有定所篇》。
⑬ 堪舆家:旧时以相度地形吉凶,为人选择宅基、墓地为业的人,

也称形家。

⑭ 昆岳公:即江盈科的祖父江伯玉(1501～1590),号昆岳。

⑮ 明经:通晓经术,也可用作对贡生的敬称。

⑯ 郡太守:此指常德知府。

⑰ 里甲:乡里小吏。

⑱ 宪副:即右副都御史。

纪　灾　异

元顺帝元统二年春正月,汴梁雨血,着衣皆赤。三月,彰德路天雨毛如线,色绿,民谣云:"天雨线,民愁怨。中原地,事尽变。"

至正十一年,江阴永宁乡陆家一猪产十四儿,其一头面手足皆人,其身猪。

至正辛卯夏,松江普照寺僧舍敞帚开花,嘉兴儒学旁陶氏家磨上木肘发条开白花,吴江汾湖里煅工家柳树桩安铁砧者发长条数茎如苇。

至正十四年,龙泉县民家一鸡,半边雄,半边雌,能雄鸣,能雌伏。

至正十五年七月,檇李城东马桥上白龙悬挂,猛风骤雨,天暗若夜,坏民居五百余所,拔大木,飞万瓦,溪水直立。龙由马桥历城北,望太湖去。

是年,陕西一县夜半大风雨,有大山西飞十五里,山之旧基化为深潭。

江淮间群鼠集于山,各衔其尾渡江去。

湖广鼠数十万渡洞庭,望四川去。夜行昼伏,由道侧行,皆成蹊,羸弱者多道毙。

至正十八年,钱塘卢子明家鸡伏九雏,一雏三足,二在前,一在后。三足鸡多见之,一在腹下①。

至正二十二年八月,上海县金寿家已阉雄狗一产八子,其一爪嘴如血。

元至正戊寅②,荆州分域鬼夜叫云:"苦也苦,几时泥到襄阳府?"及早视之,树木皆受泥,自根至分枝处止。久之,改叫云:"苦也苦,几时泥到成都府?"后倪文俊陷襄阳③,神将明玉珍陷成都府④,据之。

洪武十年十月,有虎昼入汉西门,伤二人。上闻之,释在京徒役。

洪武十一年戊午元旦,早朝钟忽断为二,又有鸥鹋自天陨,死丹墀,见者异之。

正统间,南畿殿宇灾⑤,夜大雨。明日,殿基生荆棘,高二尺。是时王振擅权云⑥。

成化六年二月清明后,微风自西北来,沙土东骛,其色黄如柘染。顷之,色映窗牖红如血。已而红色渐黯,午末复黄。至三月,微雨忽黄,气四塞,雨土积地,皆黄色。至七日雨,八日始霁。

成化八年七月,陇州雨雹,或长七八尺,状如牛。是月,州之北山吼三日,陷裂凡半里。

成化九年三月,山东诸路黑气亘天,昼晦。

成化十三年春,山阴雨血射人。夏六月,京师雨钱。是年七月,京师坊郭小民夜坐,或露宿,见有物负黑气一片,其来如自牖户入密室,至则人皆昏迷,手不得动,身面多被啮。数日遍城惊扰,夜皆持刃张灯,鸣金击鼓逐之。其形黑小金睛,修尾类狸。

成化十六年,福建长乐县昆由里地中突起一阜,高三四尺,人畜践之,辄陷。寻复涌起一山,广袤五丈。按《双槐岁抄》,谓为男女易位之占,武后时曾见⑦,今幸小耳。时万贵妃专宠⑧,每宸游⑨,戎服佩刀侍,上益艳之。

成化辛丑,宿州一妇人胁下生男。先是母娠时,胁肿如痈;久之,见从胁下生。乳名佛记,状貌颇磊落,鼻上一痣黑而大。

弘治八年春二月,长沙府苦竹开花,实如麦;枫树生李;黄莲树结王瓜;苦荬菜开莲花,七日凋谢。时巡抚徐恪以闻⑩。

弘治十四年正月,陕西诸郡地震,有声如雷。朝城县地倾陷官民房屋五千间,覆压男妇百七十口。自朔至望,地动如浪舟,县东安昌里地涌水,或裂缝长四五丈,流溢如河。

正德七年春三月,山东文登县秦始皇庙钟鼓夜自鸣。顷之,火从桑树起。树燔,枝叶如故。庙宇坏,神像存。是日,流贼数万破文登。同月,江西馀干县仙居寨夜大雷电,西北风,有火光如箭坠,旗竿如灯笼。士卒发炮冲之,火四散。阖城枪刀皆有光如星,须臾灭。

正德七年正月,黄河清,自清河至柳家浦九十里,凡五日。盖世庙受命之符。昔元顺帝至正辛丑,黄河自平陆三门碛下至孟津,清五百里,凡七日。顺帝惨然不乐,曰:"黄河清,圣人生。当有代朕者。"已而太祖应之。

正德十三年五月十五日,常熟县白龙一、黑龙二自西北来,天地昼晦,至榆市村乘云而下,目光如炬,口吐火焰,鳞甲头角皆现,雷电猛雨席卷居民三百余家,船十余舸坠地齑粉,死者三十余人。酉戌时乘云东去。是夜红雨如注,五日乃息。

嘉靖六年六月,京师雨钱。秋七月,南京雨血。

嘉靖八年秋七月,长庚气如匹布亘天⑪。

嘉靖十一年春正月元旦夜,星陨如斗,声如雷。十八日,青州府地震声吼。五月,山东郊县天鼓鸣,火光落地。十月初七日夜,星四乱飞落。十一月,贵州铜仁府平山卫范玺家黄牸牛生犊,额丰齿岩,膝足并尾俱成鳞甲,落地死。又李华妻生男,两头,四手足,良久死。

嘉靖二十一年七月,大风雨,钱塘清桥马医胡家有物出马厩中,坎广尺许,深二丈,泉水清滢,盖龙潭云。

嘉靖三十三年四月,浙江慈溪县地涌血,高二尺余。

嘉靖三十四年十二月,山、陕、河南同时地震。陕西更甚,有声如雷,山移数里,地裂水溢。西安、凤翔、庆阳城皆陷,覆压人民数十万。原任兵部尚书韩邦奇⑫、光禄卿马理⑬、祭酒王维桢同日压死⑭。震数月,乃定。

嘉靖三十六年八月,山东阳谷县地涌血,高尺余。
是年,湖州妖人马祖师用术惑众,有物如蝴蝶入人家,变幻飞舞,能伤人,夜魇人至死。其党毛荃等更相鼓煽,愚民被胁,约以九月起兵攻嘉兴。至期,马妖树青白二旗,放火纵掠。兵备参政刘焘督兵急击⑮,贼溃走。官兵尽歼其众,独马祖师逸去。

嘉靖三十七年五月,浙江东阳县张思齐家地渤数处,各涌血,若线凝结,犬就食之,掘地无所见。

是年凤阳府五河县有大杉一株,围一丈五尺,长六丈四尺,涌出泗水沙中。巡抚李遂以闻⑯。

嘉靖四十三年六月,黑虹见北方。

隆庆二年秋,山西男子李原雨变为妇。原雨娶袁氏,不相能而出,同伙伴业农。至是腹痛,久之,阳渐微,月行,始知为妇人矣。或告其兄,遣其妻往视,果然,因闻于朝云。

隆庆六年,龙目井化为酒。

隆庆六年二月二日,上视朝,朝班未齐。上忽走下殿,仆于地,文武诸臣莫敢近,微闻呼"阁老国公"四字。于是,国公某、都尉某跪而候之,次张居正、高拱至⑰,乃扶掖起。上啮张臂而口喃喃,皆宫中亵狎之言,盖饮热药发狂也。二阁臣送至宫中,李皇后迎之⑱,上曰:"适偶一晕,几不支。"停午传旨,班乃散。先是太史官奏⑲:"荧守南斗,天子下殿走。"其占始验。

① 三足鸡多见之,一在腹下:十字底本原为小字,当是潘之恒所注。

② 至正无"戊寅",疑为"至元戊寅"(1338)之误,或当作"至正庚寅"(1350)。

③ 倪文俊(? ~ 1357):号蛮子。元沔阳人,居黄陂(今属湖北)。至正十一年,从徐寿辉起兵,任统军元帅。十五年,重建天完军,连克州县。次年,迎徐寿辉于汉阳,重建天完政权,自任丞相。十七年,谋杀徐寿辉未果,奔黄州,被其部将陈友谅所杀。

④ 明玉珍(1311 ~ 1366):元随州(今湖北随县)人。至正十一年,

集乡兵千余屯青山自保。十三年,受徐寿辉招降,为元帅,守沔阳。十七年,领兵入蜀,克重庆,寿辉授为陇蜀行省右丞。次年,克成都。后因不服陈友谅杀寿辉,建大汉,自称陇蜀王。二十三年称帝,国号大夏,年号天统。

⑤　南畿:即南京。

⑥　王振(?～1449):蔚州(今河北蔚县)人。正统间任司礼监太监,把持朝政。正统十四年,擅减瓦剌贡马市价,也先借口发兵南下,他挟英宗亲征,在土木堡遭到袭击,兵败,英宗被俘,他被乱兵杀死。

⑦　武后:即武则天(624～705),名曌,唐并州文水(今属山西)人。高宗时立为皇后,参预朝政。高宗病卒后临朝称制,且先后废中宗、睿宗,于载初元年自称圣神皇帝,改国号为周,改元天授,在位十五年。

⑧　万贵妃(1430～1487):明山东诸城人。成化二年封贵妃,勾结宦官汪直、梁芳等,苛敛民财,倾竭府库,以资糜费。后以暴疾而卒。

⑨　宸游:指帝王巡游。

⑩　徐恪(1431～1503):字公肃,常熟(今属江苏)人。成化二年进士。累官工部侍郎,巡抚河南。弘治七年至八年,巡抚湖广。

⑪　长庚:金星的别名,亦名启明。以金星运行轨道所处方位不同而称名有别,昏见者为长庚,旦见者为启明。

⑫　韩邦奇(1479～1555):字汝节,号苑洛,朝邑人。正德三年进士。终官南京右都御史、南京兵部尚书。

⑬　马理(1474～1555):字伯源,号谿田,三原人。正德九年进士。累迁南京光禄卿。

⑭　王维桢(1507～1555):字允宁,号槐野,华州人。嘉靖十四年进士。累官南京国子祭酒。

⑮　刘焘:号带川,天津卫人。嘉靖十七年进士。官终神枢营左都御史。

⑯　李遂(1504～1566):字邦良,号克斋,又号罗山。江西丰城人。嘉靖五年进士。嘉靖三十六年至三十八年巡抚凤阳,累擢南京参赞尚

书。

⑰　高拱(1512~1578)：字肃卿，河南新郑人。嘉靖二十年进士。累官文渊阁大学士。隆庆三年任首辅，万历初被张居正和太监冯保斥逐。

⑱　李皇后：当指神宗母李氏，漷县人。侍穆宗朱载垕于裕邸，隆庆元年三月封贵妃。神宗即位，上尊号曰慈圣皇太后。按江盈科此说有误，穆宗即位所册皇后陈氏，同时追谥已卒于嘉靖三十七年的李氏为孝懿皇后，而神宗母李氏并未立为穆宗皇后，应改为"李贵妃"或"陈皇后"。

⑲　太史官：当指钦天监(明初称"太史监")官员，掌察天文、定历数、占候、推步之事。

纪　忠荩

太祖览《孟子》至"土芥""寇雠"等语①，曰："臣子之言，何得如是？"议欲去其配飨，有敢谏者，命金吾射之。钱宰抗疏谏②，袒胸受矢，矢加之不为动。上感悟，命疗宰伤，但删《孟子》为节文，配飨仍旧。宰一日吟诗曰："四鼓鼕鼕起着衣，午门朝见尚嫌迟。何时得遂田园乐，睡到人间饭熟时。"上闻其语，翌日文华殿宴毕，谓曰："昨日好诗，然谁人嫌汝，毋冤我也。"宰悚谢。未几，遂遣还。若宰者，亦可谓自完者矣。

亘史云：可谓孟子忠臣。

高庙宾天③、建文帝即位时④，秦、楚、燕、赵诸王皆哭临⑤，恃叔父欲不拜上。给事中龚泰奏云⑥："象简朝天，殿下行君臣之礼；龙衣拂地，后宫叙叔侄之情。"众从之。

靖难之师入金陵。先是，金⑦、解⑧、胡⑨、杨与周是修相约死难⑩，临期，解缙使人诣胡靖侦作何状，靖方戒家人饲豕。归语解缙，笑曰："老胡不济矣。豕且不舍，奚身之舍？"其后皆不死，惟周是修朝服拜宣圣，作赞词，系衣带自经孔庑下。缙乃为撰碑，靖作传，且语修子曰："若我两人都是阿翁性气，此碑此传情谁为之？"

　①　"太祖"句：指《孟子·离娄下》孟子对齐宣王所说"君之视臣如土芥，则臣视君如寇雠"等语。

　②　钱宰（1299～1394）：字子予，一字伯均。浙江会稽人。元至正间中甲科，亲老不仕。洪武初以明经征修礼乐书，授国子助教，进博士。

　③　高庙：即明太祖朱元璋，卒谥高皇帝，庙号太祖。

　④　建文帝：即明惠帝朱允炆（1377～1402），朱元璋孙，懿文太子第二子。洪武二十五年立为皇太孙，三十一年（1398）继位，明年改元建文，在位四年。

　⑤　秦：指秦隐王朱尚炳（？～1412），秦愍王朱樉嫡长子，洪武二十八年袭封。　楚：指楚昭王朱桢（1364～1424），太祖第六子，洪武三年封楚王，国武昌。　燕：即明成祖朱棣，洪武三年封燕王，国北平。已见前注。　赵：按文意似指赵王朱杞，但赵王已卒于洪武四年，因其无子而封除。此处当为江盈科误记，或潘之恒误刻。

　⑥　龚泰（1367～1402）：字叔安，浙江义乌人。洪武二十九年以乡荐入太学，史部策试第一，授户科给事中。建文三年迁都给事中，明年燕师入金陵，自投城下死。

　⑦　金：指金幼孜（1368～1431），名善，以字行，号退庵。江西新淦

人。建文二年进士。官至礼部尚书,兼武英殿大学士,加太子太保。卒谥文靖。

⑧ 解:指解缙,已见前注。

⑨ 胡:即下文胡靖(1370～1418),本名胡广,字光大,号晃庵。江西吉水人。建文二年举进士第一。授翰林修撰,赐名靖。成祖即位,靖迎附,复名广,累官至文渊阁大学士,兼左春坊大学士。卒谥文穆。

⑩ 杨:指杨士奇(1365～1444),名寓,以字行,号东里。江西泰和人。建文初以荐入翰林,永乐间累官左春坊大学士,进少傅。正统中进少师,卒谥文贞。　周是修(1354～1402):名德,以字行。江西泰和人。洪武末举明经,为霍丘训导,擢周府奉祀正。建文间改衡府纪善,留京师,预翰墨纂修。燕兵入金陵,自经于应天府学尊经阁。

纪　宠　遇

施纯①,京师人,登成化丙戌进士。长躯伟干,音吐洪亮。初任给事中,寻升鸿胪少卿。先是,国家常朝诸臣面奏事当准行者,上答曰:"是。"及成化十六年,上病舌涩,称"是"不便。纯揣之,献计于近侍云:"'是'字不便,盍以'照例'字易之?"上甚喜,问计所出,近侍以纯对。上宠爱之,遂转纯礼部侍郎,未几,进尚书,加太子少保。时人谣曰:"两字得尚书,何须万卷书?"纯妻貌甚端丽,一日同诸命妇朝两宫内嫔,鲜丽咸属目焉。太后命之前,问:"夫人谁氏?"对曰:"妾礼部尚书施纯妻。"命赐钞,端视久之,顾侍人曰:"向者本朝选妃,何不及此?"又顾谓曰:"夫人向后不必更入朝云。"

李文正公,讳东阳。早负奇气,四岁能作大字。六岁时,与学士程敏政皆以神童受纯皇召见②,过宫门不能度,纯皇曰:"书生脚短。"东阳对曰:"天子门高。"时御羞有蟹,孝皇持示二子曰③:"螃蟹一身鳞甲。"东阳曰:"蜘蛛满腹丝纶。"敏政曰:"凤凰遍体文章。"纯皇赞曰:"他日一个宰相,一个翰林。"后果如其言。

① 施纯(1436~1485):字彦厚。顺天东安(今河北安次县)人。成化二年进士。由庶吉士授户科给事中,升鸿胪寺右少卿,官至礼部尚书,加太子少保。

② 程敏政(1445~约1499):字克勤。休宁(今属安徽)人。成化二年进士。由编修历左谕德,直讲东宫。弘治间由太常卿擢至礼部右侍郎。 纯皇:即明宪宗朱见深(1447~1487),天顺八年(1464)继位,明年改元成化,在位二十三年。按李东阳生于正统十二年(1447),与宪宗同年,其六岁时,天子应为景帝朱祁钰,江盈科此处记载有误。

③ 孝皇:按孝宗朱祐樘(1470~1505)此时尚未出生,疑指英宗朱祁镇(时为太上皇),或系附会之词。

纪 贵 徵

夏原吉为成、仁、宣三朝名臣①,官至尚书,湘阴人。初生时,母梦峨冠朱衣者来投,曰:"我三闾大夫②。"遂生公。长而颖异。时里社有魅凭人而语,问以休咎,皆响答。公叩之,弗言。及退,复言。或问故,魅曰:"夏公正人,群阴所惮。"人以此占公不凡。

许观③,贵池县人,洪武二十四年廷试状元及第。观省试、会试,皆居一。后复姓黄,仕至少宗伯,与妻女俱死靖难之师,世遂不称,但称商文毅三元耳④。

瑞安卓敬⑤,少颖异。读书山中,归而骤雨迷路,偶得一牛跨之,及门视牛,乃虎也。敬自骇,亦复自异。久之,登进士,为给事中,好直谏,谓亲王车服僭拟乘舆,非所以示天下,当翦祸萌。上笑骂曰:"尔乃欲效智囊耶?"后历官少司徒,靖难。

状元任亨泰赴考前夕问响卜⑥,木杓指北行,闻有病内热者覆医人曰:"昨服第一钟,甚亨泰。"即回,曰:"吾已中试矣。"后果中廷试第一。

　　亘史云:慈溪刘宪宠为诸生问响卜,闻种芋者商曰:"剥衣种好? 不剥衣种好?"一人曰:"剥了衣种。"是年试督学,降青收遗才,科举得第。后登进士,官礼部仪制司郎中。

成祖时,有虏使至,称善饮。所司推能饮者,得一武弁,恐不胜。上令廷臣自荐,状元曾棨请往⑦。上问:"卿量几何?"对曰:"无论,直当胜过北虏。"已而三人饮终日,虏使已酣,武弁亦潦倒,内翰爽然。上笑曰:"无论文学,即较量,亦属酒状元。"

状元萧时中自言不怕神鬼[8]，时吉郡尊经阁多怪[9]，诸友先以衣置阁，暮令往取为验。时中至阁，闻妇人声，问曰："何邪也？"妇曰："我某人妻，被二鬼迷至此，见君至，曰：'萧状元来。'即逃去。"时中乃出，呼其夫，携妻归。

状元马铎与邑人林誌同学[10]。誌高才，乡、会试皆第一，比殿试出，遍叩诸名士作，皆不己若。迨传胪之夕[11]，梦马夺其首，既而铎第一，誌第二，甚怏怏。上知之，乃曰："朕试汝等一对，佳者为真状元。对句云：'风吹不响铃儿草。'"铎应声曰："雨打无声鼓子花。"帝大称许。誌逾时不能对，遂愧服。盖铎幼时梦中神告以此语，不知何谓。至是用之，殆天授也。

状元彭时廷试前一月[12]，上梦儒、释、道三人来见。至揭晓，彭时由儒士，榜眼陈鉴曾寓神乐观[13]，探花岳正曾为庆寿寺书记[14]。幼年出处，皆形梦寐，良非偶然。

状元柯潜尝祷梦九鲤仙庙[15]，梦与宾友宴会，坐首席，宰夫持一羊头献前，果以景泰辛未状元及第。

景泰五年，孙贤中状元[16]，面黑，徐溥面白[17]，徐辖面黄[18]，时谓铁状元、银榜眼、金探花。

状元罗伦赴春闱[19]，道苏州，为文谒范文正公祠[20]。是夕宿舟中，梦文正遗诗曰："赐带横腰重，宫花压帽斜。劝君少饮酒，不久卧烟霞。"

状元张昇传胪前一夕㉑,梦登天,手挈二人头,皆同姓。及开榜,二甲首张璲㉒,三甲首张晓㉓。初,昇父挈昇赴京,舟过小姑山,暮泊舟宿,梦数女郎执绛纱灯,拥仙姑行,云:"张状元在山前,往访之。"觉而语其事,后果验。

顾鼎臣父梦入郑文康家㉔,移其桂归,植之庭。已而鼎臣生,后谥文康,与郑谥同。盖七十年梦始应。

韩应龙举乡荐㉕,有司致贺,遗荔子于地,数日发生,成树。后中状元。

秦鸣雷年十四就傅㉖,寺中有召箕者忽作字云:"门外状元至。"雷方自家诣馆,箕径至寺门,抠其袖入。

状元陈谨尝梦莲花二朵自空中坠于庭㉗,仙童二人谓曰:"何不登花上?"谨如其言,花冉冉升,渐入云表,俄有神人持金冠绯袍服之。

状元诸大绶㉘,其兄大纲梦至一所,见大坟须臾裂,棺露,一人衣冠佩玉自棺出,揖使入,大纲难之,忽大绶至,与墓中人以背抵背入,不解所以。侍郎闻渊占其梦㉙,曰:"此宋状元山阴王佐葬地㉚,大绶其状元乎?背相抵者,前辈后辈之谓。"

舒芬未第时㉛,御史萧鸣凤为查其禄命㉜,曰:"公造与罗一峰相似,必中大魁。"已果然。芬又问官爵所至,答曰:"始终一个罗一峰。"芬颇不怿。萧曰:"忠孝状元亦不小,何快快为？"卒如其言。

邢宽中永乐间状元㉝，未传胪时，梦上命力士持瓜锤击破其项，血流被地。时内阁拟孙曰恭卷第一㉞，宽第二。及进呈，上春秋高，眼眊，看孙曰恭名字相连，读曰"孙暴"，乃以御笔点邢宽名。笔饱朱浓，流亦到底，仍批卷云："国家只宜邢宽，岂宜孙暴？"遂置宽第一。

崔探花桐赴公车时㉟，偶游平康，一妓索对联赏花，崔赠句云："羯鼓诗成半吐犹含连夜雨，探花人到忙开莫待晓风吹。"其年崔果第三名及第，殆亦对谶哉！

曾鹤龄㊱，太和人，中状元。先是邑中谶云："龙舟过县前，太和出状元。"是岁洲涨，鹤龄状元及第，符前谶。

广东广州城南旧谶云："河南人见面，广东状元现。"盖广州城南有地名河南，河水甚广，隔岸人不相见。比岁旱水涸，海珠寺露，南岸人往来相见。已而伦文叙应谶魁天下㊲，官至春坊。

胡濙㊳，武进人。其父梦僧持花一枝相遗，孕而生数日，有僧至家索观，父抱示之，濙见僧即笑。其家问故，僧曰："此吾师大地高僧后身也。"濙后仕至礼部尚书。

松江张黼梦神告曰㊴："尔名登第在状元前。"及寐思之，岂有科名先状元者？比丁未会试，黼名在十五，铅山费宏名在十六④。殿试,宏状元及第,繡登进士。计梦时宏尚未生。

唐皋④,歙县人。彭司马泽初知徽郡④,改建学宫,梦圣人告曰:"明午状元相见。"至期,有衰衣人跪献上梁文,问之,曰:"丁忧生员也。"彭公礼之,以状元相期。后中南畿乡试第一,会试第四,廷试擢第一。

> 唐公,歙岩镇人。尝读书竭田,去镇五六里,隔一丰乐水,以木桥济。忽一夕,月下思归,径渡此回宿。又二日,复往,则桥已断六七日。
> 公岂飞渡耶?方司徒采山公每道此事,有诗纪之,亦大奇矣。
> 万历甲戌科状元孙继皋初生时,父梦唐公至其家,故名之。而前甲戌状元为孙继贤,又一奇也。④

固安杨维聪④,幼随父长史和在任读书,梦京城宣文坊迎辛巳状元牌至其家。既寤,且喜,且疑辛巳非开科年分。久之,武宗巡幸归,驾崩,果以辛巳年中状元,如其梦云。

曾彦④,太和人。每当科,辄梦袖中一龙头笔,手探之,弗得。及成化戊戌,复梦龙头笔,探之,随手而得。果状元及第,官至侍读学士。

刘良,湖广宁远县人④。景泰丙子岁举乡试,十赴公车不第,潦倒衰白,自信甚坚:"我必中进士,但榜头未出耳。"先是,良梦费宏中状元,与己同榜,每科物色不得。至成化丁未岁,江西试录有费宏姓名，良即索宏与饮，叙前梦。是年宏中状元，良中三甲进士，选翰林，授检讨。计梦时，宏犹未生云。

楚靖州有陈宗德者[47]，嘉靖间举于乡，仕至知州。当其为诸生时，读书山房，或醉归，卤莽就睡，不暇脱衣袜。其傍舍生辄闻有人为陈代脱，扶掖登榻，如是者数次。及密窥之，实未尝有人。傍舍生以语陈，陈曰："嗣后当谨察之。"已而察见鬼物一二，果来为己扶侍，陈遂叩曰："尔何鬼？我乃劳尔。可得往尔所相见耶？"鬼曰："不可。"陈问以前程事，鬼曰："相公其年登科，仕至某州知州。因有此贵，我辈乃来扶侍。"后果验。由此观之，登科筮仕者皆鬼神所呵护，何得不自爱以干冥谴？

赵豻[48]，字云翰，祥符县人。生有异质。襁褓时，遭元季兵乱，母抱匿林莽间，有虎突然至，母惧，弃诸地，虎熟视而去，不敢近。稍长，游郡县，砺志读书。当暑夜寝黉舍，群狐采麻叶作扇，为豻拂暑，其曹相欢呼云："赵尚书苦热，吾辈莫得惮劳。"豻闻之，私心喜，后至尚书。

王阳明先生七岁时，一胡僧相其面，曰："此儿跨灶。"阿翁海日笑曰[49]："老夫状元及第，名位非薄，这灶未可易跨。"胡僧曰："不然。跨凡灶者，终是凡儿。若君家儿，能跨君灶，所以为佳。"其后阳明第进士，仕至江西巡抚，讨平宸濠，晋位尚书，封伯世袭，且从祀。海日即状元、尚书，终不及也。于是，乃信胡僧之言非妄。

崔伯易，高邮人[50]，信鬼神。为兵部员外郎，其舍有炉火，

覆以铁罩。明早去罩,灰上有一"名"字,崔怪之,复罩炉祝云:
"若果神告,来日当别有字。"及启视,乃有一"表"字,崔不解。
数日迁礼部郎,初视事,吏持一印曰:"此名表郎印。"盖礼部掌
撰贺慰诸表,后署郎官名,故有此印。

①　夏原吉(1366～1430):字惟喆。湘阴(今属湖南)人。洪武二十
三年举乡荐,入太学,擢户部主事。历事五朝,累官户部尚书,加太子少
傅,宣宗时入阁预机务。

②　三闾大夫:指屈原,楚怀王时曾任三闾大夫,掌管王族昭、屈、
景三姓之事。

③　许观:即黄观(1360～1402),字澜伯,一字尚宝,初从母姓许,贵
池(今属安徽)人。洪武间乡试、会试、殿试皆第一,授修撰,累迁礼部右
侍郎,乃奏复姓黄。建文初迁侍中,燕王举兵,观奉诏募兵至安庆,闻
变,投江死。

④　商文毅:即商辂(1414～1486),字弘载,号素庵。浙江淳安人。
举乡试第一,正统十年会试、殿试皆第一,除修撰,进讲经筵,升侍读。
郕王监国,入阁参机务,景泰朝官至兵部尚书。英宗复辟,被诬下狱,斥
为民。成化初以故官入阁,进谨身殿大学士。

⑤　卓敬:字惟恭,浙江瑞安人。洪武二十一年进士,除户科给事
中。历宗人府经历,升户部侍郎。成祖即位,以不屈被杀。

⑥　任亨泰:洪武二十一年状元及第。已见前注。　响卜:暗听别
人言语以占吉凶。

⑦　曾棨(1372～1432):字子启,号西墅,江西永丰人。永乐二年殿
试第一。洪熙元年升左春坊大学士,兼翰林侍读学士,进少詹事。

⑧　萧时中:名可复,以字行,江西庐陵人。永乐九年进士第一,授
修撰。

⑨　吉郡:即吉安府,庐陵县受其管辖。

⑩　马铎(1366～1423):字彦声,福建长乐人。永乐十年进士第一,

授修撰。林誌(1378～1427):字尚默,号蔀斋,又号见一居士,福建闽县人。永乐十年进士第二。累官右春坊右谕德兼侍读。

⑪ 传胪:科举时,殿试后宣读皇帝诏命唱名。

⑫ 彭时(1416～1475):字纯道,江西安福人。正统十三年进士第一,授翰林院修撰,天顺中简入内阁。宪宗时累官吏部尚书,文渊阁大学士,进少保。

⑬ 陈鉴(1415～?):字缉熙,长洲(今江苏吴县)人。正统十三年进士。官翰林学士,历祭酒,终礼部侍郎。

⑭ 岳正(1418～1472):字季方,号蒙泉。漷县(今北京通县南)人。正统十三年进士,授编修,天顺初改修撰,命以原官入阁,预机务。忤曹吉祥、石亨,谪钦州同知,戍肃州。成化初诏复修撰,出知兴化府。

⑮ 柯潜:字孟时,号竹岩,福建莆田人。景泰二年进士第一。历洗马,天顺初迁尚宝少卿,兼修撰。宪宗即位,擢翰林学士,进少詹事。

⑯ 孙贤:字舜卿,河南杞县人。景泰五年进士第一,授修撰,侍经筵。历太常卿兼翰林学士,迁侍读学士。

⑰ 徐溥(1428～1499):字时用,号谦斋,宜兴(今属江苏)人。景泰五年进士,由编修累官华盖殿大学士。卒谥文靖。

⑱ 徐辖(1423～?):字文轼,武进(今属江苏)人。景泰五年进士。曾与修实录。

⑲ 罗伦(1431～1478):字应魁,改字彝正,号一峰,江西永丰人。成化二年进士第一,授修撰。以上疏论大学士李贤遭丧夺情,谪福建市舶司提举。

⑳ 范文正公祠:在苏州府治东北范仲淹(字希文,卒谥文正)义宅之东,初建于宋,明永乐间重修。

㉑ 张昇(1442～1517):字启昭,号柏崖,江西南城人。成化五年进士第一,授修撰。弘治中官庶子,后进礼部尚书。卒谥文僖。

㉒ 张璲:山西安邑人,成化五年二甲第一名进士。

㉓ 张晓(1439～1493):字光曙,号静庵,陕西三原人。成化五年

进士,授襄垣知县,擢监察御史,巡按四川等地。历湖广佥事,官至河南按察使。

㉔　顾鼎臣(1473～1540):初名仝,以梦改,字九和,号未斋。昆山(今属江苏)人。弘治十八年进士第一,授修撰。官至礼部尚书兼文渊阁大学士,入参机务。卒谥文康。其父顾恂(1418～1505),字维诚,号桂轩。喜为文作诗。　郑文康(1413～1465):字时乂,号介庵,昆山人。正统十三年进士。以父母继亡,遂绝意仕进。由此知下文"与郑谥同"有误,当改作"与郑名同"。

㉕　韩应龙:浙江馀姚人。嘉靖十四年进士第一。

㉖　秦鸣雷(1518～1593):字子豫,号华峰,浙江临海人。嘉靖二十三年进士第一。官至南京吏部尚书。

㉗　陈谨(1525～1566):字德言,号环江,福建闽县人。嘉靖三十二年进士第一,授修撰。历南京国子监司业,官至右春坊右中允兼翰林编修。

㉘　诸大绶(1523～1573):字端甫,号南明,浙江山阴人。嘉靖三十五年进士第一,授修撰,官至礼部侍郎。

㉙　闻渊(1480～1563):字静中,号石塘,浙江鄞县人。弘治十八年进士,曾任南京兵部右侍郎,刑部右、左侍郎,官至吏部尚书。

㉚　王佐(1126～1191):字宣子,宋越州山阴(今浙江绍兴)人。绍兴十八年状元,官至户部尚书。

㉛　舒芬(1484～1527):正德十二年进士第一,世称"忠孝状元"。已见前注。

㉜　萧鸣凤(1480～1534):字子邕,号静庵,浙江山阴人。正德九年进士,授御史,历官河南、湖广兵备副使。下文所言"罗一峰",即罗伦,号一峰,成化二年状元。已见前注。

㉝　邢宽(?～1454):字用大,直隶无为州(今属安徽)人。永乐二十二年状元,授修撰,升南京侍讲学士,署国子监事。

㉞　孙曰恭:江西丰城人。永乐二十二年进士。

㉟ 崔探花:崔桐,字来凤,号东洲,扬州(今属江苏)人。正德十二年进士,授编修。嘉靖间官至礼部右侍郎。

㊱ 曾鹤龄(1383~1441):字延年,一字延之,号松坡,江西泰和人。永乐十九年进士第一,授修撰。正统三年预修实录,进侍讲学士。

㊲ 伦文叙(1467~1513):字伯畴,号迁冈,广东南海人。弘治十二年进士第一,授修撰。进谕德,兼侍讲。

㊳ 胡濙:建文二年进士,宣德间任礼部尚书。已见前注。

㊴ 张鼏:上海人。成化二十三年进士,授南京刑部主事,官至应天府丞。

㊵ 费宏(1468~1535):字子充,号鹅湖,江西铅山人。成化二十三年进士第一,授修撰。正德中累迁户部尚书,嘉靖间入阁辅政,后为首辅。

㊶ 唐皋:字守之,号心庵,歙县(今属安徽)人。正德九年进士第一。后受命修武宗实录成,进侍讲。

㊷ 彭司马:彭泽,字济物,号幸庵,兰州人。弘治三年进士。历迁浙江副使、河南按察使,官至左都御史。

㊸ 按"唐公"至"又一奇也"两段,底本每行皆低一格,当为潘之恒所补。

㊹ 杨维聪(1500~?):字达甫,号方城,顺天固安(今属河北)人。正德十六年(辛巳)进士第一,授修撰。官至太仆寺卿。

㊺ 曾彦:字士美,江西泰和人。早年屡试不遇,成化十四年进士第一,授修撰,仕至侍读学士。

㊻ 宁远县:今属湖南。

㊼ 靖州:即今湖南靖县。

㊽ 赵玠(1365~1436):字云翰,祥符(今河南开封)人。洪武二十年举人,入太学,授兵部职方司主事,迁浙江右参政。永乐间历官刑部右侍郎、礼部尚书等。

㊾ 海日:即王阳明(名守仁,字伯安。已见前注)之父王华(1446

~1522),字德辉,号实庵,晚号海日翁。浙江馀姚人。成化十七年进士
第一,授修撰。弘治中累官学士少詹事,官至南京吏部尚书。

㊿　高邮:今属江苏。

纪　占　梦

　　苏郡都穆①,字玄敬。少苦志读书,其父维明曾诣仙祠为
卜前程,梦一叟云:"汝子功名在何处?"既寤,谓功名无从得。
后玄敬年几四十,志稍隳,同郡吴匏庵馆玄敬为塾宾②,悬文
一幅于堂,属玄敬笔,巡抚何公来谒③,赏其文,诘之,知其布
衣,白于提学,得应荐,遂举于乡,明年第进士,仕至太仆少卿。
梦所云"何处"者,指何巡抚也。又鄱阳有贺霖者④,成化间守
苏州,妻娠于家,未谙子女。托闽中一同年代祈梦,梦一冕者
端坐,告云:"是福清,不是福宁。"其人梦觉,不达所以,唯致书
于霖者云云。霖得书,击掌叹曰:"衽席之事,鬼神何以知之?"
初霖家居,枕间尝语妻曰:"生子当名福清,如女则名福宁。取
老子得一之义。"越旬日,果生子。

　　楚麻城,嘉靖间进士胡明恕年已强⑤,仕未第。一日病
甚,祈梦于神,神告之曰:"尔有实宥二子未生,春秋二第未捷,
十二年阳寿未满。"言毕,授之以檄书云:"牌至京师缴。"其后
以《春秋》中乡试,又数年,去所梦之岁十二年举进士,卒于京
师。生子二,名实,名宥。盖至客死京畿,而后悟缴牌之说为
奇中也。又麻城生员刘守巽,每当岁比,辄祈梦于神。一岁梦

神在上,若文宗发落状,唤一生近前曰:"王万几可改名一字领解。"其年为辛酉,乃王万善领解。又唤刘曰:"可改名一字领下科解。"至下科甲子,文宗科考,刘守巽考居前列,被书手误写守巽为守选,刘生喜甚,以为决发解也。其年领解者,乃刘守泰,鬼神于此却似有戏弄人处。

　　江陵张太岳元宰⑥,万历初有辅相之功,建造府第,树石坊二所。公梦匾上题云:"德配天地,道冠古今。"自谓相业之隆千古无两,足当二语。久之,以谗废。身死未寒,家被抄没,前二坊皆入官,以充文庙左右坊,其上乃题:"德配天地,道冠古今。"噫,事固由前定哉!

　　姑苏张生名述者,制举文有名。一岁轮比士,梦神告曰:"尔今年与生员吴从周同号舍,必为吾润饰其文,则两皆中试,否者,皆不中。"已入秋闱,问同舍生,则从周在焉,张果将吴卷商确停妥。其年,吴登科,张独否。噫,此岂鬼神欲就吴之科名而故诡使张生为润饰其文耶?乃胡不竟牖吴氏之衷而必诡使张也?

　　余邑鲁博士讳文斐⑦,屡举于乡。一岁梦贴门神,徐观之,乃寿星图也。命占者详其繇,占者曰:"足下入闱,其慎头场乎?"鲁问故,则曰:"寿星头长,乃贴门上。是谓头场贴出。"鲁记其言,备加谨敕。其年头场题为"颜渊喟然"节⑧,鲁竟写"钻"字误为"锁"字,被贴其名,下注云:"鲁某一篇,锁锁。"然则占梦者亦奇中哉?

临安张太守讳守刚者,为酆都县尹⑨,言酆都有阎罗庙,其山侧又有九蟒御史祠。传闻前代有御史登此山,偶遭蟒纠缠以死,土人神而祀之,甚著灵异。本朝嘉靖间,祠傍有杨生者,每过祠下,必下马致揖。忽一日,仓卒径骑而过,御史见梦曰:"尔前过我必步,今乃骑,岂简我耶?尔若要中,除非日月倒悬。"杨生甚不乐,谓神尤己。已而秋试,其《诗经》一题,乃"如月之恒,如日之升⑩",遂举于乡。

吴郡唐寅⑪,字子畏,有逸才。中南京解元,罹横语坐废。至闽,诣九仙祈梦,梦神示"中吕"二字,莫知其指。一日,过山中书舍壁间,揭东坡《满庭芳》,下有"中吕"字。子畏诵之,至"百年强半,来日苦无多"之句默然。后年五十二果卒。

① 都穆(1459～1525):字玄敬,吴县(今江苏苏州)人。弘治十二年进士,授工部主事,历礼部郎中,加太仆少卿。其父都邛(1426～1508),字维明,号豫轩,能诗。

② 吴匏庵:即吴宽(1435～1504),字原博,号匏庵,长洲(今江苏吴县)人。成化八年进士第一,授修撰。历左庶子,官至礼部尚书。

③ 巡抚何公:当指何鉴(1442～1521),字世光,号五山,浙江新昌人。成化五年进士,弘治六年至八年以右副都御史巡抚应天。

④ 贺霖:江西鄱阳人,成化五年进士。

⑤ 胡明恕:据《明清进士题名碑录》,当作"胡明庶",罗田(今属湖北)人。嘉靖十一年进士。

⑥ 张太岳:即张居正,万历元年为内阁首辅。已见前注。

⑦ 鲁博士:鲁文斐,桃源人。万历间岁贡,曾任闽清县训导。

⑧ "颜渊喟然"节:指《论语·子罕》"颜渊喟然叹曰:仰之弥高,钻之弥坚……"一节。

⑨　酆都县：明隶重庆府。

⑩　"如月"二句：见于《诗经·小雅·天保》。

⑪　唐寅(1470～1523)：字子畏，一字伯虎，号六如，吴县(今江苏苏州)人。弘治十一年举乡试第一，宁王宸濠以厚币聘之，寅察其有异志，佯狂使酒，宸濠不能堪，放还。颓然自放，以诗画名世。

纪　报　应

　　王得仁①，南昌人。景泰间任汀州推官。值邓茂七之乱②，山谷响应，朝廷命将讨之，主帅欲滥杀胁从，得仁力辩其枉，遇系累于道者，下车解其缚，焚其籍，所活千人。汀民德之，为立生祠。子一夔状元及第③，官至尚书。人谓阴德之报。

　　李东阳，号西涯。弘正间仕为宰相。其先湖广茶陵人，曾祖以戍籍隶金吾④。传三世，是为李淳⑤，即西涯父。淳家贫，用小舟渡人，受钱为活。然遇贫者多不索钱，人咸德之。一日，遇一老叟曰："尔有阴德，吾告尔善地瘗亲，当食厚报。"遂指一穴，曰："此中狐卧处是也。"淳如所指，舁父棺往，见一狐稳卧，惊而去之。营圹葬讫，以告老叟，叟曰："惜也，不当惊狐。俟其自起，乃更吉尔。后世当中衰，然尔子不失三公矣。"后果然。

　　吴中有徐正者⑥，景泰朝仕至御史。时英庙在南宫，宫多茂树，夏炎，英庙息其下。正乃密奏："南宫树多可梯而出，宜斩伐，防不测。"上命所司伐树殆尽，英庙深恨之。已而复辟，械御史，声其罪曰："南宫树伐且尽，幸朕获免耳。尔亦何苦仇树与朕耶？"命戮于市。先是御史父多行不义，乡人侧目。乃生御史，为显官，吴人曰："苍苍无眼，父恶子显。"及被戮，吴人掘其父棺磔尸。

　　狄某，溧阳人。任云南定远知县。县有富翁死，遗数万金，其妻匿不与叔。叔告县，托人嘱曰："追金若干，愿与中分。"狄拘其嫂，酷讯，至用滚汤浇乳。遂追金四万，狄得其半，妇负恨死。后狄罢归，昼寝，见前妇持一团鱼挂床上，大惊。未几，遍身生疽，状如团鱼，手按之，头足俱动，逾年死。五子七孙俱生此疽，相继亡。

　　楚洞庭以北，乡村人家自社神外，复祀小神。大抵掘土埋径寸瓷缸，毁其少许如门，用箸着纸钱其中，曰神在此，植树其上，居人不可取一叶。神久成丛，即《国策》所称"神丛"⑦。人不敢犯，少犯立祸。余族江禄好猎，至一山，竹箭垂尽，见神丛竹可制箭，乃故掷筊卜之，祝曰："神许我伐十茎，筊从阳；许五茎，筊从阴；许二十茎，阴阳半。"祝毕掷筊，筊皆耸立。禄犹不释，持筊谓神曰："欲使我伐竹留根，尔乃许耶？"遂伐之，尽数十茎为箭，射得一野豕，豕带箭跑踔，禄使傍人助击，豕触其人几死，被讼，费至二十金。人乃谓神不能祸禄，祸其所使者，因累禄云。

　　① 王得仁(？~1449)：名仁，以字行，江西新建人。本姓谢，父避

仇外家,因冒王氏。初为卫吏,以才荐授汀州府经历,擢推官。正统十四年沙县之乱遭疾卒。

② 邓茂七(? ～ 1449):原名云,江西建昌人。佃农出身,正统十三年率众于沙县陈山寨起义,自号铲平王,设官署,封官职,聚众至十余万人。先后攻占沙县、尤溪、光泽、邵武等州县,进军延平,次年中明兵埋伏而死。

③ 一夔(1425 ～ 1487):字大韶,号约斋,后复先姓谢。江西新建人。天顺四年进士第一,授修撰,进左谕德、翰林学士,官至工部尚书。

④ 金吾:京卫名,洪武中置有"金吾前卫"、"金吾后卫"等。李东阳曾祖名文祥,洪武初籍义兵,历济南卫,改燕山左护卫。

⑤ 李淳:字行素,号憩庵。博通经史,喜吟咏。终生未仕,以授徒为业。

⑥ 徐正:字惟中,吴江(今属江苏)人。正统七年进士,授刑科给事中。英宗陷虏还,逊于南宫,正密疏景帝,谓太上皇为社稷罪人,今过奉非计,且下或借为奇货者,宜有以处之。帝心难之不下,迁正大理少卿。英宗复辟,一日得见正密疏,怒甚,剐于市,籍其家。

⑦ 神丛:神祠的丛树。参见《战国策·秦策》。

纪 警 悟

钱福①,号鹤滩,华亭人。弘治间登廷试第一,官至学士。在告营第宅②,里人半受役。内一役不任,福加遣诃,告以病,问所由,答曰:"小人壮岁为里中黄提刑营第③,毕力从役,劳瘁伤筋,以至於病。今数十年,黄之宅第圮坏无余,小人亦老,然前病竟不得去,又不即死,隶也不力,敢辞遣诃?"鹤滩闻之憬然,遂遣其人。

　　曾才汉里中有小民者,佣工受直,日得三十钱。岁除得钱十四千,置床头,每旦玩弄乃出。一夕,其钱化作鼠鸣,逐之不止,达旦,民起出门,遇两人格斗,折齿交讼,指民为证。赴官,口钝不能答一词,受杖无数,所积钱尽费如洗。噫,民以苦力得钱,然犹福薄不能保,况薄命之人,而欲取非其有乎?

　　① 钱福(1461~1504):字与谦,号鹤滩,华亭(今属上海)人。弘治三年进士第一,授修撰。

　　② 在告:官吏休假曰"告",在休假期间称为"在告"。

　　③ 黄提刑:按文意,当指黄翰,字汝申,松江华亭人。永乐十年进士。累官江西提刑按察司佥事。能诗善书,但为人苛刻刚忿,颇不为乡评所归。

纪 谑 浪

　　楚黄冈县尹刘星刚,进士出身。其时,杨景渚、祝无均皆以孝廉就教黄冈、黄陂二县,星刚待之甚倨。每相见,辄欲其侍坐,祝不悦,乃渐移座就上,星刚怪之,因谓祝曰:"近有'大哉尧之为君'一节破题①,曾闻否?"祝请问,刘曰:"论齐天大圣极大而无状者也。"祝喻其意,乃遂应之曰:"曾闻'不得已而之景丑氏宿'破题乎②?"刘亦请教,祝曰:"居没奈何之地,遇不相干之人。"刘愧服。久之,祝与杨次第登进士,刘竟止于县尹。

弘治间,江南有举子龙霓,每代人入场,取魁解如拾。一岁,为金泽人,泽中式,诸下第者题诗贡院门③,曰:"近来时事甚堪伤,锁院番为贿赂场。金泽赀多身子贵,龙霓家窘手儿长。有钱能使鬼推磨,无学却教人顶缸。寄与留都科共道④,一封早为奏明堂⑤。"其后泽与霓皆败。

成化时巨珰汪直擅权⑥,每差出,所历郡县令长皆膝行来见。及道沛县,其令某性古而工谑,直嗔其疏慢,数之曰:"你这官头上纱帽是谁家的?"令答曰:"知县这纱帽,去三钱白银,在铁匠胡同买的。"直意其痴汉也,大笑,不复计较云。

① "大哉"句:语见《论语·泰伯》,《孟子·滕文公》也曾提及。
② "不得"句:语见《孟子·公孙丑》。
③ 贡院:科举时代考试贡士之所。下文"锁院"也即贡院,旨在保密而锁闭院门。
④ 留都:明代自永乐间迁都北京后,以旧都南京为留都。　科与道:都察院衙门所设吏、户、礼、兵、刑、工六科给事中称"科",各道监察御史称"道",统称"科道"。
⑤ 明堂:帝王宣明政教的地方。
⑥ 汪直:大藤峡(今属广西)人,瑶族。初为御马监太监,成化十三年(1477)领西厂,密布耳目,屡兴大狱,一度权势倾天下。后东厂宦官揭发其不法事,宠渐衰。西厂罢,被贬逐而死。

纪　妖　幻

梁泽①，三原县人。其县按察公署素多怪，居者辄死，人莫敢入。泽夙负气，尝谓友人曰："吾能宿此。"诸友遂出钱佐之，泽因人，夜独衣冠坐堂上，三鼓月色明朗，闻庑间有人切切私语，若相推而前者。久之，泽厉声曰："何不遂来？"俄有三人列跪庭下，稍前者衣青，次衣黄、衣白，惟面貌不可辨。泽骂曰："老魅敢数害人？"青衣者答曰："我辈不敢害人，彼见者自怖病死耳。"泽曰："汝何为着青衣？"曰："我笔精也。""居何在？"曰："在仪门瓦沟。"问黄衣，低回未言，青衣代答曰："彼金钗，在庭中槐下。"问白衣，曰："我剑也，在堂东柱下。"泽曰："汝等今来，欲相苦耶？"皆曰："不敢。"共出一楮，曰："此公一生履历，报公前知云。"泽受而麾之，三物遂投前处，泽亦熟卧达曙。友人皆谓泽必不免，入见，乃惊。泽告以故，如其言按次求之，尽得三物，自是妖灭。后泽登第，授御史。成化年间巡按山东，以监试事诖误谪官。

成化间，山西有妖道士寓南京。时后府经历马益，其子锡，性猛悍，馆道士于家。道士谓锡曰："吾有小术，公欲观乎？"乃磨钝刀稍铦，斩府中大槐树凌空去，有小刀百余飞跃随之，所着柯叶，坠落如雨。又夜经门楼，仰视楣甚竣，锡曰："先生能竦及之乎？"乃笑解其发，举手拂之，皆直竖上接屋极。又登清江门，下瞰城垣，望见娼家，道士怒曰："泼贱不良，神明所

恶,我当毁其庐。"遂挥袖向天,火从袖出,煜燏遍地。锡急止
之,告父益曰:"道士异人也。"益以为仙,礼敬如父,纵其出入。
益妻妾多,道士取其发咒之,夜遂从门缝奔卧。所苦其淫毒,
妻妾言于益,不胜愤,往守备厅白焉。道士被逮,锁梏辄脱,涂
以狗血,囚送京师,诛之。会兴宁伯李震与参将吴经有隙[②],
经弟绶见宠于汪直,经使绶谮于直,曰:"震尝窝一全真学谶讳
兵法,即其人也。"直信之,奏下震狱,削爵。噫,邪术之祸人
也! 益之污其室家,轻信其子耳。兴宁伯无端受累,冤哉!

妖僧武如香、李明果,不知何许人也,夙有妖术能杀人。
时顺天张柱遇如香等,与语,大见信,遂招至家,款之。越数
日,二僧用药迷柱,致柱自刃其父母及一家十七人皆死,尸俱
无血,二僧因污柱妻并其嫂。已而邻人告其事,时都御史温景
葵[③]、御史董尧封等急遣人捕获[④],议以犯非常律,械如香诣京
以闻。法司拟如香枭斩,张柱拟以杀父母之律凌迟处死,悯其
祸由妖作,附秋后例。

国朝主事薛机,河东人。言其乡有患耳鸣者,时或作痒,
以物探之,得虫蜕轻白如鹅毛管中膜。一日,与其侣并耕,忽
雷雨,乃曰:"今日耳鸣甚。"未几,雷震二人皆踣地,其一苏,一
脑裂死,即耳鸣者,乃知龙蛰其耳,至是化去。又主事戴春[⑤],
松江人。言其乡有卫舅公者,手指甲内见一红筋,曲直蜿蜒,
人谓之曰:"此必承雨濯手,龙集指甲。"卫因名其指甲曰:"赤
龙甲。"一日,与客泛湖,酒酣,雷电绕船,水波震荡。卫戏客
曰:"今日吾家赤龙将无去耶?"因露手船窗外,龙果裂指去。
相传关云长号美髯公,其镇樊城时,当雷雨之会,一长髯忽脱,

化为龙飞去。此后云长威灵颇减，遂有吕蒙之难。旧称樊城有须龙庙，即谓此，今不可考矣。

余祖昆岳公言，嘉靖初年，有优伶一伙寓邹溪⑥，搬戏歌舞俱佳，市人交誉之。凡搬戏，必欲得鲜丽衣服、金银佩饰为装扮。及一夜，市人尽出衣饰，值百金，付优伶，令搬戏，搬至四鼓，议演《蟠桃庆寿》，命市人置一大瓮于戏场中央，生旦外净等装为八仙，以次入瓮，曰："下海取蟠桃也。"良久不出，止余司鼓板者二人，故扬言曰："若辈奚不出？得无偷桃为王母执耶？余往视之。"持其鼓板亦入瓮，竟不出。良久，市人取瓮，视之无所有，竟不知所之云。

余宰长洲时，浒墅关有一人死而复苏⑦，家中且啼且喜，谓可幸无事。死者曰："我必复死。适见冥司有持牌勾摄者，余名在其中，丁春元及丹阳李太爷皆与焉。"言毕，复死。越一日，城中春元丁某果死。又越数日，丹阳李尹⑧，讳天栋，余同年也，亦死。然则勾摄之说，信有之乎？余邑苏溪村符金敖，盖里长族也，夜梦人持一票勾唤，敖览毕，谓持票者曰："此唤后房某妇人也。"某妇乃敖婶母。及醒，知其梦言。未几，其日婶母用裙带缢死床上，带殊宽松，然竟死。

岐阳王李文忠⑨，生平喜延异人，其子景隆亦然⑩。洪武间有张三丰者⑪，隆遇之厚，临别，遗一蓑笠，告曰："公家不出千日，当有奇祸，必绝粒。今留此二物，急难时披蓑戴笠，绕园呼我，我当为公地。"已靖难兵起，景隆系狱，诏绝其家粮食，乃如三丰言呼之，忽园前后皆生谷，逾月熟，刈食，得不死。

　　嘉靖间,有善幻术者,寓都门,领一女子,年可十龄。每当宴聚,命女子抱木棍长二尺许者十数根,一根之上,信手递接,女缘木直上,登绝顶,冉冉摇动,观者怖恐。俄而掷下簪珥鞋扇诸物,幻者高叫云:"可取寿桃庆寿。"果有鲜桃坠入席间。未几,则女子手足身体,尺寸支解,零星坠落,木棍倒下,幻者大哭曰:"我女偷王母桃被获,斫死无救矣。"坐客且愕且怜,敛金酬之。幻者得金,取女尸置筐中,良久,于前路上觅女,女乃在彼,而向所支解,皆幻也。噫,术至此,亦奇绝哉!

　　万历初,辰州府有外来棍徒善幻术,诈骗财物。三五成群,同心串合,于市中故意买货,讲价不平,阳争激怒相殴,登时气绝。殴者信其真死,惧到官抵偿,群棍乃故意求和,诱骗多金,将死尸买棺埋瘗,潜往他境,则棺中之人仍在,实未死也。久之,亦败露坐法云。

　　成化间,山东浦台县妖妇唐赛儿聚众作乱[12]。赛夫林三死,往祭墓,归过山麓,见石隙露一匣,启视之,妖剑妖书各一,赛览之,辄晓其术,自称"佛母",颇测休咎,愚民翕然归焉。遂传赛儿剪楮象人马,皆习战斗。由是党与滋蔓,据益都称乱。青州卫指挥高凤帅兵往捕,凤败死,赛党遂犯莒州,山东大震。久之,大发兵往剿,乃平,惟赛儿终不可得。噫,赛一愚妇也,妖书妖剑之授受,谁尸之哉?殆不可晓。

　　① 梁泽:字汝霖。陕西三原县人。成化五年进士,选庶吉士,擢御史,巡按贵州、山东,谪茶陵州判官,历官浙江参政。

　　② 李震:字懋学,河南南阳人。初袭指挥使,正统间从征兀良哈

有功,进都指挥金事。屡征西南诸苗,历任总兵官、右都督,成化十一年论功封兴宁伯。后因参将吴经使其弟吴缓向汪直进谗言,被逮下狱,夺爵。

③ 温景葵(1507～1576):字汝阳,号三山。山西大同人。嘉靖七年举人,授长山尹。历御史,苏州知府,嘉靖四十二年至四十四年,以右金都御史巡抚顺天。

④ 董尧封:河南洛阳人。嘉靖三十二年进士,历御史,应天府丞,累官户部侍郎。

⑤ 戴春:字景元,上海人。天顺八年进士,授南京考功主事,历南京礼部郎中,升顺庆知府。

⑥ 邹溪:即今湖南桃源县陬市镇。

⑦ 浒墅关:又名许市,在苏州西北三十里,为南北往来之要冲,明景泰间置钞关于此。

⑧ 李尹:李天栋,京山(今属湖北)人。万历二十三年进士。按江盈科称其为同年,是因二人在万历十三年同举于乡。

⑨ 李文忠(1339～1384):字思本,盱眙(今属江苏)人,太祖姊子。洪武间累功仕至大都督府左都督,封曹国公。及卒,追封岐阳王,谥武靖。

⑩ 景隆:李文忠子。历掌左军都督府军。燕师起,建文帝以为大将军,北伐。兵屡败,遂迎降,授左柱国。永乐初以廷劾,禁锢私第卒。

⑪ 张三丰:名君实,字玄一,又字玄玄,自号三丰子。元末明初辽东义州人。每遇事,辄先知,传为真仙。参见《皇明十六种小传》卷三。

⑫ 唐赛儿:自称佛母,济南蒲台(今山东滨县东南)人。以白莲教组织民众,往来于益都、安邱、即墨、寿光等州县。永乐十八年(1420)以益都卸石棚寨为基地,以红白旗为号,举兵起义,转战于青、莱之间。明总兵柳升等领京营兵围寨,突围后不知下落。按江盈科这里称其作"聚众作乱"在成化间有误,当改作"永乐间"。

◇谐◇史◇

陈君佐,维扬人①,以医为业,能作谐语。洪武时,出入禁中,上甚狎之,常与谭兵中艰难。一日,上问曰:"朕似前代何君?"对曰:"似神农②。"上问所以,对曰:"若不似神农,如何尝得百草?"上悟,大笑。盖军中曾乏粮,士卒每食草木,上与同艰苦,故云。

① 维扬:即今江苏扬州。
② 神农:传说中古帝名,古史又称炎帝、烈山氏。相传始教民为耒耜以兴农业,尝百草为医药以治疾病。

楚中有显者,其居室也,常苦嫡庶不睦,即宾客在堂,往往哄声自内彻外。偶一词客谒显者,值其内哄,显者欲借端乱其听,会厅上悬鸠鹊一幅,指谓词客曰:"君善品题,试为老夫咏此图,可乎?"客因题曰:"鸠一声兮鹊一声,鸠呼风雨鹊呼晴。老天却也难主张,落雨不成晴不成。"噫,可谓捷才也已。

嘉靖间,闽中吴小江督学楚中①,所拔入胶庠者,多垂髫士。士之已冠者计窘,乃窃去其头上巾,亦为垂髫应试。吴公见其额上网痕,遂口占一诗,嘲之曰:"昔日峨冠已伟然,今朝卯角且从权。时人不识予心苦,将谓偷闲学少年。"一时传诵,无不绝倒。其后,钱塘金省吾先生来督楚学,所拔应试诸生,多弱冠者。盖少年人自才妙,非以其年也。余邑一生闻其风,遂割去须鬓入试。及至发落,凡四等生员,皆应加朴,割须者与焉。先生见四等人多,不欲尽朴,乃曰:"四等中生员,齿长者姑恕之,其少年不肯努力,各朴如教规。"割须生竟得朴。其侪嘲之曰:"尔须存,当得免朴,奈何割为? 冤哉,须也!"割须生亦复自笑。

①吴小江:即吴文华(1521~1598),字子彬,号小江,晚更号容所。福建连江人。嘉靖三十五年进士,授南京兵部主事。官至南京工部尚书。

赵大洲为宰相①,气岸甚高。高中玄、张太岳亦相继拜相②,同在政府。高好雌黄人物,张冷面少和易。大洲一日谓两公曰:"人言养相体要缄默,似比中玄这张口嘴也拜相,又言相度要冲和,似比太岳这副面皮也拜相,岂不有命?"此语虽戆直而近于戏,然亦有助于义命之说。

① 赵大洲:即赵贞吉(1508~1576),字孟静,号大洲,四川内江人。嘉靖十四年进士,授编修。官至礼部尚书,文渊阁大学士。
② 高中玄:即高拱,字肃卿,号中玄。 张太岳:即张居正,字叔大,号太岳。皆已见前注。

四明丰翰林讳坊①,号南禺,有口才。里中致仕驿丞某绘一像,具币请丰作赞语。南禺题其额曰:"才全德备,浑然不见一善成名之迹;中正和乐,粹然无复偏倚驳杂之弊。"丞读之,喜甚。时人莫测所谓,或叩其旨,丰曰:"公不谙下文乎?则其为人也,亦成矣。"又宁波县令遣吏向南禺索药方,丰乃注方云:"大枫子去了仁,无花果多半边,地骨皮用三粒,史君子加一颗。"归以观县令,令览之,笑曰:"丰公嘲尔。"吏请其故,令示之曰:"以上四语,谓'一伙滑吏'耳。"南禺之巧心类若此,然恃其舌好凌人,时颇嫉之。

　　司寇王麟泉，闽人。初为余郡守贰，性喜藏垢，里衣皆经旬不洗换，每与僚属宴游，辄从衫裤上捕虱，凡数枚，纳口中。余因忆宋朝王荆公性亦尔②，一日，侍神宗殿上，有一虱周旋其须，神宗顾视数四，同列亦皆见。比退，公问同列曰："今者上数顾不佞，何也？"同列告之故，公亟捕虱得之。同列曰："幸勿杀，宜有敕语奖之。"荆公问："敕语应作何词？"一学士曰："此虱屡游相须，曾经圣览，论其遭际之奇，何可杀也，求其处置之法，或曰放焉。"荆公大笑。然则苏老泉谓荆公面垢不洗③，衣垢不浣，以为奸。即幸而中，然此政非以为奸也。

　　①　丰翰林：即丰坊，字存礼，后更名道生，字人翁，别号南禺外史。浙江鄞县人。嘉靖二年进士，除南京吏部主事，以吏议谪通州同知，免归。

　　②　王荆公：即王安石，以元丰中封荆国公，世称荆公。已见前注。

　　③　苏老泉：即苏洵（1009～1066），字明允，号老泉。北宋眉州眉山（今属四川）人。"谓荆公面垢不洗"见苏洵《辨奸论》。

　　嘉靖间一御史，蜀人也，有口才。中贵某欲讥御史①，乃缚一鼠虫，曰："此鼠咬毁余衣服，请御史判罪。"御史判曰："此鼠若问笞杖徒流太轻，问凌迟绞斩太重，下他腐刑②。"中贵知其讥己，然亦服其判断之妙。

　　①　中贵：显贵的侍从宦官。

　　②　腐刑：又称宫刑，古代破坏生殖机能的酷刑。

　　太仓王内阁荆石①，性端洁，不轻接引；王司寇凤洲②，性坦易,多所容纳。其乡人曹子念为之语曰③:"内阁是常清常净天尊,司寇是大慈大悲菩萨。"人服其确。

① 王内阁荆石:即王锡爵(1534～1610),字元驭,号荆石,太仓(今属江苏)人。嘉靖四十一年进士,授编修。万历间累官礼部尚书,兼文渊阁大学士,位至首辅。

② 王司寇凤洲:即王世贞(1526～1590),字元美,号凤洲,又号弇州山人。太仓人。嘉靖二十六年进士,任刑部主事。万历间官至刑部尚书。

③ 曹子念:字以新,太仓人。王世贞外甥,能诗。参见《列朝诗集小传》丁集。

一丹青家以写真为业,然其术不工。一日,为其亲兄写一像,自谓逼真,悬之通衢,欲以为招。邻人见之,争相问曰:"此伊谁像?"未有目为伊兄者。或一人题于上,嘲之曰:"不会传真莫作真,写兄端不似兄形。自家骨肉尚如此,何况区区陌路人!"见者无不发笑。

有两青衿者致馈其师,一人用死猪头,一人用铜银子。二师互相语,其一曰:"门生姓游,馈一猪头,将来煮食,尧舜其犹。"其一曰:"门生姓陈,馈一封银,将来交易,尧舜与人。"已而复各拟破题一个,其一曰:"二生于二师,为其不成享也。"其一曰:"二师于二生,言必称尧舜也。"皆可谓善谑者矣。

世庙时,严分宜窃弄国柄①。适宫中多怪,符咒驱之不效。有朝士相与聚谭曰:"宫中神器之地,何怪敢尔?"一人答曰:"这怪是《大学》上有的:十目所视,十手所指。安得不知?"

① 严分宜:即严嵩,字惟中,一字介溪。江西分宜人。已见前注。

袁中郎,讳宏道,与予分宰长、吴二邑。中郎操敌悬鱼,其于长安贵人,一无所问馈。时阿兄讳宗道,官翰林编修。予嘲中郎曰:"他人问馈,以孔方为家兄;君不问馈,乃以家兄为孔方耳。"中郎亦复自笑。

内乡县李蓘①,字子田,官翰林检讨。其弟名荫,字袭美,时方为增广生员。蓘遗书荫曰:"尔今年增广,明年增广,不知尔增得几多? 广得几多?"荫亦答蓘书曰:"尔今年检讨,明年检讨,不知尔检得甚么? 讨得甚么?"一时馆中相传,靡不绝倒。又长沙李相国西涯②,生一子,有才名,然颇好游平康。一日,西涯题其座曰:"今日花陌,明日柳街,应举登科,秀才秀才。"乃郎见之,亦题阿翁座曰:"今日猛雨,明日狂风,燮理阴阳,相公相公。"西涯见之,亦为发笑。此父子兄弟相谑也。

① 按本篇所记李氏兄弟互嘲事,参见本书《雪涛小说·善谑篇》及注。
② 李相国西涯:即李东阳,字宾之,号西涯,卒谥文正。已见前注。

天顺间,锦衣阎达甚得上宠。其时有桂廷珪者,为达门下客,乃自镌图书云:"锦衣西席。"同时有甘棠者,乃洗马江朝宗女婿①,为松陵驿驿丞,亦自镌图书云:"翰林东床。"一时传笑,以为确对。

① 江朝宗:四川巴县人,景泰二年进士,历官翰林院学士,詹事府洗马。

王文成公封伯①,戴冕服入朝,有绵塞耳。朝士或笑之曰:"先生耳冷乎?"答曰:"我耳不冷,先生眼热。"

① 王文成公:即王守仁,字伯安。世宗时封新建伯,卒谥文成。已见前注。

常熟严相公讷面麻①,新郑高相公拱属文多于腹中起草②。世俗笑苏州盐豆,河南蹇驴。二相相遇,高谓严曰:"公豆在面上。"严即应曰:"公草在肚里。"

① 严相公:严讷(1511~1584),字敏卿,号养斋。常熟(今属江苏)人。嘉靖二十年进士,授编修。累官吏部尚书、武英殿大学士,入参机务。
② 高相公:高拱,字肃卿。新郑(今属河南)人。嘉靖进士。累官文渊阁大学士。

吴中某尚书方沐浴,一客往谒,以浴辞,客不悦。及尚书往谒,前客亦辞以浴。尚书题其壁曰:"君谒我,我沐浴;我谒君,君沐浴。我浴四月八,君浴六月六。"盖四月八浴佛,六月六浴畜。

新安詹景凤①,号中岳,有才名,善作狂语。中乡试,筮仕,由翰林孔目转吏部司务,乃自题其居曰:"天官翰林之第。"
乡人见之,为注其下曰:"天官司务,翰林孔目。"詹复添注曰:
"这样官儿,是笑胜哭。"

　　① 詹景凤:字东图,号中岳。休宁(今属安徽)人。隆庆元年举
人,除南丰教谕。改翰林孔目,迁吏部司务,谪保宁教授。按明制,翰林
孔目未入流,无品级;吏部司务为从九品。故下文曰:"这样官儿,是笑
胜哭。"

　　有中贵者奉命差出,至住扎地方,亦谒庙、行香、讲书。当
讲时,青衿心厌薄之,乃讲"牵牛而过堂下"一节①。中贵问
曰:"牵牛人姓甚名谁?"青衿答曰:"就是那下面的王见之。"中
贵叹曰:"好生员,博雅乃尔。"

　　① "牵牛"句:见《孟子·梁惠王上》。

　　一上舍性痴①,颇工谐语,选为府经历②。一日,有客拜其
堂官太守,帖写:"眷生李过庭顿首拜。"太守谓经历曰:"这位
客我记不得他了。"经历谩应云:"这客怕就是那李趋儿③。"太
守大笑。

　　① 上舍:即上舍生。宋太学及各地方学校分外舍、内舍、上舍,初
入学为外舍,经过考试淘汰,依次升入内舍和上舍。此指优秀生员。
　　② 经历:知府的属官。
　　③ 按此处是拿《论语·季氏篇》中"尝独立,鲤趋而过庭"一句开
玩笑。因来客叫李过庭,故按古人称名常例,顺口称为李趋儿(鲤趋
而)。

公冶长解禽言①，一时孔子闻鸠啼，曰："此何云?"答曰："他道'瓠不瓠。'"又闻燕语，曰："此何云?"答曰："他道'知之为知之，不知为不知，是知也。'"又闻驴叫，曰："此何云?"曰："此不可知，似讲乡谭耳。"嘲河南人②。

① 公冶长：字子长，春秋末年齐国人，孔子弟子。

② 嘲河南人：底本原为小字，当是潘之恒所注。

李文正西涯，请同乡诸贡士饮。一贡士谓他处有酒约，先辞。文正戏曰："《孟子》两句：'东面而征西夷怨，南面而征北狄怨①。'此作何解?"客谢不知。须臾，汤至。文正曰："待汤尔。"乃大笑而别。

① "东面"二句：见《孟子·梁惠王下》。

黄郡一贫生①，自标讲学。其乡绅曰："此子有志。"以一牛赠之。贫生牵回，其兄即收牛耕地。生怒，兄曰："有无相通，何得见怒?"生应曰："谁叫你不去讲学，也讨个牛。"又一廪生亦自标讲学，遇分膳银，其为首者稍多取。生谓同侪曰："彼多取，尔好说他。"同侪曰："公何不自说?"答曰："我是讲学人，不好说。"吁！二事虽微，悉见假道学心事。先正云："愿为真士夫，不愿为假道学。"信夫！

① 黄郡：即湖广黄州府，今属湖北。

国朝新中进士，凡选馆者，除留授翰林编检外①，皆补科道②。其中行博士③、推知④，皆拔其尤者，行取充科道。京师人为之语曰："庶吉士要做科道，睡着等；中行博士要做科道，跑着寻；推知要做科道，跪着讨。"

① 编检：指翰林院编修和检讨。

② 科道：指吏、户、礼、兵、刑、工六科给事中和各道监察御史等。

③ 中行博士：指中书舍人、行人、太常寺博士等。

④ 推知：指推官和知县等。

余邑太学罗汝鹏善谑。初游京师，值早朝，时百官已露立甬道，诸贵郎尚处庑下，其侪相语曰："百官业已露立，我辈何为藏此？"汝鹏曰："这是子平书上载的①：'官要露，露则清高；财要藏，藏则丰厚。'"闻者皆大笑。

① 子平书：指宋代徐子平所撰《珞琭子赋注》二卷，用于算命。主要以人的出身年月日时八字，配对干支，来推算附会人的吉凶祸福。

余同年进士梁见龙①、冯景贞②、沈铭缜③、沈何山④，俱浙江人。梁形长善谑，冯中省解，二沈系兄弟同榜，其形皆短。一日，四公相聚，铭缜谓见龙曰："梁年兄这样长，若分做两段，便是两个进士。"梁因答曰："二位年兄这样短，须是接起，才算得一个进士。"冯景贞乃谓梁曰："罔谈彼短，靡恃己长。"梁遂谓冯曰："近来秀才，只读熟一本《千字文》⑤，便中了解元。"相与大笑。

① 梁见龙：名廷卿，字硕辅，号见龙，浙江金华人。万历二十年进

士,由刑部主事转工部侍郎。

　　②　冯景贞:名烓,字大廷,号景贞,浙江慈溪人。万历二十年进士,授奉新知县。历官礼部仪制司郎中、江西参政。

　　③　沈铭缜:名潅,字铭缜,浙江乌程人。万历二十年进士,选庶吉士,授检讨,累官南京礼部侍郎。光宗立,召为礼部尚书,兼东阁大学士。天启初附阉党,颇不为士论所直。

　　④　沈何山(1566~1638):名演,字叔敷,号何山。与兄潅同年举进士,由工部主事,历官南京刑部尚书。

　　⑤　《千字文》:南朝周兴嗣奉梁武帝萧衍之命,用一千个不同的字编写而成,四字一句,对偶押韵,后来成为历代学童启蒙读本。

　　姑苏有冯生讳时范者,夙号名下士,年近耳顺,尚未得俊。其子名嘉谟,年少有美才,余甚爱之。至甲午岁,嘉谟夭死,时范始领北畿乡荐。姑苏士人作语曰:"冯时范死得,却中了;冯嘉谟中得,却死了。"或以告余,余不觉且悲且笑。

　　余邑一博士张宗圣,工谈谑。会主簿游姓者,滥受状词,擅拷打,有墨声,张乃著一哑谜嘲曰:"小衙门,大展开,铁心肠,当堂摆,全凭一撞一撞拷打,才有些取采。不怕他黑了天,有钱的进来,与你做个明白。"盖指油铺也。余邑油铺用木为榨,铁为心,引木撞榨,油乃流出,而其门不设枋闳,故以喻游簿云。

　　余邑鲁月洲,入赀为鸿胪署丞①,未有扁其门者。及李恒所亦入赀为鸿胪,郡守叶公扁其门曰②:"鸿胪第。"月洲族弟鲁九乃云:"恒所既扁门曰'鸿胪第',我家月洲当扁门曰'鸿胪兄'。"闻者皆笑其巧。久之,李恒所与一富翁联姻,下聘之日,鼓吹盛作。座客问曰:"这是谁家喜事?"罗汝鹏答曰:"只怕是李鸿胪贪恋着人豪富。"盖取中郎传"十里红楼"之句③,闻者为解颐云。

　　蔡中郎传中,人取冷语甚多。余所解颐,有五六句。王弇州强严东楼酒,东楼辞以伤风。王云:"爹居相位,怎说出伤风?"汪仲淹戏蹴踘者云:"逢人且说三分话,未可全抛。"刘季然衣短衣,加裙三出,人戏之曰:"季然张三檐伞。"答云:"三檐伞儿在你头上戴。"又有人戏儒生作讼师者云:"读书人,思量要做状。"皆冷语可笑④。

①　鸿胪署丞:鸿胪寺官名,有司仪、司宾之分,官阶正九品。
②　郡守叶公:指常德知府叶日葵。已见前注。
③　中郎传:即高明所作传奇《琵琶记》。
④　"蔡中郎传中"至"皆冷语可笑"一段,底本每行皆低一格编刻,当为潘之恒所补。

　　黄郡一孝廉①,买民田,收其旁瘠者,遗其中腴者,欲令他日贱售耳。乃其民将腴田他售,孝廉鸣之官,将对簿②。其民度不能胜,以口衔秽,唾孝廉面。他孝廉群起,欲共攻之。时乡绅汪某解之曰:"若等但知孝廉面是面,不知百姓口也是口。"诸孝廉皆灰心散去。乡绅此语,足令强者反己,殊为可传。

①　孝廉:原是汉代选拔官吏的科目之一,至明、清时代,转为对

"举人"的称谓。按:此事亦见前《雪涛小说·戒吞产》。

　② 对簿:根据文状审核事实,语出《史记·李将军列传》,后世称狱讼受理审讯曰对簿。

　余邑徐广文二溪[①],性狂善谑,有敏才。少时,从唐万阳侍御游。一日,灯下渴睡,万阳呼之醒,且出联句令答,句云:"眼皮堕地,难观孔子之书。"二溪对云:"呵欠连天,要做周公之梦。"侍御大笑。一日舟行,值暑月,天气凉甚,舟人叹曰:"长沙无六月。"二溪曰:"然。过了五月,就是七月。"舟人大笑。及宾兴之次日[②],将入督学衙门拜谢,门者勒二溪银一钱,方为报门。二溪与之银,俟门者报后,却走不欲入,门者还其所勒之银,乃入。事虽小,殊足解颐。

　① 广文:唐天宝九年,在国子监增开广文馆,设博士、助教等职,领国子学生中修进士业者。明清以来泛指儒学教官。

　② 宾兴:科举时代,地方官设宴招待应举之士,谓之宾兴,即仿古乡饮酒之礼。后又径称乡试为宾兴。此指后者。

　杨用修集中载[①]:滇南一督学,好向诸青衿谭性谭艺,缕缕不休,士人厌听之。及谭毕,乃问曰:"诸生以本道所言如何?"内一衿对曰:"大宗师是天人,今日所谈,都是天话。"闻者大笑。

　① 杨用修:即杨慎(1488～1559),字用修,号升庵,新都(今属四川)人。正德六年进士第一,授翰林修撰,嘉靖时为经筵讲官,后谪戍云南。有《升庵集》及杂著多种。

　　余乡有张二者,佣力人也,为人解绢赴户部。旧例,解绢者皆用杂职。及张二皂帽投文,户部斥之曰:"解官何为不冠?亟冠来见,否者加挞。"张二忙去买纱帽,笑曰:"我本无心富贵,奈富贵来逼人尔。"闻者皆笑。

　　国朝有陈全者,金陵人,负俊才,性好烟花,持数千金,皆费于平康市。一日浪游,误入禁地,为中贵所执,将界巡城。全跪曰:"小人是陈全,祈公公见饶。"中贵素闻全名,乃曰:"闻陈全善取笑,可作一字笑,能令我笑,方才放你。"全曰:"屁。"中贵曰:"此何说?"全曰:"放也由公公,不放也由公公。"中贵笑不自制,因放之。又见妓洗浴,因全至,披纱裙避花阴下,全执之,妓曰:"陈先生善为词,可就此境作一词。"全遂口占曰:"兰汤浴罢香肌湿,恰被萧郎巧觑。偏嗔月色明,偷向花阴立。有情的悄东风,把罗裙儿轻揭起。"他词类此者尚多。及全病革将死,鸨子皆慰全曰:"我家受公厚恩,待百岁后,尽力茔葬,仍为立碑。"全答曰:"好,好,这碑就交在身上。"盖世名鸨子为龟,龟载碑者也。

　　昔有官苏州别驾者,过墓道,指石人曰仲翁。或作诗讥之曰:"翁仲如何唤仲翁,只因窗下少夫工。如何做得院林翰,只好苏州作判通。"余邑印公少鹤,亦官别驾,其门人张三涯于印前述此语,印闻之谔然。张乃起谢,曰:"师勿见嗔,门人说的是苏州通判。"

　　本朝邢公讳宽[①],当放榜前一日,梦至御前,上命力士持爪扑之,头破血流,直至于踵。明日所司呈卷,拟孙曰恭第一,宽第二。成祖眼眊,将曰恭二字,读为一字,乃判曰:"本朝只许邢宽,岂宜孙暴?"遂以硃笔点宽姓名。硃浓,自上透下,遂如梦中流血之象。先是邢宽未第时,其郡守调之曰:"邢春元如不酸醋。"盖讥宽也。宽及第,乃报郡守诗曰:"邢宽只是旧邢宽,朝占龙头夕拜官。寄与黄堂贤太守,如今却是螫牙酸。"一时竟传其语。

① 按此节所言邢宽和孙曰恭登进士第之事,参见本书《纪闻·纪贵徵》及其注。

吴中门子多工唱者,然于官长前多不肯唱。一日,吴曲罗节推同余辈在分署校阅文卷,适夜将半,曲罗命长洲门子唱曲,其侪彼此互推,皆谓不能。曲罗曰:"不唱者打十板。"方打一板,皆争唱。曲罗曰:"从来唱曲,要先打板。"同座皆笑。

宋朝大宋小宋联登制科①,同仕京都。遇上元令节②,小宋盛备灯火筵席,极其侈靡。大宋见而斥之曰:"弟忘记前年读书山寺寂寞光景乎?"小宋笑曰:"只为想着今日,故昔年甘就寂寞。"噫,小宋亦人杰也,其言尚如此,然则人不能移于遇,真难哉!

① 大宋:指宋庠(996~1066),初名郊,字伯庠,后改字公序。宋安州安陆(今属湖北)人。天圣二年进士第一,官至检校太尉平章事、枢密使。 小宋:指宋祁(998~1061),字子京。与兄庠同举进士,试礼部第一名,太后以弟不可以先兄,乃改以庠为第一。官至工部尚书。兄弟俩皆有文名,时称"二宋",以大小为别。

② 上元:古时以农历正月十五日为上元节,其夜为上元夜,亦称"元宵"。

余同年朱进士号恕铭者①,出宰金溪。适督学按郡,将发考案,召郡邑官长入见。及门,有两儒生持二卷,强纳朱公袖中,公卒然纳之。及填案已毕,督学问朱曰:"可有佳卷见遗者乎? 幸教之。"朱无以应,遂出袖中二卷,皆得补弟子员。朱出,笑谓人曰:"看如许事,莫道钻刺都无用。"

① 朱进士:名锦,字文弢,号恕铭,浙江馀姚人。万历二十年进士,授金溪知县。官至河南按察司副使。

余邑朱广文,号仰山,官汉阳司训。至八月,寄书候其兄半山,附致历日一册。半山连揭数板,直至九月,笑曰:"好,好,喜得后面还有许多日子。"

余邑张斗桥为诸生时,记名家旧文一篇,入试,遭文宗涂抹①,乃诉于学博文莲山先生②。先生引戏词慰之,曰:"昔苏秦父母诞辰,伯子捧觞称寿③,叹曰:'好佳酿。'及季子亦捧觞称寿,骂曰:'酸酒。'季子妻乃从伯姆借酒一觞④,复骂曰:'酸酒。'季子妻曰:'这是伯姆家借来的。'翁叱之曰:'你这不行时的人,过手便酸。'"斗桥大笑。

① 文宗:指试官。

② 文莲山:万历五年为桃源县庠师,后调国子监助教。参见江盈科所撰《莲山文师去思碑记》(《江盈科集》第349页)。

③ 伯子:即长兄。古代以伯仲叔季表示兄弟之间的顺序,苏秦为小儿子,故称季子。按苏秦为战国时东周洛阳(今河南洛阳)人,《史记》有传,已见前注。

④ 伯姆:即大嫂。弟妻称嫂子为"姆姆"。

汪伯玉以左司马致政①,将归,谓其乡人中书潘纬曰②:"天下有三不朽,太上立德,今已不能作圣;其次立功,又非林下事;其次立言,又懒做文字。此归,将就做些曲子陶情而已。"潘答曰:"这也是一不朽。"汪问之,答曰:"其次致曲。"汪司马大笑。

① 汪伯玉(1525～1593):名道昆,字伯玉,号南明。歙县(今属安徽)人。嘉靖二十六年进士,授义乌知县。后备兵闽海,与戚继光募义乌兵破倭寇,擢司马郎,累升兵部侍郎。按兵部尚书可称司马或大司马,侍郎可称左司马或少司马。

② 潘纬:字仲文,一字象安,歙县人。万历中以赀官武英殿中书舍人,能诗。

嘉兴一老布衣,平时自号清客,书门对一联曰:"心中无半点事,眼前有十二孙。"其乡人嘲之,续其下曰:"心中无半点事,两年不曾完粮;眼前有十二孙,一半未经出痘。"见者皆笑。

北人与南人论橄榄与枣孰佳,北人曰:"枣味甜。"南人曰:"橄榄味虽辣,却有回甜。"北人曰:"待你回得甜来,我先甜了一会。"

有不识橄榄者,问人曰:"此何名?"人笑曰:"阿呆。”归诧其妻曰：“我今食呆，味佳甚。”妻令觅呆，不得，乃呵示其妻曰：“犹有呆气在[①]。”

① “有不识橄榄者”至“犹有呆气在”一段，底本每行皆低一格编刻，当为潘之恒所补。

余邑孝廉陈琮[①]，性洒落。曾构别墅一所，地名二里冈。虽云附郭，然邑之北邙也[②]，前后冢累累错置，不可枚数。或造君颦蹙曰：“目中每见此辈，定不乐。”孝廉笑曰：“不然，目中日日见此辈，乃使人不敢不乐。”

亘史云：“此可入《世说》，何云《谐史》乎？”

① 陈琮：桃源县人。隆庆元年举人。

② 北邙：本为洛阳东北的山名，汉魏以来王侯公卿贵族多葬于此，故后世以此称坟地。

西安一广文，性介，善谑。罢官家贫，赖门徒举火，乃自作谑词曰：“夜半三更睡不着，恼得我心焦燥。跄蹬的响一声，尽力子骇一跳：原来把一股脊梁筋穷断了。”秦藩中贵闻之，转闻于王，王喜，召见，赐百金。

余同年进士沈伯含[①]，善作雅语。余尝与伯含论曰：“李于鳞死[②]，其子孙遂绝，所构白雪楼，没入官为祠堂。大抵于鳞称一代才，辄取忌造化如此。”伯含曰：“造化真是小儿。”余问云：“何？”伯含曰：“于鳞几许才，也惹他忌。”

① 沈伯含(1558～1616):名朝焕,字伯含,一字伯函,号太玄,又号冰壶。浙江仁和人。万历二十年进士,授工部主事,榷荆州税。累官至福建参政。

② 李于鳞(1514～1570):名攀龙,字于鳞,山东历城人。嘉靖二十三年进士,历陕西提学副使,官至河南按察使。以诗文名世,主张复古,与王世贞、谢榛、宗臣、梁有誉、徐中行、吴国伦并称"后七子"。

黄杨树两年而长,逢闰而索,极难成材。余友罗汝鹏于斋头植此树,指谓客曰:"看此物连抱,便当锯造棺器待尽,敢久恋人间耶?"闻者皆笑。

大理署中有火房者,年少,貌颇秀,入夏而瘠。余友蒋钟岳问曰:"奚而瘠?"对曰:"小人不宜夏。"比入秋,其瘠犹前,钟岳嘲之曰:"尔复不宜秋耶?"

理学家文字往往剿袭《语录》,铺叙成文,乃语人曰:"吾文如菽粟布帛。"杨升庵笑曰:"菽粟则诚菽粟,但恐陈陈相因,红腐不可食。"此足令藏拙者箝口。

宜兴县人时大彬①,居恒巾服游士夫间。性巧,能制磁罐,极其精工,号曰时瓶。有与市者,一金一颗。郡县亦贵之,重其人。会当岁考,时之子亦与院试,然文尚未成,学院陈公笑曰:"时某入试,其父一贯之力也。"

语云:"贼是小人,智过君子。"余邑水府庙有钟一口,巴陵人泊舟于河②,欲盗此钟铸田器,乃协力移置地上,用土实其中,击碎担去,居民皆瞢然无闻焉。又一贼白昼入人家,盗磬一口,持出门,主人偶自外归,贼问主人曰:"老爹,买磬否?"主人答曰:"我家有磬,不买。"贼径持去。至晚觅磬,乃知卖磬者,即偷磬者也。又闻一人负釜而行,置地上,立而溺。适贼过其旁,乃取所置釜,顶于头上,亦立而溺。负釜者溺毕,觅釜不得,贼乃斥其人曰:"尔自不小心,譬如我顶釜在头上,正防窃者,尔置釜地上,欲不为人窃者,得乎?"此三事,皆贼人临时出计,所谓智过君子者也。

①　时大彬:制作紫砂壶名家。
②　巴陵:古郡名,明改岳州府,治所在今湖南岳阳市。

熊敦朴①,号陆海,蜀人。辛未进士,选馆,改兵部,复左迁别驾,往辞江陵相公,相公曰:"公是我衙门内官,痛痒相关,此后仕途宜着意。"陆海曰:"老师恐未见痛。"江陵曰:"何以知之?"陆海曰:"王叔和《医诀》说:'得有通则不痛,痛则不通。'"江陵大笑。初,陆海入馆时,馆师令其背书,回顾壁上影子,口动须摇,哄然大笑。馆师曰:"何笑?"答曰:"比见壁间影子,如羊吃草状,不觉自笑。"馆师亦笑。

①　按熊敦朴往辞江陵相公(即张居正)的故事,参见本书《雪涛小说·善谑篇》及注。

金陵平康有马妓曰马湘兰者①,当少年时,甚有声价。一孝廉往造之,不肯出。迟回十馀年,湘兰色少减,而前孝廉成进士,仕为南京御史。马妓适株连入院听审,御史见之曰:"尔如此面孔,往日乃负虚名。"湘兰曰:"惟其有往日之虚名,所以有今日之实祸。"御史曰:"观此妓,能作此语,果是名下无虚。"遂释之。

① 马湘兰:名守贞,小字玄儿,又字月娇,以善画兰,故号湘兰。参见本书《雪涛小说·侥幸篇》及注。

一士夫子孙繁衍,而其侪有苦无子者,乃骄语其人曰:"尔没力量,一个儿子养不出,看我这多子孙。"其人答曰:"其子,尔力也;其孙,非尔力也。"闻者皆笑。

罗念庵中状元后①,不觉常有喜色。其夫人问曰:"状元几年一个?"曰:"三年一个。"夫人曰:"若如此也,不靠你一个,何故喜久之?"念庵自语人曰:"某十年胸中遣状元二字不脱。"此见念庵不欺人处。而国家科名,即豪杰不能不膻嗜,亦可见矣。

① 罗念庵(1504～1564):名洪先,字达夫,号念庵。江西吉水人。嘉靖八年进士第一,授修撰即请告归。后召拜春坊左赞善,罢归。

一中贵见侍讲学士讲毕出左掖,问曰:"今日讲何书?"学士答曰:"今日讲的'夫子莞尔而笑曰:割鸡焉用牛刀①。'"中贵曰:"这是孔圣人恶取笑。"

① "夫子"二句:见于《论语·阳货》。

闽人笃於男色者，见一美姬恣态绝伦，乃叹曰："可惜是妇人耳。"又有与眇姬相处者，宠恋异常。或诘之曰："此少一目，何足恋？"其人低回，叹曰："公不知趣，我看了此姬，天下妇人都似多了一只眼。"噫！此皆所谓偏之为害也。推而广之，可悟正心之道。

　　曹公欲赘丁仪，以目眇不果。后悔曰："以仪才，令尽盲，当妻以女，何况只眇一目。"此谓爱而忘其丑。英雄且然，人情之偏，不足怪也[1]。

① "曹公欲赘丁仪"至"不足怪也"一段，底本每行皆低一格编刻，当为潘之恒所补。

　　余乡叶月潭，须髯初白。或告之曰："尊须也有一二茎报信。"月潭遂于袖中取镊摘之，笑曰："报信者一钱。"此语，盖里中寻人招子也，借用之，甚当。

　　有顽客者恋酒无休，与众客同席，饮酣，乃目众客曰："凡路远者，尽管先回。"众客去尽，止有主人陪饮。其人又云："凡路远者先回。"主人曰："止我在此耳。"其人曰："公还要回房里去，我则就席上假卧耳。"

　　一说客惯打抽丰，凡所遇郡县官，能以谀词动之，致其欣悦。一日谒某县令，辄谀云："公善政，不但百姓感恩，闻境内群虎亦皆远徙。"言未毕，有告状者泣言昨夜被虎伤人，又损羊畜。县令目说客曰："公谓虎皆远徙，非欺我乎？"说客答曰：

"这是过山虎,他讨些吃的,也就要去。"令大笑。

一个妇人青衫红裙,口里哭着亲亲。问他哭着甚人,妇答道:"他爷是我爷女婿,我爷是他爷丈人。"盖母哭子也,其文法亦巧矣。

潘安仁云:"子亲伊姑,我父惟舅。"盖表弟兄也。此文法之祖①。

① "潘安仁云"至"此文法之祖"一段,底本每行皆低一格编刻,当是潘之恒所补。

有卖酒者,夜半或持钱来沽酒,叩门不开,曰:"但从门缝投进钱来。"沽者曰:"酒从何出?"酒保曰:"也从门缝递出。"沽者笑。酒保曰:"不取笑,我这酒儿薄薄的。"

有青衿者,其身临考,其妻临乳,不胜交愁,乃慰妻曰:"尔安用愁? 我乃应愁耳。"妻问故,答曰:"尔腹里有,我腹里无。"

一阃帅寒天夜宴①,炽炭烧烛,引满浮白,酒后耳热,叹曰:"今年天气不正,当寒而暖。"兵卒在旁跪禀曰:"较似小人们立处,天气觉正。"尝闻古诗云:"一为居所移,苦乐永相忘。"信哉!

① 阃帅:统兵在外的军事将领。

浒墅钞关关尹于长、吴两县,分不相临;然以其钦差也,两县见之必庭参,关尹多不肯受。其后一位来治关,颇自尊,不少假,比及任满犹尔。吴令袁中郎笑曰:"蔡崇简挂了杖,挂了白须上戏场。人道他老员外,今回到戏房。取了须,还做老员外腔。"余大笑。

武陵一市井少年,善说谎。偶于市中遇一老者,老者说之曰:"人道你善谎,可向我说一个。"少年曰:"才闻众人放干了东湖,都去拿团鱼,小人也要去拿个,不得闲说。"老者信之,径往东湖,湖水渺然,乃知此言即谎。

少年在楼下,会楼上一贵人,呼曰:"人道尔善骗,骗我下来。"少年曰:"相公在楼上,断不敢骗;若在楼下,小人便有计骗将上去。"贵人果下,曰:"何得骗上?"少年曰:"本为骗下来,不烦再计。"

有广文者姓吴,齿落耳缺,又不生须。一青衿作诗嘲之曰:"先生贵姓吴,无耻之耻无,然而无有尔,则亦无有乎?"其诗流入县官之耳。县官一日同广文进见府主班行,望见广文,不觉失笑,府主意不然,乃于后堂白所以失笑之故,因诵前诗,府主亦复大笑。

多闻疑,多见殆,君子于其所不知。盖对云:飞在天,见在田,确乎其不可拔潜。此聋者与缺唇者相嘲①。

① "多闻疑"至"相嘲"一段,底本每行皆低一格编刻,当是潘之恒所补。

　　有轻薄士人,好弹射文字,读王羲之《兰亭记》①,则曰:"'天朗气清',春言秋景。"读王勃《滕阁记》②,则曰:"'落霞与孤鹜齐飞,秋水共长天一色',多了'与'、'共'两字。"冥司闻之③,遣鬼卒逮去,欲割其舌,力辩乃免。比放归,行至冥司殿下,口中辄云:"如何阎君对联这样不通?'日月阎罗殿,风霜业镜台。'不信这阎罗殿有日月风霜耶!"

① 王羲之:字逸少,东晋琅邪临沂(今属山东)人,后居会稽山阴。初为秘书郎,累迁至右军将军、会稽内史。以书法名世,世称王右军。其《兰亭集序》(即此处所称《兰亭记》)作于永和九年(353)。
② 王勃:字子安,唐绛州龙门(今山西河津)人。以诗文名世,其《滕王阁序》(即此处所称《滕阁记》)作于上元二年(675)。
③ 冥司:迷信者称阴间的长官,即下文所说"阎君",也称"阎王"、"阎罗王"。

　　客造主人,见其畜有鸡,殊无飨客意。乃指鸡曰:"此禽有六德,君闻之否?"主人曰:"只闻鸡具四德,不闻六德。"客曰:"君若舍得,我亦吃得。这是二德,岂非六德?"

　　有客过,久坐,而主无款,且与客计:"将奈何?"
客曰:"适乘驴来,可杀共食之。"主曰:"归当何乘?"
客曰:"借地上鸡乘去①。"

① "有客过"至"乘去"一段,底本每行皆低一格编刻,当是潘之恒

所补。

沈青霞重忤严分宜①，遇害。其子三人，皆逮系诏狱，遂毙其二。第三子讳襄者②，号小霞，在狱中，工画梅。诸中贵求为画梅，时有赠遗，藉以不死。久之，分宜败，朝议褒青霞忠，遂官小霞，除授临湘令。后人追论小霞狱中不死，只吃着梅。罗汝鹏笑曰："好到好，只亏他牙齿不酸。"

① 沈青霞：即沈炼（1507～1557），字纯甫，号青霞，浙江会稽人。嘉靖十七年进士，知溧阳。后入为锦衣卫经历，上疏劾严嵩十大罪，被迫害致死。 严分宜：严嵩。

② 襄：沈炼子，字小霞，号叔成。以荫补官，授临湘令，仕至云南鹤庆知府。

余乡一老者，与一少年青衿酒中戏谑，少年每嘲其人衰老。老者曰："你毋见嘲，谚曰：'黄梅不落青梅落，青梅不落用竿戳。'"青衿曰："你道着酸子，谁敢动手戳他？"盖楚人目青衿为酸子也。

一郡从事不谙文理，妄引律断狱。有僧令其徒磨面，徒乃持面与麸走匿他所，僧执而讼之。从事断曰："这僧该问徒罪。"僧曰："罪不至此。"从事曰："你不应背夫逃走。"闻者皆笑。

宋时有显者，既归田，语所知曰："我们从林下看宦途，知得滋味如此耳。但不知死人往地下，比生时较好否？"所知曰：

"一定好。"显者曰:"何以知之?"其人答曰:"但闻林下人思量出去,不闻地下人思想转来。"显者大笑。

武陵郑沇石馆余邑,前一土井,烹茶爨饭皆汲之。沇石笑曰:"馆此一年,腹中泥可作半堵墙矣。"又桃源人好以有齿磁盆盛茶米,用木杵捣之,名曰擂茶,其杵长五尺,半岁而尽。沇石笑曰:"桃源人活六十岁,胸中擂茶杵,可构三间小房子。"

京师缙绅喜饮易酒,为其冲淡故也。中原士夫量大者,喜饮明流,为其性酽也。余僚丈秦湛若,中原人,极有量,尝问人曰:"诸公喜饮易酒,有何佳处?"其人答曰:"易酒有三佳:饮时不醉,一佳;睡时不缠头,二佳;明日起来不病酲,三佳。"湛若曰:"如公言,若不醉、不缠头、不病酲,何不喝两盏汤儿?"其人大笑。

太仓王元美先生①,有酒兴,无酒量,自制酒最冲淡,号凤州酒。丁见白官太仓,取凤州酒二坛馈秦湛若,湛若开坛尝之,问使者曰:"只怕丁爷错送了,莫不是惠山泉②?"

① 王元美:名世贞,号凤洲,太仓(今属江苏)人。已见前注。
② 惠山:在江苏无锡,其山泉号天下第二泉。

有进士形甚短,初登第时,同年笑曰:"年兄门下长班,每月可减工食五分。"进士曰:"与众同例,何得独减?"答曰:"过门巷时,免呼照上,亦损许多气力。"

有嗜古董者,倾家收买,因而食贫,乃拄杖操瓢,行乞于市。或问:"所拄何杖? 操何瓢? 欲乞何物?"答曰:"我拄的阮宣杖①,操的许由瓢②,要乞几文九府钱耳③。"

① 阮宣:疑即阮修,字宣子,晋陈留尉氏(今属河南)人。官至太子洗马。好《易》、《老》,善清言,永嘉之乱中被杀。
② 许由:上古高士。传说隐于沛泽,尧让予君位,他逃到箕山下耕作而食;尧聘以为九州长,又逃到颍水洗耳。
③ 九府钱:注已见前。

有悍妻者,颇知书。其夫谋纳妾,乃曰:"于传有之,齐人有一妻一妾①。"妻曰:"若尔,则我更纳一夫。"其夫曰:"传有之乎?"妻答曰:"河南程氏两夫②。"夫大笑,无以难。又一妻,悍而狡,夫每言及纳妾,辄曰:"尔家贫,安所得金买妾耶? 若有金,唯命。"夫乃从人称贷得金,告其妻曰:"金在,请纳妾。"妻遂持其金纳袖中,拜曰:"我今情愿做小罢,这金便可买我。"夫无以难。

① "齐人"句:见《孟子·离娄下》。
② 河南程氏两夫:这里是拿河南洛阳程颢、程颐两位夫子开玩笑。

有乡绅者,性悭吝。适遇官长遣吏致馈,谓家人曰:"取去年历日一册赏他。"家人曰:"去年历日没用的。"乡绅曰:"我知道,便留在家也没用。"

罗汝鹏多髯,年及强仕,白者过半。一日,赴吊丧家,司丧者偶见之,讶曰:"公年尚未,何髯白乃尔?"汝鹏曰:"这是吊丧的须髯。"坐客皆笑。会余祖昆岳公九十一岁而卒,汝鹏来吊,乃慰家君曰:"奈何不请小儿医救疗,遂至此耶?"家君不觉破涕为笑。余举进士时,报捷者索重赏,家君贫,无以应,受困此辈,殊觉情懑。汝鹏慰之曰:"且耐烦,养坏了儿子,说不得。"闻者皆笑。

冯司成髯晚出而早白,人问曰:"公髯几年变白?"公捻髯良久,答曰:"未记与黑髯周旋[①]。"

① "冯司成"至"周旋"一段,底本每行皆低一格编刻,当是潘之恒所补。

庚子岁[①],余差云、贵恤刑。有同年造余曰:"兄乃得此远差耶?"余曰:"但琉球[②]、日本不恤刑耳。假令亦有恤差,我乃为下得海矣,安能到云、贵?"盖恤差属刑部为政,余时官大理,故云。

① 庚子岁:即万历二十八年(1600)。
② 琉球:古国名,即今琉球群岛。隋时建国,自大业以来,即与中国频有往来。

有为大言者曰:"我家洗盆,东边洗浴,西边不波。"闻者答曰:"昨日早见肩竹者从门首过,至日晡时,竹梢尚在门外。"大言者曰:"竹安得尔许长耶?"其人答曰:"无许长竹,何由箍得这大洗盆?"

　　有僧道医人同涉中流遇风,舟楫危甚。舟人叩僧道曰:"两位老师,各祝神祈止风何如?"僧咒曰:"念彼观音力,风浪尽消息。"道士咒曰:"风伯雨师,各安方位,急急如律令。"医亦复咒曰:"荆芥,薄荷,金银花,苦楝子。"舟人曰:"此何为者?"答曰:"我这几般,都是止风药。"噫,庸医执疗病,往往若此。

　　吴楚间谓人死,皆曰"不在了"。有人乍入京师,谒见显者,应门答曰:"老爷不在。"其人曰:"此语殊不吉,莫若称出外了。"应门答曰:"我老爷不怕死,不怕出外。"盖宋时已有此言矣。

　　有书生者性懒,所恨书多耳。读《论语》至颜渊死,便称赏曰:"死得好,死得好。"或问之,答曰:"他若不死时,做出上颜回下颜回,累我诵读。"

　　有惧内者,见怒于妻,将拶其指。夫云:"家无拶具①。"妻命从邻家借用。夫往借时,低声怨咨。妻唤回,问曰:"适口中作何语?"夫答曰:"我道这刑具,也须自家置一副。"

　　① 拶具:用来拶指的刑具。用绳联小木棍五根,套入手指而紧收,称拶指或拶。

　　余邑张三崖广文,司训支江①。一日,与同僚饮,看演苏秦拜相归来,阿兄艳羡,忙检书籍曰:"我也要去读书做秀才。"

三崖属其僚曰:"安顿荷包。"僚问云何? 三崖答曰:"苏大进了学,我辈都有一包束脩钱。"其僚皆笑。

① 支江:即四川珙县,支江为唐时旧名。司训支江,指其任珙县儒学训导。

三崖方谒选时,称贷路费,笑曰:"样样借人的,如贫汉种田,工本都出富翁,比及秋成,还却工本,只落得掀盘帚。我们借债做官,他日还了债,只落得一副纱帽角带。"闻者皆信其然。

袁中郎在京师,九月即服重绵。余曰:"此太热,恐流鼻红。"其弟小修①:"不服,又恐流鼻白。"

　　冯司成公初夏即服绤绤,余问:"公何以御盛
　　暑?"公笑曰:"盛暑岂宜挂一丝耶②?"

① 小修:即袁中道(1570~1628),字小修,公安县(今属湖北)人。万历四十四年进士,授徽州府学教授。历国子博士、南京礼部郎中。
② "冯司成公"至"一丝耶"一段,底本每行皆低一格编刻,当为潘之恒所补。

有官人者,性贪。初上任,谒城隍,见神座两旁悬有银锭,谓左右曰:"与我收回。"左右曰:"此假银耳。"官人曰:"我知是假的,但今日新任,要取个进财吉兆。"

有官人性贪,而示人以廉。初任,向神发誓曰:"左手要钱,烂了左手;右手要钱,烂了右手。"久之,有以百金行贿者,欲受之,而疑前誓。左右为解曰:"请以此金纳官人袖中,便烂也只烂了袖子。"官人然其言,辄纳之。

有讥性吝者,谓猕猴往诉阎君,曰:"予面目机发犹人也,奈何不比于人?"阎君曰:"拔去尔毛,可乎?"猕猴首肯。及拔一茎,辄呼号不自禁。阎君笑曰:"似尔这等一毛不拔,如何做得人成?"

病青衿者,有眼无光,入见官府,辄横行如蟹状。官人叱之,曰:"我看你眼光明明白白,如何作此行?"其人答曰:"老爹看我明明白白,我看老爹糊糊涂涂。"

有痴夫者,其妻与人私。一日,撞遇奸夫于室,跳窗逸去,止夺其鞋一只,用以枕头,曰:"平明往质于官。"妻乘其睡熟,即以夫所着鞋易之。明日夫起,细视其鞋,乃己鞋也,因谢妻曰:"我错怪了你,昨日跳出窗的,原来就是我。"

蜀中有吴坤斋者,善谑。其邻人构新居落成,吴往贺之,叹曰:"这房屋做得妙。"盖含"庙"字意也。主人曰:"只堪作公家厕房耳。"坤斋曰:"何至于此?"主人曰:"不是厕房,为何公入门便放屁?"坤斋默然。

广西全州卫幕有王掾者,善谑。诸武弁相聚,诱掾作谑,而故驳之,每作语,辄曰:"这话淡。"言其无趣味也。掾知故意驳己,乃曰:"今早城门有担粪者,失足,倾泼于地。"诸武弁又曰:"这也淡。"王掾曰:"诸君不曾尝过,那得知淡?"众皆大笑。

全州有青衿,姓唐,行二。其友人遣僮致书于唐,才及门,辄呼唐二。二心怪之,发书看毕,目堂中石磨曰:"尔主人借磨,可肩去。"因与回书。其僮竭蹶肩磨回,主人拆书看云:"尊仆呼我唐二,罚他肩磨二次。"主人且笑且骂:"你缘何呼他唐二?肩磨还他。"

有说谎者,每迁就其词。自谓家有一雌鸡,岁生卵千枚。问云:"那得许多?"其人递减至八百、六百,问者犹不信。乃曰:"这个数,再减不得,宁可加一只雌鸡。"

世人作谑讥庸医者甚多,姑记其一二云。有弟兄友爱甚笃,其兄患病,饮庸医药,得死。医吊之,弟号哭曰:"何时再得见我家兄?"医曰:"这个不难,昨日药查安在?但煎吃便相见。"又一庸医,偶遇阎君遣使召之治病。医问使者曰:"医家多矣,何独及我?"使曰:"阎君临遣时分付:看医家门首冤魂少者,即良医也。今见君门寂然,故相迎。"医者曰:"不然,我昨日才开店耳。"又一庸医,治一肥汉而死,其家难之,曰:"我饶你,不告状,但为我我葬埋①。"医人贫甚,率其妻与二子共抬,至中途,力不能举。乃吟诗曰:"自祖相传历世医,"妻续云:"丈夫为事连累妻。"长子续云:"可奈尸肥抬不动,"次子续云:"这遭只选瘦人医。"

① 我我:疑应作"我家"。

常郡有千户王姓者，述一谑语调笑青衿，曰："某人父子皆补生员，及临岁考，逡巡不敢赴试。子乃谋诸父曰：'盍作死乎？死则子应居艰，皆得免考。'父然之。比召道士写灵牌，写云：'明故先考。'父乃幡然曰：'若先考，则某何敢死？'"此旧谑也。席间一青衿，遂顿撰一谑，答王千户云："有总兵者，起家徒步，不谙书，止识得一个王字。一日，点阅千户文册，第一名姓王，唤'王千户'；第二名姓匡，乃唤曰：'上匣床的王千户；'第三姓土，乃唤曰：'斫破头的王千户。'"其敏捷亦复尔耳，真可笑也。

有作谑讥性悭者，其语不一而足，姑举其概。

一人性悭，生平不请一客。偶遣家奴借邻家桌子，邻人讥其奴曰："你家借桌当为请客耶？"其奴答曰："我家请客须待明世。"主闻之，骂奴曰："你许他明世，还要你做东道，我都不管。"明世，第二世也。

又一人不畜僮仆，止留一丐在家井爨。摘取蕉叶二片，缀以草绳，蔽乞者下体。或问之曰："尔家亦畜仆乎？"其人答曰："此奴自觅饭吃，我只管他穿着。"盖即以蕉叶为穿着也。

又一人江行覆舟，抱桅飘荡。或操小舟，将往救之。其人以手示操舟者曰："你是三分来拯我，若要多，任我流。"其重财轻命如此。

又一人已习悭术，犹谓未足，乃从悭师学其术。往见之，但用纸剪鱼，盛水一瓶，故名曰酒，为学悭贽礼。偶值悭师外出，惟妻在家，知其来学之意并所执贽仪，乃使一婢用空盏传出，曰："请茶。"实无茶也。又以两手作一圈，曰："请饼。"如是而已。学悭者既出，悭师乃归，其妻悉述其事以告。悭师作色曰:"何乃费此厚款?"随用手作半圈样,曰:"只这半边饼,毂打发他。"

大都此四语者,一步深一步,盖若近日时文求深之意也。

有官人者,以罢软见勾。妻问勾官之故,答曰:"吏部道我罢软。"妻曰:"喜得只知你罢软,若知道不谨,连我这奶奶也勾去。"

有妻问官人,阳势许久何不见长大,谬答云:"待升官便长。"后升官数日,妻问:"何不见长大?"官人笑曰:"我大你也大了,故不觉耳尔。"

吴中祀神,左大士①,右梓童君②。山东人专祀碧霞元君③。一山东官长笑吴人曰:"你吴中惧内,只看神位,奶奶却在左边,老爹却在右边。"吴人答曰:"这个还不要紧,看你山东神位,只见奶奶,几曾见老爹?"

① 大士:此指观音菩萨。
② 梓潼君:即梓潼帝君,道教神名。相传姓张,名亚子,居四川七曲山,仕晋战死,后人立庙纪念。道教谓玉帝命梓潼掌文昌府及人间功名、禄位事,故称梓潼帝君。
③ 碧霞元君:西晋时即有泰山神女的传说,宋真宗东封,命于泰山顶建昭应祠,封天仙玉女碧霞元君。明清祠名改称碧霞灵应宫。

吴中好相讥谑,不避贵贱。一乡官职卑,迎一妓下船,遽问之曰:"汝何以称小娘,年纪却又老了?"妓答曰:"这也不论,老爹既称老爹,何以官儿又小?"众皆鼓掌,妓恬不在意。

一琴师于市中鼓琴,市人以为琵琶、月琴之类也,听者环堵。久而闻琴声冲淡,皆不怿,以次散去,惟一人不去。琴师曰:"尔非知音者乎?"其人答曰:"这阁琴桌子是我家的。"

有蒙师识字甚少,其徒请问"屎"字如何写。师记忆良久不得,乃漫曰:"才在口边,却又忘记了。"

有塾师者,素不工文。其东道家索师为文致奠亲家公,师无以应,检旧本有祭亲家母文一首,因录与之。一时吊客皆曰:"塾师错做文字。"塾师闻之,骂曰:"我文殊不错,他家错死了人。"久之,东道家又复索文,师无以应,乃骑驴自塾逃归。东家追之,师计穷,驱驴入道旁窑孔。驴见孔深,不肯入,师连挞之,且骂曰:"尔能作文字,听在窑外。"

世有誉人自贤者,或嘲之曰:"一人自美其妻,乃不云妻美,每对人曰:'我家小姨,天下绝色,与山妻立一处,不复能辨谁为大小姨也。'"然则张罗峰之请祀欧阳公①,张江陵为南阳李文达建坊②,意亦若此。

①　张罗峰:即张璁,字秉用,号罗峰。已见前注。　欧阳公:即欧阳修(1007～1072),字永叔,号醉翁,又号六一居士。北宋吉州庐陵(今江西吉安)人。天圣八年进士,官至枢密副使、参知政事。诗文皆有名。卒谥文忠。

②　张江陵:即张居正,江陵(今属湖北)人。已见前注。　李文

达:即李贤(1408～1466),字原德。河南邓州人。宣德八年进士。景泰初由文选郎中超拜吏部侍郎。英宗复位,命兼翰林学士,入直文渊阁,进尚书。宪宗即位,进少保,华盖殿大学士,知经筵事。卒谥文达。

　　有贵宦者,生子而痴。年七十,或持寿星图相贺,其子曰:"这老者如许长头,乃犹不巾耶?"遂拈笔为画网巾其上。贵宦见之,怒甚。邻翁造焉,慰之曰:"公无怒,我今要个画网子的人,也不得。"

　　　　常德一尚书好藏古画,有子昂《袁安卧雪图》,分
　　贻其子。图极佳,子乃不受,曰:"要此死人图何
　　用①?"

　　① "常德"至"何用"一段,底本每行皆低一格编刻,当是潘之恒所补。

　　有妇人者,淫于和尚,夫颇觉之。一日,夫以他故挞其妻,和尚适过其门,进为劝解,其夫并挞。和尚诉于官,官不受理,但署其状曰:"并州剪子扬州绦,苏州鞋子云南刀。"和尚不解,问一秀才。秀才曰:"打得好,打得好!"

　　一儒生,每作恶文字谒先辈。一先辈评其文曰:"昔欧阳公作文,自言多从'三上'得来,子文绝似欧阳第三上得者。"儒生极喜。友人见曰:"某公嘲尔。"儒生曰:"比我欧阳,何得云嘲?"答曰:"欧阳公'三上',谓枕上、马上、厕上。第三上,指厕也。"儒生方悟。宋时,韩学士熙载每见门生赞卷恶者①,令侍姬以艾炙之。近日冯具区亦云:"余平日最苦持恶文相谒求佳

评者,每见之,辄攒眉若有所忧。"

① 韩学士:即韩熙载(902～970),字叔言,潍州北海(今山东潍坊)
人。后唐同光进士,诗文书画皆有名。因其父光嗣被李嗣源杀害而亡
命南唐,累迁兵部尚书,官至中书侍郎、光政殿学士承旨。

余郡一贡士宾兴,郡守某公题其匾曰:"遴俊宾王。"一士
人见之,叹曰:"郡中自武庙时有一字王,再传有二字王,今复
有三字王矣。"盖讥贡士匾也。

司徒沅冲张老师,尝笑谓余曰:"别人架上书,都安置肚子
里;我们肚里书,都寄阁在架上。"盖谦言懒记书也,然语政好
笑。

有健忘者,置扇于树解裤,就此出粪。仰见树上扇,辄欣
然取之,曰:"是何人遗扇于此?"因而失脚践粪,辄忿然怒曰:
"是谁家病痢的在此拉粪污我鞋?"

有学博者,宰鸡一只,伴以萝卜制馔,邀青衿二十辈飨之。
鸡魂赴冥司告曰:"杀鸡供客,此是常事,但不合一鸡供二十余
客。"冥司曰:"恐无此理。"鸡曰:"萝卜作证。"及拘萝卜审问,
答曰:"鸡你欺心,那日供客,只见我,何曾见你?"博士家风,类
如此。

有为县丞者,不善语而好作语。一日,其尹病起,对僚佐
曰:"我揽镜自照,觉消瘦了。"丞曰:"堂尊深情厚貌,不见得

瘦。"尹殊不然。一日,尹获盗若干,语僚佐曰:"这盗害人,乃今就获,殊可喜。"丞曰:"好,好。恶人自有恶人磨。"其转喉触讳如此。

一主人请客,客久饮不去,乃作谑曰:"有担卖磁瓶者,路遇虎,以瓶投之俱尽,止一瓶在手,谓虎曰:'你这恶物,起身也只这一瓶,不起身也只这一瓶。'"客亦作谑曰:"昔观音大士诞辰,诸神皆贺。吕纯阳后至,大士曰:'这人酒色财气俱全,免相见。'纯阳数之曰:'大士金容满月,色也;净瓶在旁,酒也;八宝璎珞,财也;嘘吸成云,气也。何独说贫道?'大士怒,用瓶掷之。纯阳笑曰:'大士莫急性,这一瓶打我不去,还须几瓶耳。'"

一人好敛众金修神祠社庙,就中克利自肥。阎君知之,取赴冥司,验实,发入黑暗地狱。不一日,辄攘臂语狱众曰:"这里欠光明,难久居。我们各捐一金,开个天窗如何?

有黠道士者,骗妇人与淫,脱冠为质,曰:"他日当金赎。"其妇信之,遂与淫。越数日,道士告其夫曰:"前寄冠在令阃处,可令见还。"夫就妇索之,妇悔为所卖,乃执冠叹曰:"今后,今后。"其夫不察,辄曰:"你只还渠原物,管他金厚金薄。"

陕右人呼竹为箸,一巡抚系陕人,坐堂时谕巡捕官曰:"与我取一箸竿来。"巡官误听,以为猪肝也,因而买之。且自忖曰:"既用肝,岂得不用心?"于是以盘盛肝,以纸裹心置袖中,进见曰:"蒙谕猪肝,已有了。"巡抚笑曰:"你那心在那里?"其人探诸袖中,曰:"心也在这里。"

有一县尹升迁离任,父老罗跪,求脱靴留记。官曰:"我无遗爱于邦人,不敢当此。"父老答曰:"旧规。"呜呼! 此言虽戏,末世人心,大都尔耳。虽然,旧规所有,而更无之,则其政又可知已。

一士人好打抽丰。其所厚友人,巡案某处①,逆其必来,阴属所司将银二百两,造杻一副②,练绳一条,用药煮之如铁。其人至,求见,辄怒曰:"我巡案衙门是打抽丰的? 可取杻、练来,解回原籍。"其人怒甚,无奈。比至境上,解官谕曰:"这杻、练俱是银造,我老爹厚故人,特为此掩饰耳目。"士人曰:"他还薄我,若果相厚,便打个二百斤银枷枷也得。"

① 巡案:同"巡按"。明代派遣监察御史赴各地巡视,考察吏治,称为巡按。
② 杻:古代刑具,即手铐。

一人父鼻赤色,或问曰:"尊君赤鼻有之乎?"答曰:"不敢,水红色耳。"其人赞曰:"近时尚浅色,水红乃更佳。"

凡民间畜雄鸡者,必割其肾,则鸡肥而冠渐落。或嘲廪膳生员曰:"尔好似割鸡,有米吃,身子不怕不肥,只怕明日冠小。"

雕鸟哺雏,无从得食,搂得一猫,置之巢中,将吃以饲雏。

猫乃立唼其雏,次第俱尽。雕不胜怒,猫曰:"你莫嗔我,我是你请将来的。"

　　一人问造酒之法于酒家。酒家曰:"一斗米,一两曲,加二斗水相参和,酿七日,便成酒。"其人善忘,归而用水二斗,曲一两,相参和,七日而尝之,犹水也。乃往诮酒家,谓不传与真法。酒家曰:"尔第不循我法耳。"其人曰:"我循尔法,用二斗水,一两曲。"酒家曰:"可有米么?"其人俯首思曰:"是我忘记下米。"噫,并酒之本而忘之,欲求酒,及于不得酒,而反怨教之者之非也。世之学者,忘本逐末,而学不成,何以异于是?

　　姑苏一妓女名张三,工谈谑,年逾四十,犹为人所赏艳。每遇酒筵,得此妓助谭,客皆解颐,不醉不已。有富商者,与一吏目官连姻[1],吏目将之任,富翁请饯,召张妓侑觞。张妓先至,吏目后至,一见张辄笑曰:"张三老便老也,还是个小娘。"张遂应曰:"吏目小便小也,算是个老爹。"人服其敏捷而确。

　　[1]　吏目:明京师及各州皆置吏目掌出纳文书或分领州事,官阶从九品。

　　姑苏洞庭山一僧甚有口才[1],一庠生至其山中,问曰:"和尚和尚,秃驴'秃'字是如何写?"僧答曰:"秃驴'秃'字,即是秀才'秀'字掉转尾儿。"闻者服其巧而且确。

　　[1]　洞庭山:在今江苏太湖中,有东西二山。

　　一士人家贫，欲与其友上寿，无从得酒，但持水一瓶。称觞时，谓友人曰："请以歇后语为寿，曰：君子之交淡于。"友应声曰："醉翁之意不在。"

　　一宦家池亭，广畜水鸟，若仙鹤、淘河、青鹁、白鹭皆备。有来观者，小大具列。适外夷一人，乍至其地，不识鸟名，指仙鹤问守者曰："此何鸟？"守者诳曰："这是尖嘴老官。"次问淘河，诳曰："是尖嘴老官令郎。"又问青鹁，诳曰："是他令孙。"问白鹭，诳曰："是他玄孙。"问者叹曰："这老官枉费大，只是子孙一代不如一代。"

　　有恶少，值岁毕时，无钱过岁。妻方问计，恶少曰："我自有处。"适见篦头者过其门，唤入梳篦，且曰："为我剃去眉毛。"才剃一边，辄大嚷曰："从来篦头有损人眉宇者乎？"欲扭赴官。篦者惧怕，愿以三百钱陪情，恶少受而卒岁。妻见眉去一留一，曰："曷若都剃去好看。"恶少答曰："你没算计了，这一边眉毛，留过元宵节。"

　　山水偶涨，将及城。城中人惧，问卜者："何时水落？"卜者曰："你只问裁缝，他有个法儿，要落一尺，就落一尺；要落一丈，就落一丈。"

　　一强盗与化缘僧遇虎于涂。盗持弓矢御虎，虎犹近前而不肯退。僧不得已，持缘簿掷虎前，虎骇而退。虎之子问虎曰："不畏盗，乃畏僧乎？"虎曰："盗来，我与格斗。僧问我化缘，我将甚么打发他？"

凡为银匠者,无论打造倾泻,皆挟窃银之法。或讥之曰:
"有富翁者,平日拜佛求嗣,偶得一子,甚矜重之,乃持八字问
子平先生①。先生为布算,曰:'奴仆宫,妻子宫,寿命宫,都
好。只是贼星坐命。'富翁曰:'这个容易,送他去学银匠罢。'"

① 子平先生:本指宋代徐子平,有《珞琭子赋注》二卷以人的出身
年月日时八字,配对干支,来推算附会人的吉凶祸福,世称子平术。此
借指算命先生。

有奸僧者,通于尼,生一子,畏人知,投诸罐中。僧乃指其
子言曰:"你爹在寺里,娘在庵里,尔今乃在罐里。"盖嘲道士
也。

有孝廉者姓张,奸李屠儿之妻,方执手调笑,屠儿适至,锁
闭其门,用竹杖从门枋下击孝廉胫。孝廉哀求得脱,告屠儿于
官,称往渠家买盐被殴。县官已悉前情,乃署一联状尾曰:"张
孝廉买盐,自膈执其手;李屠儿吃醋,以杖叩其胫。"

余邑李源垫方伯①,面麻而须。曹前阳金宪,口歪而牙
豹。曹出对与李曰:"麻面胡须,如羊肚石倒栽蒲草。"李对曰:
"豹牙歪嘴,如螺壳杯斜嵌蚌珠。"

① 李源垫:名徵,字诚之,号源垫。已见前注。

滇南有赵巧对,曰曾仕楚中为郡守,好出对句。一日,见
坊役用命纸糊灯,遂出句云:"命纸糊灯笼,火星照命。"思之不

得。直到岁暮,老人高捧历日,叩头献上,遂对前句曰:"头巾顶历日,太岁当头。"可谓确当。

李空同督学江右①,有一生偶与同名。当唱名时,公曰:"尔安得同我名?"出对试之,曰:"蔺相如②,司马相如③,名相如,实不相如。"生对曰:"魏无忌④,长孙无忌⑤,人无忌,名亦无忌。"李亦称善。

① 李空同:即李梦阳(1472~1529),字献吉,自号空同子。陕西庆阳人。弘治六年进士,授户部主事。武宗时代户部尚书韩文起草劾刘瑾,下狱免归。瑾诛,起江西提学副使,以事夺职。以诗文名世,与何景明、徐祯卿、边贡、康海、王九思、王廷相并称"前七子"。
② 蔺相如:战国时赵国上卿。已见前注。
③ 司马相如:字长卿,西汉辞赋家。已见前注。
④ 魏无忌(?~前243):战国时魏昭王少子,安厘王之弟。安厘王即位,封信陵君,有食客三千。
⑤ 长孙无忌(?~659):字辅机,唐河南洛阳人。累任尚书右仆射、司空、司徒等职,封赵国公。高宗即位,奉太宗遗诏任宰相,以反对立武后,被放逐于黔州,自缢死。

有生员送先生节仪,只用三分银子。先生出对嘲之曰:"竹笋出墙,一节须高一节。"生对曰:"梅花逊雪,三分只是三分。"

有官人祖出蒙古,莅任,出对与庠生曰:"孟孙问孝于我我①。"一生对曰:"赐也何敢望回回②。"可谓切中。

① 按《论语·为政》云:"孟懿子问孝,子曰:'无违。'樊迟御,子告之曰:'孟孙问孝于我,我对曰:无违。'"此蒙古官员摘其中"孟孙问孝于我我"七字为上联,含断句有误之讥。

② 按《论语·公冶长》云:"子谓子贡曰:'女与回也孰愈?'对曰:'赐也何敢望回? 回也闻一以知十,赐也闻一以知二。'"此生摘其中"赐也何敢望回回"相对,不仅仍以破句成联,而且意义与情境吻合。(维吾尔族和信奉伊斯兰教的人都称"回回",他们与蒙古族都来自北方。)

曾有令尹,昵一门子。偶坐堂上,吏与门子相偶语,令怪之,吏漫云:"与门子属表兄弟,叙家常耳。"令遂出对云:"表弟非表兄表子。"吏辄答云:"丈人是丈母丈夫。"令嘉其善对,笑释之,无以罪。

亘史云:"友人鲍无雄、宗弟仲翔促梓《谐史》,亲为之校,而每请益也,以所记一二足之于左。①"

① 按以下五条为潘之恒所补,为保存文献的完整,姑且仍附于此。

二人为生计,各讨便宜。一人曰:"请为九酝,我出一石,君惟三斗。"一人忖之,知为米与水也,颇有难色。前一人复曰:"请勿过思,俟酿成,当以水还我,以米还君。"

洪仲韦与梅子马游清凉台,僧以茶供。子马曰:"贤僧也。"仲韦曰:"故当于旧寺中求之。"子马曰:"何言乎?"仲韦曰:"王摩诘有言,似舅即贤甥。"闻者绝倒。

　　徽俗俭于食品,以木耳豆粉和成糕,呼曰假鳖。谢师少连名精品,酷嗜此味。一日,杨七具酒饯洪仲韦,特设此品,且羞鳖焉。谢师不为下箸。杨七笑曰:"少连可谓宜假不宜真。"谢曰:"若要认真,必先着假。"众以为当家之谈。杨七名文玉,号小真,旧院角妓,而豪于酒。

　　祝给谏喜作书,即村坊酒肆都悬之。有海阳金生伪作为市,祝怒,将绳以法。董玄宰闻之,曰:"吾为此惧。"客曰:"何惧?"董曰:"惧逸少有知,将置我于地狱耳。"祝释然。

　　广信人王常有词名,善书。得一端研,小于掌,而自宝之。问洪仲韦曰:"此贵乡产也,能辨为宋物不?"仲韦曰:"入贵乡当以宋版《百中经》配之,则价当更倍。"王曰:"得非袖珍乎?"仲韦曰:"不然。"指其掌。

谜　类　附[①]

　　余邑曾名卿撰一谜曰:"小小身儿不大,千两黄金无价。好搽满面胭脂,落在花前月下。"(盖印也。印用朱,又花押前、年月下用)

　　① 以下二十三条谜语,为江盈科《雪涛阁四小书》原本所附载,今仍之,但不加注。每条谜语后面的谜底,底本原刻为小字,今特加括号予以区别。

又一谜:"我有一张琴,弦从肚里出。骑在马上弹,弹尽天下曲。"(盖谓墨斗)

一谜:"看时有节,摸时无节。两头冰冷,中间火热。"(盖谓历日)

一谜:"一人有疾,一家不安。一贴补药,此病得痊。拜上大娘二娘,不要炒刮。你若炒刮,这病又发。"(谓破锅)

一谜:"若要宽,去两头。若要长,去两头。"(谓屋柱凿孔)

曹名卿撰谜曰:"断复续,轻更清,潇湘几度到天明。分明无点差讹处,留与人间作话名。"(谓檐水)

邹默斋撰一谜曰:"贱骨头巧郎君打扮。我爱他知轻识重,他到也心多不乱。"(谓厘等)

一谜:"少年发白,老年发青。有事科头,无事戴巾。"(谓笔)

一谜:"有脚有手①,有面无口。也吃得饭,也吃得酒。"(桌子)

① 有:按文意,当作"无"。

又谜:"翻着一条曹,覆着一胯毛。摩着那个眼,放进那一

条。"(道士冠子)

一谜云:"指大的树,碗大的根。皇帝都吃过,不在土里生。"(指乳)

一谜:"我的肚皮,压着你的肚皮;我这桩儿,放在你的肚里。"(谓磨)

一谜:"上些上些,下些下些;不是不是,正是正是。"(搔背痒)

一谜:"大的少似小的,小的多似大的;大的不说小的,小的专说大的。"(谓书注)

王梦泽撰一谜曰:"倚阑干东君去也,霎时间红日西沉。灯闪闪人儿不见,闷厌厌少个知心。"(指门字)

一谜云:"目字加两点,莫作贝字猜。贝字欠两点,莫加目字猜①。"(指贺、资二字)

① 加:据上下文,当作"作"。

一谜云:"四个口,尽皆方;加十字,在中央。莫作田字道,莫作器字商。"(圖字)

一谜云:"唐虞有,尧舜无。商周有,汤武无。古文有,今

文无。"(口字)

又一人撰谜曰:"上不在上,下不在下;不可在上,且宜在下。"(一字)

一谜云:"我有一字,九横六直。颜回问孔子,孔子寻三日。"(晶字)

一谜云:"四山纵横,两日绸缪。富是他起脚,累是他起头。"(田字)

一谜云:"只为你好吃,特特做将来。如今做将来,你又吃不得。"(牛马口笼)

一谜云:"远看似鸡头,近看似鸡尾。用时丢下,不用捡起。"(指神前筊笨)

> 亘史云:余既校谜,无雄、仲翔请续。漫以所记
> 授之,岂非貂无尾、蛇有足乎①?

①　以下八条谜语为潘之恒所补,姑附于此。每条谜语后面的谜底,底本原刻为小字,今特加括号予以区别。

东方朔常与郭舍人于帝前射覆,郭曰:"臣愿问朔一事,朔得,臣愿榜百;朔穷,臣当赐帛。曰:'客来东方,歌讴且行。不从门人,逾我垣墙。游我中庭,上人殿堂。击之拍拍,死者攘

攘。格斗而死,主人被创。'是何物也?"朔曰:"长喙细身,昼匿夜行。嗜肉恶烟,常所拍扪。臣朔愚戆,名之曰蟊。舍人辞穷,当复脱裈。"(蟊字①)

① "蟊":同"蚊"。

北魏孝文帝宴群臣,酒酣极欢。帝因举卮酒属群臣:"三三横,两两纵。谁能辨之? 赐金钟。"御史中尉李彪:"沽酒老妪瓮注垆,屠儿割肉与枰同。"尚书左丞甄琛:"吴人浮水自云工,妓儿掷袖在虚空。"彭城王勰曰:"臣始解此,是习字。"高宗即以金钟赐彪。人服彪聪明有智,甄、琛和之亦速。(三三横两两纵为"习"字,与两画大两画小为"秦"字正相对)

苏颋幼时作一谜云:"丑虽有足,甲不全身。见君无口,知伊少人。"(尹字)

一月复一月,两月共半边。上有可耕之田,下有长流之川。六口共二室,两口不团圆。又云:重山复重山,重山勿予悬;明月复明月,明月两相连。(用字)

昼时圆,写时方;寒时短,热时长。又云:东海有鱼,无头也无尾;除去脊梁骨,便是这个字。(日字)

寒则重重叠叠,热则四散分流。四个在县,三个在州。村里只在村里,市头只在市头。(點字)

用之则行,舍之则藏。惟我与尔,危而不持,颠而不扶,则焉用彼。(拄杖)

车无轴,倚孤木。(桓字)

附录一

潘之恒《雪涛小说序》

　　潘之恒曰：自袁中郎之弃令游新安也，余谂之曰："君劳于吴，为令苦耶！"中郎曰："吴无劳，江令任其劳；余无苦，江令分其苦。"曰："然则奚为而去吴也？"曰："江令在彼，吴可去也。"余憬然曰："江令何如人哉？"曰："之人也，为国尽瘁，而不知有身；为人尽力，而不知有己；为天下敦厚道，而无所庸其私。劳所任也，苦所茹也，其古操长者行而君子人与？吴令行而长洲令在，长洲令在而吴令未尝行。一逃其拙，一藏其巧，吾何以尚江令哉？"余业私识之。明年，因中郎介，获把臂于长洲。其尽瘁尽力敦厚道以为国人先者，靡不目击之。夫以长洲之难为令，而得以长洲最天下之为令者，则江君独也。然终不免于谗，亦夺铨曹而廷评之矣。由廷评陟学宪，且得蜀，而江君卒瘁而后已。嗟乎，江君之秉心塞渊，亦良苦矣！孰能测其隐哉？余虽一阐君之隐，表君之微，而竟莫能仿佛，良用扼腕。庚戌夏，友人郝公琰携君《雪涛集》见示，其末篇小说一帙，则君之生平尽瘁尽力敦厚道者，备具于此。以余亲炙于长洲，事事可相印证。苟欲慕江君之为人，师其用心之微，请从事于斯说可矣。说共五十二条，分为二卷，单行之。时庚戌仲秋朔日。

（据明万历四十年刻本《亘史钞·雪涛小说》卷首）

附录二

江盈科《雪涛阁四小书·自序》

　　桃源江盈科自序云：夫子曰："吾少也贱，故多能鄙事。"夫以圣人之精神，积于无用，不免用于其所不当用，况众人乎！余性朴陋，于世间戏局一无所好。其官棘寺时，曹务简少，审谳既毕，佗无所营，乃衷辑旧日所谭说者与其所闻知者及论诗之言、戏谑之语为四种，名曰《谈丛》，曰《闻纪》，曰《诗评》，曰《谐史》，汇于一处，括曰《雪涛阁四小书》。大都所谈所闻与所戏谑，皆本朝近事，惟《诗评》则不能不参诸前代，然一切无关身心，无当经济。总之佐酒之资，醒睡之具，闲居寂寞之士独屏无聊，或有具焉，非仕学君子所宜寓目也。《鲁论》有言："不有博奕者乎？为之，犹贤乎已。"然则兹编也，盖不能博奕者之博奕，而无所用心者之用心也。倘观者厌其琐砢，投袂斥曰："鄙哉，言乎！"则不佞已自识之矣。万历甲辰冬月谷旦。

（据明万历四十年刻本《亘史钞·雪涛小书》卷首）

附录三

潘之恒《四小书序》

亘史曰：曩得《小说》二卷于《雪涛集》中，业为梓行。而《四小书》，则从坊间列诸稗史者。余曰："此安石碎金。"亟收而披之，语语如奉进之面谭，或抵掌，或捧腹，惟恐其语之竟也。斯亦人人喜为诵述者。已陈之李太史本宁先生，属社友吴公励氏校梓。而不慧稍芟芜澄涤，出之若新，间举似一二佐之。里士鲍无雄、宗弟仲翔遂促为杀青，益徵此书之有公好矣。

夫邹衍谭天碣石，苏秦游说六国，所至皆倾动人主，哆口自恣，取卿相于反掌。而进之之谈说，猥拾鄙俗咳唾余沥，安于卑论浅见，村竖皆为解颐，而士君子或微哂焉。然进之所尚，未易窥也。彼其扶摇九万，托始于蘋末；震动六种，隐伏于毫端。进之具出世资，而姑为玩世之言，如方朔诙谐乎金马门，坡仙放浪于西湖泉石之间，众人固且易而骇之矣。子舆氏有言："言近而旨远者，善言也。"生乎今之世，即有谈天合纵之说，又乌所用之？进之固曰："兹编也，大都所谈所闻与所评谑，皆琐屑之流尔。聊以佐酒代弈，则可破阒寥。如必求之名理，律以中行，虽或投袂而去之，岂真解事人哉？"嗟夫，自非

衍、秦复生，固不足以解此义，此可与识者道也。壬子冬日书
于南屏竹半阁中。

（据明万历四十年刻本《亘史钞·雪涛小书》卷首）

附录四

俞恩烨《雪涛四小书叙》

人患情不至耳。情至，则单言只字，瑶编属焉。千载而下，扣头称臣以弘撝拾者，如东京子政，西京抱朴，孰者非石渠之遗证乎？尔景升潘先生以故友江进之《四小书》，仍其标目，以实《亘史》。进之以宦游之余，为笔札之寄，遇风云则示恬憺，述符纪则进讽规，考著作则征闻见，杂诙谐则动废兴，而要以理之所钟情泄之，情之所积文通之，非仅仅齐谐稗官者比。吁，亦奇矣！独惜以旷世之才，而职不登史氏，匣不藏名山，词未飞于宇宙，墨犹挂于缥缃，则人之传其神、读其书、想其情者，方灭方没，时晦时显，不得与天壤争奇，而竟校书于白玉楼也！迨捐馆之五年，而书勒成于亘史，千秋不磨，一家已定，政以中多情至之语，而景升先生所不能忘情于故友者。凡其苦心王事，勤劳著述，皆目击而心让焉，而天不令终其业，人未能窥其藏，止中郎之口授、公励之手摹而已也。今日必欲为所以生进之者，则是书也可以起刘葛而悟言之矣。书以质之景升先生，为叙雪涛可乎？壬子孟冬平湖俞恩烨僧蜜父书于南屏竺阁。

（据明万历四十年刻本《亘史钞·雪涛小书》卷首）

附录五

冰华居士(潘之恒)《谐史引》

善乎！李君实先生之言曰："孔父大圣，不废莞尔；武公抑畏，犹资善谑。"仁义素张，何妨一弛？郁陶不开，非以涤性。唯达者坐空万象，恣玩太虚，深不隐机，浅不触的。犹夫竹林森峙，外直中通，清风忽来，枝叶披亚，有无穷之笑焉，岂复有禁哉？余故于雪涛氏有取焉耳。

（据明崇祯刻本《雪涛谐史》卷首）